Fille de militaire, **K.A. Linde** a décroché un diplôme en sciences politiques à l'université de Géorgie avant de se consacrer à l'écriture à plein temps. Aujourd'hui autrice d'une vingtaine de romans, elle aime la danse, les films Disney, et peut passer toute une soirée à enchaîner les épisodes de *Star Wars*, *Buffy* ou *Supernatural*. Installée à Lubbock, au Texas, elle y coule des jours heureux avec son mari et deux adorables toutous.

De la même autrice :

Blood Type :
1. *Compagne de sang*
2. *Sang pour sang*

Ce livre est également disponible au format numérique

www.milady.fr

K.A. Linde

Compagne de sang

Blood Type – 1

Traduit de l'anglais (États-Unis) par Tristan Lathière

Milady

Milady est un label des éditions Bragelonne

Titre original : *Blood Type*

ISBN : 978-2-8112-2111-9

Bragelonne – Milady
60-62, rue d'Hauteville – 75010 Paris

E-mail : info@milady.fr
Site Internet : www.milady.fr

À Anjee, pour avoir aimé Beck autant que moi.

Chapitre premier

— Numéro 492.

Reyna regarda le bout de papier qu'elle n'avait pas lâché pendant les huit dernières heures et n'en crut pas ses yeux : 4-9-2.

— C'est moi, dit-elle en levant la main pour attirer l'attention de la coordinatrice.

Il était grand temps. Elle ne s'était pas attendue à poireauter toute la journée.

La responsable traversa la salle d'attente d'un blanc immaculé. Ses talons résonnèrent de plus en plus fort sur le carrelage à mesure qu'elle approchait de la jeune femme qui la détailla : cheveux blonds et lisses jusqu'aux épaules, uniforme assorti au décor. Avec, pour seule tache de couleur vive, le logo rouge sang qui ornait sa poche de poitrine.

Visage, la plus importante multinationale au monde.

Jamais, dans l'histoire, une société n'avait eu autant d'employés. Son activité principale ? Les services corporels. Un terme pudique, de l'avis de Reyna. Bien moins parlant que « compagnon de sang ». La terrible réalité, c'était cette récession économique qui poussait des hordes d'affamés à postuler chez Visage. Des désespérés dont Reyna s'apprêtait à grossir les rangs.

Mieux valait ne pas y penser. En plaisanter, même dans sa tête, était exclu. Pas alors qu'elle était assise dans cette salle d'un blanc déprimant, à attendre d'être soumise aux tests.

À attendre que ce soit son tour de subir ce qu'elle redoutait le plus.

—492 ? demanda la blonde.

—Oui, répondit Reyna, honteuse de chevroter un peu.

Elle se leva difficilement, ankylosée à force d'être restée assise sur un siège blanc inconfortable puis, constatant que ses mains tremblaient, elle les fourra dans les poches de son jean usé jusqu'à la corde. *Qu'est-ce qui m'arrive ?* songea-t-elle, effarée d'être là. *Brian et Drew vont me tuer.*

La blonde ignora sa gêne.

—Par ici, 492.

La voix atone, sans vie aucune, elle venait d'égrener le numéro d'ordre de Reyna en cherchant à peine à masquer son ennui.

—C'est Reyna, déclara sèchement la jeune femme.

Elle était quelqu'un. Avec un nom. Pas un simple matricule.

La femme se fendit d'un hochement de tête presque imperceptible. Ses grands yeux marron passèrent à travers la candidate sans la voir, façon de lui faire comprendre qu'elle se fichait de savoir qui elle était. Elle faisait son job. Obéissait aux ordres. Ni plus ni moins. Rien d'étonnant, en vérité, de la part de quelqu'un travaillant dans cette succursale de l'enfer.

—Suivez-moi.

Reyna poussa un soupir et obtempéra. À quoi bon lutter ? Subir les tests chez Visage était déjà, en soi, une forme de résignation. Elle était ici de son plein gré. À condition, bien sûr, de considérer que l'on disposait de son libre arbitre quand on crevait à moitié de faim.

La blonde n'en avait cure. Ni elle ni personne chez Visage, très certainement. Elle n'avait d'existence que comme nouveau sujet du système.

Des dizaines de gens en étaient passés par là rien qu'aujourd'hui. Des candidats aux tests, il y en avait eu des milliers lors de la décennie passée, depuis que Visage avait annoncé au monde son intention d'employer des vivants comme donneurs de sang. Pour les vampires. Soit pile au moment où l'effondrement économique avait privé d'emploi des millions de pauvres gens. Visage avait alors fait figure de chevalier blanc, venu les sauver de la famine.

Adieu, la peur de ce qui rôdait dans les ténèbres.

Adieu, la crainte de finir au menu d'un buveur de sang.

Adieu, les tiraillements d'un monde en crise… à la condition de céder ce que ces mêmes buveurs de sang prenaient jusqu'ici de force aux vivants.

Dix ans plus tard, la situation n'avait guère changé. Plus d'une personne sur deux vivait encore sous le seuil de pauvreté. De ce fait, jamais l'offre de Visage n'avait attiré autant de crève-la-faim. Reyna n'y pouvait rien. Pas plus qu'elle ne pouvait rester sourde à la peur qui lui nouait les tripes à l'idée de mettre, à son tour, le doigt dans l'engrenage.

Elle s'interrogea. Était-ce fréquent, chez les candidats, d'avoir les nerfs en pelote ? Il n'existait dans bien des cas qu'une alternative : postuler chez Visage ou mourir à force de privations. La seconde option n'avait pas la cote chez Reyna. Pas alors qu'elle allait enfin pouvoir mettre à manger sur la table de ses deux frères. C'était l'unique but de sa démarche. Elle ne supportait plus de les voir se crever la paillasse à l'usine alors qu'elle pouvait faire quelque chose.

La jeune femme tressaillit en découvrant une porte blanche massive, droit devant. Derrière laquelle son destin l'attendait. *En suis-je capable ? Ai-je seulement le choix ?*

Peu sensible à l'émoi de 492, la coordinatrice actionna la poignée.

La porte s'ouvrit sans un bruit.

Reyna ravala sa boule d'angoisse.

— Suivez-moi, ordonna la blonde.

La candidate distingua vaguement un long couloir – toujours d'un blanc éclatant – et commença à transpirer.

Ce seuil franchi, il n'était plus question de tourner les talons. Le test allait commencer. Un picotement désagréable naquit à la saignée du bras de Reyna. Quand sa candidature avait été approuvée, une semaine plus tôt, Visage lui avait fourni un document explicatif.

La procédure tenait en un seul mot : seringue.

Des tas et des tas de seringues.

Reyna eut un haut-le-cœur. Elle détestait les piqûres. Depuis toujours. D'où venait cette phobie ? Mystère. Si, enfant, elle avait vécu une expérience traumatique, aucun membre de ce qui lui restait de famille n'en gardait souvenir. C'était absurde, au demeurant, d'avoir peur de malheureuses aiguilles… quand on s'apprêtait à servir d'en-cas à des vampires.

S'il avait existé une autre option, elle l'aurait découverte. Visage était son seul recours. Son seul et *dernier* recours.

Ce qui faisait la joie des… commanditaires.

Cela étant, la perspective qu'offrait cette porte ouverte la fit douter pour la première fois de la journée. Sa décision était pourtant prise. Elle avait eu le temps d'y réfléchir lors des deux dernières semaines, après avoir postulé en catimini pour devenir compagne de sang. Personne n'avait voulu d'une gamine du quartier des Entrepôts comme employée. Au terme de ses études secondaires, la jeune femme s'était trouvée confrontée au cauchemar absolu : sans diplôme du supérieur, elle ne valait rien sur le marché du travail post-effondrement et, pour s'inscrire à la fac, il fallait de l'argent. Une montagne de fric. Mais comment gagner le premier sou quand toutes les portes lui étaient fermées ? La boucle était bouclée. C'était à devenir dingue !

Aussi ses frères étaient-ils contraints de travailler comme quatre… au sens propre. Reyna en était malade : ses frangins avaient beau marner comme des esclaves à l'usine, leur maigre paie suffisait tout juste à maintenir la fratrie à flot dans ce contexte de crise sans fin. Elle voulait pourtant faire quelque chose. Non. Elle se *devait* d'agir. Il n'était pas question de les laisser s'épuiser jour et nuit pour un salaire de misère.

Visage se moquait qu'elle n'ait que vingt et un ans et soit non diplômée. Tout ce qui importait, c'était qu'elle possède ce dont les vampires avaient tant besoin : du sang frais.

Mieux encore, le revenu décent qu'elle allait toucher lui donnerait les moyens de louer une piaule correcte et de faire manger la fratrie à sa faim. Reyna pourrait renflouer ses frères qui n'auraient plus besoin d'accumuler les heures ; ce serait – enfin – le retour à une vie normale. Le rêve qu'avaient nourri ses parents à propos de leur progéniture pourrait enfin se concrétiser. Un rêve qui datait d'*avant*. Avant leur mort qui avait laissé les trois orphelins avec un unique parent vivant. Lequel n'avait pas voulu d'eux.

Qu'en était-il de ce vieux rêve ? C'était bien beau de s'imaginer en soutien de famille, mais jamais ses frères ne l'auraient laissé venir ici s'ils avaient été au courant. Personne n'était chaud pour que la petite sœur devienne la chose d'un vampire.

— Prête, 492 ? aboya la blonde.

Au moins réagissait-elle… Reyna ravala sa répartie cinglante.

— Oui, je suis prête.

Chapitre 2

Reyna franchit le seuil.

La coordinatrice la guida le long du couloir immaculé. Elles dépassèrent plusieurs portes blanches et divers employés tirés à quatre épingles, debout, alignés comme des oies.

— Il ne convient pas du tout. Je propose de rejeter sa candidature, murmura un homme à sa collègue au moment où les deux femmes passaient.

— Entendu. Parlons-en au docteur…

Reyna n'entendit pas la fin de phrase de la collègue. Elle tourna la tête dans leur direction.

— Il y a des candidats qui ne sont pas retenus par Visage ?

Son accompagnatrice ne se donna pas la peine de relever. Le rejet de certains postulants n'était pas un mystère ; tout un chacun avait eu vent d'histoires affreuses de maladies sanguines et autres horreurs. Les donneurs de sang employés chez Visage étaient censés apaiser les pulsions des vampires, pas les aggraver.

La jeune femme se mordit la lèvre et s'efforça de respirer moins vite. Il était exclu qu'elle souffre d'une maladie du sang. Impossible. Inenvisageable. Elle avait trop besoin de ce fric, la plus petite anicroche aurait des conséquences catastrophiques. Peu importait le nombre d'aiguilles qu'on lui planterait dans l'épiderme, elle était résolue à se vendre aux vampires. C'était ça ou crever de faim.

— Par ici, indiqua la coordinatrice.

Reyna lui emboîta le pas à un embranchement. Un nouveau picotement, à la saignée du bras, l'obligea à faire un effort pour ne pas se gratter. Elle redressa les épaules et braqua son regard sombre dans la direction à suivre.

Après un virage à droite, la blonde s'arrêta devant une porte blanche, sortit un badge de sa poche où figuraient sa photo et son nom puis le passa devant une vitre située à côté de la poignée.

— Identité du patient ? crachota l'interface vocale.

— Numéro 492. Mademoiselle Reyna Carpenter, énonça la coordinatrice.

— Identité confirmée.

Reyna n'en crut pas ses yeux ni ses oreilles. Ce type d'appareil n'existait nulle part dans le quartier des Entrepôts. Les technologies considérées comme allant de soi avant l'effondrement – téléphones portables, ordinateurs, voitures – étaient devenues inabordables. Une serrure commandée par la voix, de ce fait, lui fit l'effet d'un gadget de film de science-fiction.

Le mécanisme cliqueta. La femme poussa le battant sans cérémonie, dévoilant une chambre d'hôpital d'aspect très quelconque, même si la dernière fois où la famille de Reyna avait eu les moyens de conduire l'un des siens à l'hosto remontait aux calendes grecques. Le lit d'hôpital calé dans un angle était tendu de papier blanc. Les parois étaient couvertes d'un matériel high-tech que Reyna, qui n'avait pas la moindre idée de l'usage, n'était pas pressée de découvrir.

La coordinatrice s'affaira à disposer plusieurs ustensiles sur un chariot à roulettes puis la dévisagea en se rendant compte qu'elle n'avait pas dépassé le seuil.

— Asseyez-vous, dit-elle en désignant le lit.

Reyna inspira à fond tout en se répétant les raisons qui l'avaient décidée à venir. Enfin résolue, elle entra et se laissa choir sur le matelas. Le papier crissa sous ses fesses ; l'éclairage cru la fit grimacer. Tout sentait le plastique et le désinfectant. La salle d'attente lui avait fait l'impression d'être la pièce la plus désagréable qui puisse être. À tort.

La blonde lui fixa une bande plate et épaisse autour du bras, lui pinça l'index dans une sorte de grosse pince à linge en plastique et lui enfonça un thermomètre géant dans la bouche. Puis, après avoir placé un stéthoscope entre peau et tissu, elle pressa une poire. La bande gonfla et comprima le bras de Reyna. La jeune femme tenta vainement de se détendre.

— Bien, dit la coordinatrice en hochant la tête avant de dégonfler l'engin de torture. Les paramètres sont bons.

Reyna soupira d'aise.

La femme parla toute seule à mesure qu'elle saisissait les données dans l'ordinateur.

— Température : 36,1 °C. Acceptable. Pouls : 72 battements par minute. Acceptable. Pression artérielle : 102-65. Acceptable/ bas.

Détournant la tête de son écran, elle s'adressa à Reyna.

— Des antécédents familiaux ?

La jeune femme calma le tremblement de ses mains. Il n'était pas question de flancher. Parler de ses parents ? C'était jouable.

— Mes parents sont… euh… morts.

La phrase sonnait creux à ses propres oreilles. Treize ans déjà qu'ils avaient péri lors d'un accident de voiture. Reyna et ses frères étaient allés vivre chez leur oncle, en ville. Juste avant que l'économie mondiale parte en sucette.

— D'accord, mais qu'en est-il de maladies ou de problèmes de santé chroniques ?

La femme parlait d'une voix monocorde. Sans compassion aucune. Bienvenue chez Visage…

— Cancer du sein du côté de ma mère. C'est tout ce que je sais, murmura-t-elle.

— Vous êtes souvent patraque ?

— Non.

— À quand remonte votre dernier séjour à l'hôpital ?

Reyna sonda ses souvenirs. Rien ne lui vint.

— Probablement quand j'étais tout bébé…

La coordinatrice lui lança un regard inquisiteur.

— Faut-il que je note RAS ?

— Rien de sérieux, en tout cas. Un coup de froid de temps à autre. Les toubibs du voisinage m'ont suivie quand on pouvait se le permettre.

Elle regarda la femme droit dans les yeux. Personne n'avait les moyens d'aller à l'hosto, elle devait le savoir, non ? Que cherchait-elle ? À lui faire honte ?

La blonde en finit avec son compte-rendu puis sortit d'un tiroir une seringue et quelques tubes. Reyna sentit son estomac se nouer et devint livide.

Reyna retint son souffle. La femme lui posa un garrot autour du bras droit, passa un coton imbibé à la saignée du coude puis, sans préavis, enfonça l'aiguille dans la veine. La malheureuse Reyna ferma les yeux et tenta d'apaiser son rythme cardiaque qui accélérait. La nausée vint, suivie d'un violent coup de pompe et d'une sueur froide. La peur lui serrait la nuque comme dans un étau.

Elle jeta un coup d'œil à son bras… et crut vomir. Du sang rouge vif, sorti de son corps, remplissait le petit tube ! Sourde à la douleur, elle resta les yeux rivés sur ce sanglant spectacle qui lui retournait l'estomac et dut détourner le regard avant que la technicienne ait terminé.

Sitôt l'aiguille retirée, la blonde mit un pansement sur la plaie minuscule et lui tendit un récipient en plastique afin qu'elle y fasse pipi.

— Le docteur va bientôt passer vous voir. Laissez vos urines sur l'étagère des toilettes. (Elle désigna une porte presque invisible, à sa droite.) Revenez ici dès que vous aurez fini. Le docteur ne devrait pas tarder.

— Merci, chevrota Reyna.

Au moins le pire était passé.

Elle s'efforça de ne pas penser « perte de sang » ou « aiguilles », préférant se concentrer sur la perspective de mieux manger, de rembourser ses frères, d'accéder à une vie normale. Le poste qu'elle envisageait n'était pas permanent ; elle pourrait y renoncer à sa guise. Deux ou trois mois à donner son sang, peut-être, puis elle démissionnerait. Le temps de se remettre à flot, quoi… ou de trouver autre chose.

Reyna laissa l'échantillon d'urine dans les toilettes puis retourna attendre le toubib. Le lit était plus confortable que les sièges de la salle d'attente. Voire plus que tout ce qui meublait leur triste appartement, en fait.

Quand elle était enfant, soit avant la mort des parents et la récession, la famille Carpenter occupait une jolie maison à un étage avec pelouse et clôture de bois blanc. Puis l'accident s'était produit. Les trois orphelins avaient fait leurs adieux à la maison pour aller vivre en ville, chez leur oncle. Un pauvre type qui n'était bon qu'à picoler et à dilapider leur héritage. Il en allait ainsi depuis que sa femme l'avait quitté. Trois ans plus tard, la crise avait frappé. L'oncle avait tout perdu. Dans le chaos qui avait suivi, personne ne s'était ému quand il les avait jetés dehors.

Un coup frappé à la porte la tira de ses pensées moroses. Une femme entra avec, à la main, un porte-bloc. Grande et sèche ; cheveux de jais ramenés en queue-de-cheval ; yeux noirs inexpressifs derrière des lunettes à épaisse monture noire. Sourire ne faisait décidément pas partie de la culture d'entreprise.

La nouvelle venue avait par ailleurs quelque chose de… différent.

Vampire.

Le mot s'imposa à Reyna qui frissonna malgré elle. C'était absurde, quand on s'apprêtait à travailler comme compagne de sang, mais comment faire abstraction de cette peur atavique ?

— Sujet 492. Mademoiselle Reyna Carpenter. 1,61 m, brune, yeux marron. Type européen. Groupe sanguin O négatif. Tout est exact ?

— Oui.

— Parfait. Je dois m'assurer que vous remplissez bien tous les critères. (La femme toubib leva les yeux vers Reyna.) Vous êtes enceinte ?

— Pardon ?

— Existe-t-il une chance que vous soyez enceinte ? répéta la femme.

— Je ne crois pas, non…

— Soit c'est possible, soit ça ne l'est pas. Réfléchissez.

Reyna grimaça en songeant à ce qui s'était passé lors des dernières semaines.

— C'est… possible, en effet, mais peu probable.

La femme médecin poussa un soupir agacé.

— Quand vous avez fait acte de candidature, vous avez déclaré ne pas être enceinte. Visage refuse de courir le risque de mettre une vie à naître en danger. Cette *possibilité*, comme vous dites, m'oblige à vous prescrire un test de grossesse.

— Euh… d'accord.

Cela n'aurait pas dû être un problème. Quand elle avait postulé chez Visage, elle n'était plus avec Steven, son ex, un collègue de ses frères. Il n'y avait de ce fait aucun risque qu'elle tombe enceinte entre le moment où elle avait déposé son dossier et la date de sa convocation.

Seul accroc à cette logique imparable : le charisme de Steven. Mignon, drôle, charmeur. Trouvant toujours le mot juste. Chaque fois qu'elle l'avait plaqué, il avait réussi à la persuader de remettre ça. La dernière fois n'avait pas fait exception. Reyna s'était laissé tenter par un rencard à la fin de son travail, quand l'usine fermait pour la nuit. Et la passion l'avait reprise. Deux semaines de tourbillon… conclues comme à l'accoutumée par un énième « va te faire foutre ». Elle l'avait juste distrait pendant qu'il chauffait une autre fille. Avec laquelle il était depuis lors. Rideau.

Merci, Steven, grâce auquel elle avait eu le sentiment d'être une putain lessivée. Pas plus fraîche que le taudis dans lequel vivait la fratrie. La réponse positive de Visage, arrivée peu de temps après, avait eu le mérite de clarifier sa situation. Au moins serait-elle payée pour qu'on use de son corps…

La porte s'entrouvrit sans qu'on ait frappé.

— Toutes mes excuses. Docteur Trainer, votre présence est requise au couloir est. On m'a chargé de reprendre le dossier du sujet 492.

— Quoi ? glapit Trainer, choquée.

— Couloir est, répéta l'homme.

La porte s'ouvrit en grand, donnant à Reyna l'occasion de découvrir le nouveau venu. Un grand type, légèrement plus débraillé que son homologue féminine, mais qui compensait par une mine plus sévère encore. Le contraste entre mise approximative et visage austère faisait immanquablement penser à quelque savant fou.

— Entendu. Bien sûr, docteur Washington, dit Trainer en découvrant à qui elle avait affaire. Tenez, voici son dossier.

Ils échangèrent quelques informations, puis Trainer la laissa seule avec le nouveau toubib.

— Enchanté, mademoiselle Carpenter. Je suis le docteur Roger Washington.

Il lui tendit la main. Reyna loucha dessus, perplexe. Washington était le premier à la considérer comme autre chose qu'un dossier à traiter. C'était quoi, ce délire ? Le vieux cliché gentil flic-méchant flic ?

— Bonjour, dit-elle à mi-voix en acceptant la main tendue.

La paume de Washington était glacée. Elle frissonna. Il entra d'autorité dans le vif du sujet.

— Après avoir consulté votre profil, il a été décidé de vous proposer d'entrer dans notre nouveau programme. Groupe sanguin, parcours personnel, corpulence, paramètres biologiques : vous êtes la candidate idéale pour prendre part à l'aventure. En tant que responsable d'équipe, j'ai le plaisir de vous annoncer que nous cherchons des volontaires dans votre style. Vous avez conscience que cette conversation doit rester strictement confidentielle, je suppose ?

— Bien sûr.

Un nouveau programme ? Top secret ? Reyna n'y comprenait pas grand-chose, hormis un fait avéré : s'ils tenaient tant que ça à ce qu'elle participe, il devait y avoir moyen de gratter un petit bonus.

— Depuis quelque temps, exposa Washington, Visage réfléchit à une organisation du travail plus efficace pour ses employés humains.

— Plus efficace… Mais encore ?

Elle blêmit en le voyant sourire : ses canines effilées étincelaient sous l'éclairage cru. La jeune femme tenta vainement de déglutir, c'était comme si sa bouche s'était emplie de boules de coton. Washington était un vampire. Comme l'autre toubib, évidemment, mais le constater *de visu* lui fit un effet bœuf. Il ne s'agissait plus d'une photo dans le journal ou sur une affiche : Reyna était en présence d'un vrai monstre de cauchemar. Si proche qu'il n'aurait eu qu'à tendre le bras pour la toucher.

Semblant prendre conscience du malaise qu'il avait suscité, le médecin referma la bouche et reprit son expression sévère.

— Vous saisissez, mademoiselle Carpenter, que la société où vous postulez est dirigée par des vampires et que, si votre candidature est retenue, vous serez amenée à en côtoyer au quotidien ?

— Oui, j'en suis consciente, répondit-elle, son effroi passé.

— Parfait. (Il hocha la tête.) Reprenons. Nous œuvrons à un système plus efficient. Le dispositif actuel place chaque sujet aux bons soins d'un mécène pour une durée d'un mois. Le compagnon a ensuite une semaine pour récupérer, puis il est confié à un autre mécène compatible. En tant que sujet O négatif, vous auriez affaire à plusieurs mécènes du même groupe sanguin dans une région donnée. Les rotations sont supervisées par nos services afin d'assurer une sécurité maximale aux sujets humains.

Reyna avait eu droit au même laïus dans une brochure, quand elle avait fait acte de candidature. Les vampires devaient boire le sang d'individus du même groupe sanguin qu'eux afin d'opérer à un niveau cognitif optimal. Au temps où ils s'attaquaient à des victimes au hasard, le sang les sustentait, certes, mais de façon très imparfaite. Pire : il les contaminait, faisant d'eux des créatures féroces, gouvernées par un instinct bestial. Des siècles durant, les vampires, monstres de la nuit, s'étaient abreuvés au petit bonheur. Un monde sans vampires ? Inimaginable pour Reyna. Qu'ils se terrent dans la nuit ou vivent au grand jour, comme c'était le cas depuis dix ans.

Quand Visage avait vu le jour, au plus fort du cataclysme économique, la société avait promis un nouvel horizon. Aux vivants comme aux vampires. Un monde sans prédation aveugle, où régnerait l'entente cordiale dans un esprit de bénéfices mutuels. Ce fut l'avènement du traitement par groupe sanguin. Tous les vampires connus, dûment répertoriés, proposèrent aux humains de devenir des donneurs rétribués. Les fameux compagnons de sang.

— Ce nouveau système… Quelle est la différence ?

Le docteur sourit de nouveau. Ses doigts s'enfoncèrent dans le papier qui protégeait le lit.

— C'est très simple. Chaque mécène a besoin d'un profil spécifique. Le sujet qui correspond audit profil reste avec son mécène… indéfiniment.

Chapitre 3

— Indéfiniment ? hoqueta Reyna.

— Oui. Le nouveau système vous placerait auprès d'un vampire compatible. Vous vivriez chez votre mécène.

— Pour toujours ? lança-t-elle, incrédule.

— Pas nécessairement, mademoiselle Carpenter. Ce dispositif a pour seul objectif de pallier certaines imperfections du précédent. Il limite les impondérables et offre aux sujets un meilleur cadre de vie.

— Mais indéfiniment... ça veut dire que je n'aurais pas le droit de démissionner ?

— Bien sûr que si, voyons ! Si le sujet ou le mécène estime que la relation fonctionne mal, Visage trouvera un remplaçant, et le contrat qui vous lie sera rendu caduc. Nous n'avons aucun droit de vous retenir contre votre volonté, mademoiselle. Nous pensons avant tout au bien-être de nos mécènes. Si cela peut vous rassurer, sachez que lesdits mécènes ont été triés sur le volet. Vous n'aurez pas à vous plaindre, je m'en porte garant.

Un placement permanent chez un vampire... Difficile de faire plus flippant. Reyna y voyait surtout des avantages pour les « gentils mécènes », qui pourraient ainsi se repaître d'un vivant sans avoir de comptes à rendre.

— Je vois l'intérêt pour le mécène, relança-t-elle, mais qu'en est-il de sa compagne ? Comment avoir l'assurance d'être bien traitée en l'absence de vérification régulière ?

— Tous les mécènes du nouveau programme sont garantis ultra fiables. Il s'agit de cadres dirigeants de l'entreprise. Jamais Visage ne ferait courir le plus petit risque à ses employés, voyons.

— Bien sûr, rétorqua-t-elle sèchement. Ces mécènes-là sont donc le dessus du panier. Ça vaut aussi pour le salaire de leurs compagnons, j'imagine ?

Il s'autorisa un gloussement avant de reprendre sa mine sévère.

— Droit au but, à ce que je vois. Les gages sont doublés dans le cadre des postes permanents. Qu'en dites-vous ?

Les yeux de Reyna s'arrondirent comme des soucoupes. Double paie ? Pour rester indéfiniment chez le même vampire ?

C'était tout bonnement… incroyable. Avec un revenu deux fois plus élevé que celui annoncé dans la brochure, elle serait très vite à flot ! Quelques petits mois chez le mécène suffiraient à renflouer toute la fratrie. Voire à constituer un début de pécule pour l'université. Et sitôt son beau diplôme en poche, elle trouverait un vrai travail. Tout l'édifice reposait sur la façon dont les choses se passeraient chez ce fameux commanditaire. Reyna s'estimait apte à relever le défi. Quant à Brian et Drew, peu importait ce qu'ils pourraient dire, la jeune femme savait qu'il fallait en passer par là. Pour, ensuite, ne plus jamais avoir affaire à Visage.

— Alors, ce nouveau programme vous intéresse ? voulut savoir Washington.

— Je…

Elle avait failli dire oui, mais l'impatience du toubib la coupa dans son élan. Pourquoi y tenait-il si fort ? Et qu'est-ce qui la mettait, *elle*, à cran ?

Il y avait anguille sous roche… mais quoi ? Pas ce qui sautait aux yeux, à savoir qu'elle était entourée de vampires et à deux doigts de devenir l'en-cas attitré de l'un d'eux. Tout ça, elle l'avait assimilé. Un détail clochait.

—Pourquoi j'ai été choisie ? demanda-t-elle au lieu de répondre.

—Vous avez le profil, dit-il, les lèvres pincées.

—Quel profil ?

—Jeune, en bonne forme physique, compatible.

—Vous avez aussi évoqué mon historique personnel. En *quoi* il plaide pour moi ?

Washington plissa les yeux puis consulta son dossier sur l'écran d'ordinateur.

—Je lis ici que vos parents sont décédés. Accident de voiture. Vous n'aviez que huit ans. Vos frères, Brian et Drew, avaient respectivement quatorze et douze ans. Les deux sont employés aux Entrepôts Cartwright. Un seul autre parent vivant, votre oncle. Qui vous a abandonnés quand vous aviez onze ans. Disparition totale, d'après nos données. Sa mort n'a pas été signalée. Votre historique, mademoiselle Carpenter, indique que vous n'avez que deux frères qui désespèrent d'avoir une troisième bouche à nourrir.

Reyna releva la tête dans une posture de défi, le cœur serré d'entendre son CV lamentable ainsi résumé.

—Je connais mon histoire, merci. Ça ne m'explique toujours pas ce qui fait de moi le sujet idéal pour votre nouveau programme. Vous voulez quelqu'un sans famille ? C'est ça l'idée ? Pour qu'il n'y ait personne pour remuer ciel et terre si les choses tournent mal ?

Il éclata de rire.

—C'est sans risque, je vous l'ai déjà dit. Vous hésitez. Je comprends, mais vous vous méprenez sur notre organisation.

—Ah oui ?

—Si vous avez été choisie, ce n'est pas pour éviter le risque de retombées négatives. C'est parce que vous en avez plus besoin que d'autres, mademoiselle Carpenter. Vous êtes sans ressources et constituez un fardeau pour vos frères, énonça-t-il sans ambages. Un poste permanent chez Visage vous permettra d'avoir tout ce dont vous rêvez. Et plus encore. Nous cherchons des candidats sincèrement motivés par un partenariat durable avec nos mécènes. Mais si vous préférez un poste plus temporaire à salaire normal, n'en parlons plus.

Reyna avait besoin de temps pour réfléchir. Brian et Drew seraient déjà outrés d'apprendre qu'elle acceptait de bosser un mois comme compagne de sang; elle n'osait même pas imaginer leur réaction si elle signait pour un engagement à long terme. Signifiant, de surcroît, qu'elle allait vivre chez un vampire. Elle n'avait jamais songé à un emploi permanent. Visage, à ses yeux, n'était qu'un truc temporaire pour se faire un peu d'argent. Cela étant, quand elle rentrerait à la maison à la fin de sa mission chez Visage, le problème de la nourriture continuerait à se poser tant qu'elle ne serait pas diplômée.

Fallait-il croire le docteur? Était-elle un boulet pour ses frères?

L'absence de réponse immédiate à cette question la déboussola.

Combien de temps allait-il falloir qu'elle bosse chez Visage avant que la fratrie retrouve une vie normale? Mystère. Seule certitude: sur la base du salaire standard, cela durerait... deux fois plus longtemps.

—Je pourrai toujours démissionner à tout moment, on est bien d'accord?

—Bien entendu, convint Washington. Si l'arrangement ne vous convient pas, vous pourrez sortir du programme. J'en doute, cela étant: nous avons mis le plus grand soin dans le choix du sujet comme du mécène. Tout se passera à merveille, vous verrez.

Reyna soupira. Puisque tel était le prix à payer pour voir ses rêves se réaliser… *Qu'est-ce que j'ai à perdre, après tout ?*

— Entendu. Que faut-il que je fasse ?

Quand Reyna en eut fini avec un monceau de paperasses, le docteur Washington revint la voir et récupéra les documents signés. Elle avait pris soin de tout lire. L'ensemble donnait un peu le sentiment de renoncer à sa propre existence…

Le vampire examina les nombreux paraphes puis hocha la tête.

— Tout est en ordre. Votre mécène vient d'arriver, vous allez partir avec lui.

Reyna sursauta.

— Quoi ? Là tout de suite ? Déjà ?

Le docteur se fendit d'un regard perplexe.

— Vous nourrissez des regrets ?

La jeune femme rangea une mèche rebelle derrière son oreille.

— Non, pas du tout. Mais je n'avais pas compris que mon contrat débutait dès aujourd'hui, que j'allais rencontrer mon mécène si vite.

— Ma foi, votre emploi est censé démarrer sitôt les formalités accomplies. Votre bienfaiteur est en outre un homme très occupé. C'est sa seule disponibilité pour passer vous chercher.

— Ah, d'accord… mais il faut que je voie mes frères.

— Vous pourrez certainement leur transmettre un message dès que vous serez installée, fit valoir Washington.

Reyna fronça les sourcils. Elle aurait souhaité lui cacher à quel point ils étaient dans la dèche, mais comment faire autrement ? Comme, en outre, ils avaient soigneusement épluché sa situation, ce qu'elle allait répondre ne risquait pas de le choquer.

— Le problème, c'est qu'on n'a pas le téléphone…

— Une lettre ? suggéra le docteur.

Reyna se renfrogna un peu plus.

— J'aurais vraiment besoin de leur parler de vive voix.

— J'ai bien peur que ce soit impossible dans l'immédiat, mademoiselle. Votre mécène est presque arrivé. Sauf à renoncer totalement à votre poste chez Visage, il va falloir que vous partiez avec lui.

— Démissionner ? Bien sûr que non, je viens à peine de signer ! dit-elle en désignant la pile de documents qu'il tenait toujours.

— Dans ce cas, je vous propose d'en parler plus tard à votre mécène, pour voir avec lui quand votre temps libre vous permettra d'aller les voir. En tant qu'employée de Visage, vous êtes désormais tenue de vous plier au règlement de la société.

Quelque chose sonna dans sa poche. Il en sortit un téléphone portable, prit connaissance du message et se redressa.

— Il est arrivé.

— Déjà ?

La jeune femme se redressa à son tour et s'efforça d'apparaître moins petite, assise sur ce lit d'hôpital, vêtue d'un tee-shirt et d'un jean fatigué. Pas facile : ses pieds ne touchaient pas par terre.

— Oui. Il ne va pas tarder.

— À quoi il ressemble ? lança-t-elle timidement.

Question pertinente, qu'il aurait même fallu poser avant de s'engager à vivre… indéfiniment… avec un vampire.

Mais quelle importance, au fond ? Puisqu'il s'agissait d'un vampire. Ils devaient tous être les mêmes.

— Vous le saurez dans un court instant.

On frappa à la porte.

— Ah, le voici justement !

Reyna sauta d'un bond au pied du lit. C'était grotesque d'attendre assise sur ce foutu matelas. Son futur employeur se ferait une piètre impression d'elle s'il découvrait une pauvre fille recroquevillée de peur sur un grabat d'hôpital. Il fallait qu'elle apparaisse forte, sûre d'elle. Prête à conquérir le monde.

Mais quand son mécène entra dans la salle d'examen, Reyna se liquéfia de trouille. Jamais elle ne s'était sentie plus vulnérable.

Le nouveau venu bouchait tout l'encadrement de la porte. Son magnétisme faisait qu'on avait le sentiment de contempler un type encore plus immense et massif qu'il ne l'était. Comme si… comme si sa grande carcasse dégageait une énergie palpable, voilà. Son assurance était telle qu'il prenait toute la place.

Elle leva les yeux et se retrouva à contempler deux puits de noirceur. Un court instant, elle crut y déceler une vague lueur d'appétit qui s'éteignit presque aussitôt. L'homme était taillé à la serpe : pommettes saillantes, joues creuses, maxillaire puissant et carré. Jusqu'à ses cheveux d'un noir de jais coupés au millimètre. Costume noir impeccable, chemise rouge sang.

En un mot, terrifiant… mais aussi beau comme un dieu.

— Reyna, déclara Washington, permettez-moi de vous présenter votre mécène. Beckham Anderson, vice-président de Visage Incorporated.

La jeune femme regarda Beckham dans les yeux et refusa de les détourner. S'il comptait l'intimider avec son regard de tueur, c'était très réussi, mais il n'était pas question de le montrer.

Elle décida de lui tenir tête malgré sa mise piteuse. Jean usé jusqu'à la corde, tee-shirt gris sale, Converse noires éculées, casquette de baseball marronnasse rangée dans la poche arrière. Queue-de-cheval haute, pas la moindre trace de maquillage, avec en face d'elle un type positivement... parfait. Et alors ? Lui donner satisfaction en baissant les yeux était exclu.

Comme il ne pipait mot, Washington se racla la gorge et poursuivit.

— Monsieur Anderson, je vous présente votre nouveau sujet, mademoiselle Reyna Carpenter.

Personne n'enchaîna.

Reyna continuait à dévisager son vis-à-vis dans une attitude de défi. Songer à devenir compagne de sang chez Visage était une chose ; s'attendre à quelque chose de précis en était une autre. Jamais elle n'avait réfléchi à ce que cela pouvait réellement représenter de partager le quotidien d'un vampire. Or le... type... qu'elle avait devant elle lui donnait très envie de prendre ses jambes à son cou. C'était l'incarnation même du cauchemar. *Comment diable vais-je faire pour vivre avec lui ?*

— Eh bien... reprit Washington, mal à l'aise. Qu'en pensez-vous ?

Beckham cessa de la dévisager et se tourna vers le docteur.

— OK, ça ira. Une voiture m'attend, je dois me rendre à une réunion. Qu'elle soit prête à partir sur-le-champ.

Reyna, médusée, haussa les sourcils. C'était tout ? La paperasse avait déjà été rangée, mais elle s'était attendue à ce qu'il lui pose quelques questions, histoire d'en savoir un peu plus sur elle, puisqu'ils étaient voués à cohabiter indéfiniment. Comme cela devait se faire à l'occasion d'un mariage arrangé.

— Elle est prête, indiqua le toubib sans un regard pour Reyna. Une petite signature et elle est à vous.

Washington exhiba le dernier document que Reyna avait paraphé. Beckham y apposa sa griffe.

— Voilà qui est fait. On peut y aller, maintenant ? demanda Anderson sur un ton brusque.

— Oui. Oui, bien sûr. Mademoiselle, veuillez le suivre.

Reyna s'obligea à mettre un pied devant l'autre. Elle en était capable. Capable de tout laisser en plan pour partir avec ce… vampire… peu amène. Un type qui allait se repaître de son sang à intervalles réguliers. La jeune femme déglutit bruyamment et releva la tête. Elle allait le faire pour Brian et Drew, bien sûr, mais aussi pour elle-même. Afin d'être, un jour, capable de subvenir à ses propres besoins.

Toute aventure débutant par un premier pas, elle le fit.

La jeune femme se dirigea vers le docteur qu'elle jugeait un peu moins inquiétant que son mécène. Ce dernier, le nez sur son téléphone portable, ne lui prêtait aucune attention.

— On est bien d'accord, il ne va pas me faire de mal ? murmura-t-elle sans quitter des yeux M. Anderson.

Les narines de Beckham frémirent ; il la fusilla du regard.

— Étant votre employeur, je n'en ai nullement l'intention. Vous serez traitée comme il se doit. Je vous signale au passage que le temps presse. En avez-vous terminé avec le médecin ? Si tout est en ordre, je vous suggère de ne plus dire un mot afin que nous puissions partir.

Reyna se plongea dans ses yeux noirs et prit conscience qu'elle risquait de s'y noyer. Ce regard-là était un siphon abyssal. Sans espoir d'en ressortir indemne. Elle savait nager, mais pas dans ces eaux-là. Il allait falloir composer avec un type qui prenait la mouche dès qu'elle disait quelque chose.

Ce qui l'attendait dès qu'elle aurait franchi la porte de cette salle était un mystère total.

Seule certitude à ce stade : Beckham Anderson était le mètre étalon en matière de con fini.

Chapitre 4

Silence.

C'était visiblement le mot d'ordre à retenir. Beckham était silencieux. Il appréciait qu'elle le soit. Idem pour son téléphone. Même la Lincoln Town Car, une conduite intérieure au luxe incroyable, roulait sans bruit.

Ils quittèrent les locaux de Visage puis mirent le cap à l'est, le long de la côte. La berline l'éloignait à une vitesse vertigineuse du quartier lépreux des Entrepôts, de ses frères, de sa vie d'avant.

Reyna jeta un coup d'œil par la lunette arrière. Son pouls s'accéléra sous l'effet du vague à l'âme, c'était dur de tourner le dos à son petit monde, mais comment faire autrement ? Ils avaient tellement besoin d'argent ! L'occasion était trop belle. Ses frères, bien sûr, auraient désapprouvé ce choix, mais la vie était faite de décisions difficiles.

Quand ils constateraient qu'elle ne rentrait pas ce soir, Brian et Drew allaient perdre les pédales. La jeune femme s'en voulut de ne pas leur avoir fait ses adieux. Comme ils n'avaient pas le téléphone, elle n'avait aucun moyen de les joindre. Quant à passer par leur employeur… c'était courir le risque qu'ils le paient cash. Elle aurait pu leur laisser un mot d'explication, mais, là encore, ils auraient pété les plombs. Le problème était entier. Il allait falloir qu'elle trouve le moyen de les prévenir qu'elle était saine et sauve.

Après avoir poussé un gros soupir, elle se recala sur la banquette, tournée vers l'avenir.

La ville commença à lui apparaître. Elle l'avait toujours trouvée hideuse, froide et répugnante. Quand la fratrie avait été contrainte d'y emménager chez leur oncle, elle avait appris à haïr cette métropole au fil d'années atroces. Une ville sale, sans pitié. Peuplée de gens sans égards pour leurs voisins. Où tous vivaient piégés comme des rats.

Leur seul bon cœur pour bagages, les deux frangins étaient partis avec elle hors des limites de l'agglomération. Passant d'un taudis à un autre. Reyna ne s'en était pas plainte : au quartier des Entrepôts, Brian et Drew avaient trouvé du travail.

— Au fait… lança-t-elle à voix basse, vous vivez où, au juste ?

Le regard noir qu'il daigna lui accorder en s'arrachant à la contemplation de son écran semblait signifier « Je rêve ou elle me parle ? »

— Vous le saurez bien assez tôt, dit-il, l'air dédaigneux.

Elle se détourna, la gorge serrée. Soutenir son regard était difficile. Ses yeux, tout en étant noirs et sans vie, avaient aussi quelque chose de terrifiant.

La première impression de Reyna se vérifiait. Homme de pouvoir, Anderson était habitué à peser de tout son poids dans les échanges verbaux. Un seul regard suffisait à ce que l'on souhaite disparaître dans les recoins de la banquette arrière. Seule la fierté de la jeune femme la dissuadait de se ratatiner. Quant à imaginer comment un vampire comme Beckham avait pu se comporter avant que l'instauration de la compatibilité sanguine vienne apaiser ses bas instincts, mieux valait ne pas y penser.

Ils arrivèrent au centre-ville. Reyna, collée à la vitre, observa les gratte-ciel, la foule, les choses étranges, les sons inconnus. Elle n'était jamais revenue depuis le départ de la fratrie. La mégalopole n'était pas sûre pour une femme seule, ses frères n'auraient jamais accepté qu'elle s'y rende, même si elle avait insisté. Ce qu'elle s'était gardée de faire.

Le bâtiment suivant occupait tout un pâté de maisons. Le logo Visage barrait la façade en grosses lettres rouges, au-dessus de l'entrée. C'était la première fois qu'elle voyait l'immeuble de bureaux *downtown*. Un mastodonte vitré, d'une hauteur vertigineuse. Même en se tordant le cou, elle n'arrivait pas à en voir le sommet.

— C'est ici que vous travaillez ? *Là-dedans ?* demanda-t-elle sans pouvoir se retenir.

Il poussa un soupir sonore.

— Oui. Vous pourriez vous tenir tranquille ? Une réunion m'attend, j'ai du mal à me concentrer avec vous qui faites de la buée sur la vitre.

Reyna se rencogna dans son siège et le fusilla du regard. Quel sale con ! Elle n'avait pas le droit de se montrer curieuse à propos de sa nouvelle vie ? Il aurait pu répondre à deux ou trois questions, non ? Il ignorait de toute évidence que c'était la première fois en dix ans qu'elle mettait les pieds en ville. Et devait s'en ficher royalement.

La jeune femme, dépitée, se tourna vers l'extérieur. Tout n'était que noirceur et austérité. Comme Beckham, en somme.

Quelques minutes tendues plus tard, la voiture s'arrêta devant un autre énorme bâtiment. Le chauffeur de Beckham se gara dans l'allée d'accès circulaire ; un voiturier s'empressa d'ouvrir la portière. Le grand brun sortit le premier du véhicule sans un regard vers elle. Reyna suivit le mouvement après un nouveau soupir de dépit.

Elle dut trottiner pour rattraper Beckham. Des portes en verre impeccables s'écartèrent dans un léger chuintement.

Le couple improbable pénétra dans un hall d'entrée aux dimensions cyclopéennes. La jeune femme, bouche bée, écarquilla les yeux. Le plafond était tout bonnement hors de vue ! Un ascenseur à cabine vitrée filait vers les cieux le long d'une rampe métallique. Reyna se rendit compte qu'elle foulait un sol de marbre poli, loucha sur un mobilier si luxueux que le nom des étoffes et des matériaux lui était inconnu, et croisa des gens…

Des gens pas croyables. Tous outrageusement *beaux*. Tenues d'aspect coûteux, épidermes parfaits, cheveux à l'avenant.

Un coup d'œil à sa propre tenue lui fit remarquer que son tee-shirt préféré était effrangé au niveau de l'ourlet. Le jean était usé et presque troué aux genoux. Ses Converse, enfin, étaient éculées comme seules peuvent l'être des chaussures de deuxième main. Reyna et ses frères n'avaient pas les moyens de s'offrir des habits neufs. Le peu qu'ils avaient devait durer. En résumé, elle n'était pas *du tout* à sa place.

Les gens qu'elle croisait ne se privaient d'ailleurs pas de loucher sur sa dégaine. Elle baissa la tête pour faire fi des regards. Quelle pitié, de ne pas pouvoir admirer les lieux à son aise… Elle regretta de ne pas être invisible, comme elle l'était dans son quartier.

Beckham fit glisser une carte sur un boîtier noir. Les portes de l'ascenseur s'ouvrirent. Il recommença sitôt dans la cabine vitrée puis appuya sur le bouton du haut, marqué APPARTEMENT-TERRASSE.

Son cœur rata un battement.

— Vous vivez tout là-haut ? s'étrangla-t-elle.

— Oui.

Fin de l'explication. Décidément peu loquace, le garçon.

L'ascenseur s'élança si vite que Reyna sentit son estomac plonger. À peine s'était-elle remise que la cabine s'immobilisa à une hauteur qui donnait l'impression que la foule, en contrebas, était composée de fourmis. Un tintement sonore retentit ; les portes s'ouvrirent directement sur l'appartement-terrasse de Beckham. La jeune femme fit un pas en avant et déboucha dans une pièce gigantesque.

Quel spectacle !

Elle fit quelques pas hésitants dans ce living au luxe insensé. La pièce à vivre était dotée d'un immense canapé modulable et d'une télé qui couvrait tout un pan de mur. Les autres parois s'ornaient de somptueuses photos noir et blanc tirées sur toile. Une cuisine en acier brossé se devinait tout au fond, à droite. Son regard fut attiré par la baie vitrée qui offrait une vue à couper le souffle sur le cœur de la ville, à savoir l'immense gratte-ciel Visage. Cerise sur le gâteau, la baie vitrée ouvrait sur une terrasse… avec piscine à débordement.

Qui aurait cru que vivre avec un vampire s'assimilait à emménager dans un coin de paradis ?

— Ouah ! s'exclama-t-elle dans un souffle. Votre cuisine est plus grande que tout mon appartement !

Ce cri du cœur, sitôt sorti, la fit grincer des dents. Elle s'était pourtant juré de ne rien dire de son passé, afin que Beckham en sache le moins possible sur ses origines. Un point pour lui : il ne posait pas de question. Mais quitte à travailler pour lui, il n'était pas question de mélanger boulot et sphère privée.

Elle masqua son embarras en allant explorer le living et s'intéressa aux photos accrochées. Paysages urbains crépusculaires ; plan serré sur une jolie femme buvant un café en terrasse ; alignement de gratte-ciel sur fond nuageux ; square vu du dessus ; foule en mouvement dans la rue, avec visages et silhouettes floutés, etc. Effet saisissant garanti.

Une vision sombre à souhait de la ville… et resplendissante tout à la fois.

— J'aime beaucoup, dit-elle en effleurant le cadre noir d'une toile.

Comme Beckham ne pipait mot, elle se retourna vers lui. Il avait les yeux rivés sur son téléphone et l'ignorait superbement. Elle attendit une minute pour voir s'il disait quelque chose. N'importe quoi.

Quand, enfin, il eut terminé, il remisa son portable dans sa poche de costume. Elle croisa son regard et serra les poings le long du corps, déterminée à ne pas se laisser intimider. À lui montrer qu'elle n'avait pas peur.

— C'est mon chez-moi, quoi. Comme vous êtes censée y vivre… indéfiniment, autant vous y faire.

Reyna se retint d'éclater de rire. S'y faire ? Il délirait, ou bien ?

— J'aurais aussi quelques règles de vie à vous exposer, mademoiselle.

— OK, dit-elle, redoutant le pire.

— Primo, pas de visiteur d'aucune sorte. De jour comme de nuit.

— Hein ? Pas de… sérieux ? glapit-elle.

Elle n'aurait pas le droit d'inviter quiconque ? C'était inenvisageable ! Surtout à long terme.

Il la fusilla du regard.

— Je n'ai pas été clair ?

— Si, mais pourquoi cette interdiction ?

— Je ne m'attendais pas à devoir me justifier envers vous, mademoiselle Carpenter. C'est moi l'employeur. Soit vous suivez mes règles, soit vous repartez les mains vides. Me fais-je bien comprendre ?

Reyna ravala sa colère. De toute façon, faire venir quelqu'un ici, bonjour la galère… Tous les gens qu'elle connaissait vivaient à une heure de route et n'avaient pas de bagnole. Mais merde, quoi, si jamais elle se faisait des amis dans le coin, elle aurait aimé leur faire découvrir où elle vivait. À condition d'avoir l'occasion de nouer des liens, bien sûr.

— Oui, merci, c'est très clair.

— Formidable. Secundo, vous devrez rester ici la nuit.

La jeune femme fronça les sourcils.

— Où est-ce que j'irais ?

Il croisa les bras avec raideur et la dévisagea avec l'air du type à qui on ne la fait pas. Elle comprit l'allusion muette et piqua un fard. *Ben voyons. Me faire sauter, bien sûr.*

— Et mon couvre-feu, rétorqua-t-elle, sarcastique, il est à quelle heure ?

Il ne daigna même pas relever.

— Tertio, je veux pouvoir vous contacter à tout moment. Vous aurez donc besoin de ceci, dit-il en exhibant un téléphone qu'il lui tendit.

L'objet était doté d'une vitre allongée et brillante. Elle l'empoigna et le trouva massif. Bizarre. Elle n'en avait jamais possédé, ni même tenu auparavant.

— Et, euh… comment ça marche ?

Il poussa un soupir exaspéré puis lui fit un topo rapide. Après quelques cafouillages, elle sut comment l'activer, décrocher, passer un appel, envoyer un SMS et accéder à l'Internet. Une vraie usine à gaz, ce machin… À quoi bon toutes ces fonctions ?

— Il faudra l'avoir avec vous tout le temps. Si je vous appelle sans que vous répondiez, je serai *très* mécontent.

À en croire la tête qu'il faisait, « mécontent » devait signifier qu'il la réduirait en charpie dès qu'il l'aurait retrouvée.

— Bien reçu, dit-elle en fourrant l'appareil dans sa poche de jean et en priant pour se souvenir de tout.

— Une dernière chose, votre chambre est au fond du couloir à droite, indiqua-t-il en pointant la main derrière elle.

— Et la vôtre, elle se trouve où ?

Reyna regretta cette question dès qu'elle eut franchi ses lèvres. Comment avait-elle pu la poser ? Cela faisait penser qu'elle avait envie de se retrouver dans sa piaule, ce qui n'était pas le cas. Mais alors pas du tout. La jeune femme avait eu vent que certains employés de Visage finissaient par donner davantage que leur sang, mais elle n'était pas là pour coucher. Ni avec Beckham ni avec quiconque. Son plan était simple : monnayer son sang.

C'était suffisant. Elle n'était pas une pute.

— L'emplacement de ma chambre ne vous regarde pas, mademoiselle Carpenter.

— Bien sûr, marmonna-t-elle en se détournant. Je ne… c'était… enfin bref.

— Comme indiqué, votre chambre se trouve au bout de ce couloir. Le réfrigérateur est plein, mais au cas où il vous manquerait quoi que ce soit, vous n'aurez qu'à demander à mon majordome.

— Excusez-moi… un *majordome ?*

— Son numéro est enregistré sur votre portable, précisa Beckham.

— Et « quoi que ce soit », ça s'arrête où, au juste ?

— Dans les limites du raisonnable, cela va de soi. Bien. Sur ces bonnes paroles, je n'ai plus une minute à vous accorder. Il faut que je retourne au travail, dit-il en tournant les talons.

— Attendez ! lança-t-elle en levant la main.

Il fit demi-tour et la regarda comme s'il avait affaire à la personne la plus pénible qui puisse exister, ce qui incita Reyna à ramener le bras le long du corps.

— C'est au sujet du règlement… Je peux sortir ?

— Déjà pressée de partir ? s'étonna Beckham, un sourcil arqué.

— Non, s'empressa-t-elle de répondre en reculant d'un pas sous le poids de son regard noir. Je voudrais juste savoir si je suis autorisée à quitter l'appartement.

La jeune femme tenait à voir ses frères aussi vite que possible, mais sans enfreindre les règles dès le premier jour de son nouveau… job.

— Vous n'êtes pas ma prisonnière. Vous êtes libre d'aller et venir à votre guise, à la seule condition que je puisse savoir où vous êtes à tout moment. Tenez-moi au courant par SMS.

— Oh, soupira-t-elle.

— Votre présence me coûte beaucoup d'argent, exposa-t-il sans ambages. Je n'ai pas envie de voir s'envoler mon investissement.

Ce dernier mot la fit frissonner. Il sonnait un peu comme « putain », dans sa bouche. S'il l'avait embauchée, c'était pour se nourrir et basta. Ce fumier ne se privait pas de l'humilier en lui rappelant qu'elle n'était qu'une vulgaire compagne de sang.

— Investissement, répéta-t-elle d'une voix blanche.

— Oui, mademoiselle. Un investissement très, très coûteux, insista-t-il, sans pitié.

— Je vois. On s'y met, alors ? cracha-t-elle.

Habitée par une rage folle, Reyna tira sur le col de son tee-shirt et présenta sa nuque. C'était pour ça qu'elle était là, non ? Aux oubliettes, le somptueux appartement-terrasse, le portable flambant neuf, le frigo contenant assez de bouffe pour nourrir tout un immeuble du quartier des Entrepôts, sa jolie chambre et le foutu majordome. Elle était une poche de sang sur pattes. Destinée à le nourrir. Puisqu'il était question d'investissement, autant jouer cartes sur table. Elle était là pour se faire mordre par un vampire. Autant lui rappeler ce petit détail. Sans se laisser aveugler par le cadre de rêve dans lequel elle venait d'arriver, car rien de tout cela ne lui appartenait. Elle s'était mise à la merci d'un vampire qui pouvait la remplacer d'un claquement de doigts, aussi aisément qu'il pouvait se repaître d'elle jusqu'à ce que mort s'ensuive. Il n'était pas question de l'oublier.

Sentant ses mains trembler sous l'effet de la peur, elle attendit, résolue à tenir bon. Beckham ne fondit pas sur elle.

Au lieu de quoi il pencha la tête de côté en l'observant.

— Je n'ai pas faim et vous devriez… (Coup d'œil des pieds à la tête) faire un brin de toilette.

Là-dessus, il s'engagea dans le couloir, entra dans une chambre et claqua la porte derrière lui.

Reyna se rajusta à gestes lents. Elle respirait fort, médusée de ce qui venait de se passer. Il l'avait rejetée. Comme ça, froidement.

De mieux en mieux. Même en s'éclipsant, il arrivait à l'insulter.

Chapitre 5

Reyna s'éveilla en sursaut. Elle plaqua la main sur sa poitrine : son cœur battait la chamade, elle resta un instant sans savoir où elle était ni pourquoi. Il lui fallut se vider les poumons deux fois de suite pour recouvrer ses esprits.

Visage.

Beckham.

L'appartement-terrasse.

Un grand lit moelleux immaculé, un tapis blanc duveteux, des doubles rideaux vert tendre. Un dressing aussi vide qu'immense, qu'elle n'aurait jamais l'occasion de remplir, et une salle de bains attenante avec baignoire-jacuzzi et douche spacieuse, façon chute d'eau.

La veille au soir, elle avait passé plus d'une demi-heure à se récurer sous le jet bouillant avant de se coucher. Une vraie révélation : sous son éternelle couche de crasse, c'était comme si elle avait hérité d'un tout nouvel épiderme. Et que dire de ses cheveux noirs ! D'ordinaire ternes et plats, ils étaient ressortis soyeux et bouclés grâce à la magie d'un shampooing hors de prix et de l'après-shampooing assorti.

Ce matin, en revanche, c'était le retour à la dure réalité. Sa première vraie journée de travail commençait. Son mécène allait vouloir se nourrir, c'était couru d'avance. Il fallait s'y préparer… et donc avaler un copieux petit déjeuner pour ne pas souffrir de vertiges quand il lui aurait pompé du sang.

Elle frémit. *Pompé du sang.* Brrr…

Reyna sauta du lit et chercha du regard ses fringues qu'elle avait laissées en vrac. Elle s'était couchée vêtue d'un tee-shirt blanc XXL déniché dans un tiroir de la commode, jugeant cette solution préférable à ses frusques douteuses.

Il allait pourtant falloir qu'elle remette ses habits de la veille. Problème : ils avaient disparu.

La jeune femme ouvrit le dressing et resta bouche bée. Un quart de l'espace disponible était déjà rempli ! Un alignement de robes à tomber par terre, dans tous les coloris imaginables. Mais aussi jupes, tops, pantalons moulants… Une vraie caverne d'Ali Baba. Une garde-robe dont elle n'aurait jamais osé rêver dans son quartier. Elle effleura les étoffes précieuses – satin, dentelle, soie – puis retira brusquement la main. *Qu'est-ce que ça fout là ?*

Un coup d'œil aux étiquettes lui apprit que tout était neuf et à sa taille. *Par quel miracle ?* s'étonna-t-elle.

Toutes ces affaires étaient magnifiques, certes, mais ne lui ressemblaient en rien. C'étaient des habits pour poupée de riche. Comme si quelqu'un les avait choisis au « décrochez-moi-ça », sans considération pour celle qui était censée les porter.

Elle reporta son attention sur le reste du dressing. Les tiroirs étaient garnis de sous-vêtements trop minuscules et ajourés pour couvrir grand-chose. Reyna s'empressa de les refermer.

Tout était vide hier soir. Par quel tour de passe-passe avait-on rempli le dressing à son insu ? Il lui déplut qu'on accède ainsi à sa chambre, même si elle avait été privée de piaule rien qu'à elle lors des dix années passées. La jeune femme secoua la tête et s'apprêtait à ressortir quand elle remarqua quelque chose dans la corbeille. Ses vieilles fringues, mises au rebut.

— Ça alors, dit-elle en sortant ses affaires de la poubelle. Je n'y crois pas ! Qui a eu le culot de jeter mes affaires sans me demander ?

Reyna, furieuse, mais propre, enfila son tee-shirt puant et son jean usé jusqu'à la corde. Il n'était pas question qu'elle se déguise en bimbo de luxe. Si c'était Beckham qui avait commandé tout ça, il allait falloir qu'il change son fusil d'épaule, elle n'était pas une poupée qu'on habille à sa guise, merde ! C'était à *elle seule* de choisir sa garde-robe.

Sitôt rhabillée, la jeune femme se rua dans le living et n'y trouva personne. Elle marmonna, toujours en pétard, et obliqua vers la cuisine pour s'y préparer à manger. Elle rassemblait les ingrédients nécessaires à la confection d'une omelette quand Beckham déboucha du couloir. Aussi impressionnant que la veille, il était vêtu d'un costume noir trois pièces avec cravate violette à imprimé sombre.

Le nez sur son écran de téléphone, il ne leva la tête qu'au moment où Reyna cassa le premier œuf. Il accrocha le regard glacial de sa nouvelle « employée » qui dut rapidement détourner les yeux. Bien qu'en colère, elle n'arrivait pas à soutenir le contact oculaire : il paraissait toujours partagé entre envie de la boire et désir impérieux de lui rompre le cou avant de la jeter par la fenêtre.

— Pourquoi diable portez-vous toujours ces guenilles ? aboya-t-il.

— Pourquoi diable les avez-vous foutues à la poubelle ?

— Parce qu'elles sont répugnantes.

— Les fringues que j'ai découvertes dans mon dressing ne me ressemblent pas, grinça-t-elle en cassant un second œuf avant de les battre à la fourchette.

— Ce sont des habits neufs.

Elle haussa les épaules, l'air de s'en foutre, sans même le regarder.

— Et très chers.

Reyna poussa un soupir et le regarda dans les yeux.

— On dirait des tenues pour poupée, dit-elle en faisant la grimace. Je ne connais personne qui porte des trucs pareils pour rester à la maison.

Beckham la fusilla du regard.

— Ça n'a rien d'étonnant puisque vous ne *connaissez* personne. Littéralement.

Cette saillie la blessa.

— C'est juste que… que je tiens à porter quelque chose qui me ressemble, insista-t-elle.

— Ce que vous portez ne ressemble à rien, rétorqua-t-il, le timbre dangereusement caverneux. Jetez-moi ça.

— Pardon ?

Ce fut au tour de la jeune femme de le fusiller du regard. Il n'avait pas le droit de lui aboyer des ordres.

— Jetez-moi ça, j'ai dit.

— Je travaille pour vous, mais ça ne vous autorise pas à me dicter comment je dois vivre !

Beckham baissa la tête vers elle comme s'il se penchait sur une gamine de trois ans en train de piquer sa crise. Puis il marcha vers elle à pas lents.

— Je vous ai dit de jeter vos affaires. Tout de suite. Achetez-en d'autres si vous n'aimez pas celles que j'ai commandées pour vous, mais il n'est pas question que je sois vu en compagnie de quelqu'un attifé comme vous l'êtes. Vous vous êtes suffisamment donnée en spectacle dans le hall d'entrée, hier soir. Vous y tenez tant que ça, à continuer à vous faire honte ?

L'argument était imparable. Reyna, vaincue, secoua la tête ; il était si proche qu'elle tremblait de tout son être.

— Bien. Allez vous changer.

Abandonnant la fourchette dans le bol, elle contourna son immense patron et s'engouffra dans sa chambre. Elle ne se reconnaissait pas de se laisser ainsi mener par le bout du nez, comme une enfant, mais où trouver la ressource de lui dire non ?

Reyna opta pour la tenue la moins extravagante du lot, à savoir un chemisier blanc en mousseline de soie et une jupe rose doré à paillettes, et s'efforça de ne pas songer au ridicule de sa mise.

Le hochement de tête approbateur de Beckham n'apaisa en rien son malaise. Elle en conçut néanmoins un peu de soulagement : elle avait fait quelque chose pour mériter cette approbation… juste après avoir protesté.

— Tenez, dit-il en déposant une carte plastifiée noire sur le plan de travail.

— Qu'est-ce que c'est ?

— La société vous a ouvert un compte où votre salaire sera viré. Ce sont vos économies. Pour vos dépenses courantes, servez-vous de cette carte, et sachez qu'elle permet aussi d'accéder à l'appartement. Le premier virement a déjà été effectué.

Elle prit la carte et loucha dessus, médusée. Une petite fortune, là, dans sa main ? Tout bonnement impensable.

— Merci.

— Tâchez de ne pas la perdre, surtout. Ces cartes-là sont difficiles à obtenir.

Elle hocha la tête puis se remit à la confection de son petit déjeuner. L'omelette prête, elle s'installa pour la manger en tirant sur sa jupe. Beckham leva les yeux de son portable en la voyant s'asseoir près de lui, comme surpris qu'elle soit encore là. Probablement habitué à vivre seul, il paraissait troublé par sa présence.

— Bon, eh bien… dit-il en manière d'au revoir tout en se dirigeant vers l'ascenseur.

— Où allez-vous ?

Il se raidit.

— Travailler.

— Vous rentrez à quelle heure ?

— Mon emploi du temps est synchronisé sur votre téléphone. Accédez à l'appli calendrier et vous saurez tout.

— Ah ! L'appli calendrier. D'accord.

Bien sûr. Un type comme lui avait un emploi du temps réglé au millimètre. Sans un mot de plus, Beckham quitta l'appartement, la laissant seule. Il n'avait pas été question de quand il comptait se nourrir et ne l'avait pas sollicitée une seule fois en ce sens. Reyna savait que les vampires devaient s'alimenter tous les deux ou trois jours et pouvaient « tenir » une semaine sans… ravitaillement. La documentation de Visage ne laissait pourtant guère de doute : les mécènes exigeaient de s'abreuver quotidiennement.

N'est-ce pas pour ça qu'il me paie ?

Chapitre 6

Reyna faisait les cent pas dans l'appartement.

Elle était enfin arrivée à consulter l'emploi du temps de Beckham sur son portable. Ses rendez-vous à l'extérieur allaient le conduire à rester absent toute la journée. La jeune femme avait scruté l'écran avec soin pour voir s'il avait ménagé une fenêtre lui permettant de manger. Rien. Elle n'était mentionnée à aucun moment. Sauf erreur, il ne prenait jamais le temps de souffler. Du boulot, encore du boulot… Il ne faisait que ça de la journée.

Reyna n'y trouva rien à redire.

Puisqu'il était pris du matin au soir, elle avait le temps d'aller voir ses frères. Cela ne lui prendrait pas beaucoup de temps : deux heures, trois à tout casser. Elle serait de retour à l'appartement avant que Beckham se soit rendu compte qu'elle était partie.

Et de toute façon, elle avait le droit de sortir, il le lui avait spécifié. La jeune femme n'en était pas moins terrifiée à l'idée de ce qu'il pourrait lui faire au moindre faux pas. Remettre ses vieilles frusques avait presque suffi à le faire sortir de ses gonds. Elle cohabitait avec une bombe à retardement. Que se passerait-il s'il venait à exploser ?

Il lui fallait pourtant aller voir ses frères. À condition de n'enfreindre aucune clause de son foutu règlement, tout irait bien.

Elle se lança dans la rédaction d'un SMS adressé à Beckham. N'ayant pas l'habitude, elle dut s'y reprendre dix ou douze fois avant d'obtenir un texte sans fautes de frappe.

Je sors. Pas longtemps. Je prends le téléphone et la carte.

La réponse arriva presque instantanément. *Comment fait-il pour taper aussi vite ?*

Appelez mon chauffeur, Gérard. Il vous conduira où vous voulez en ville. Si vous allez acheter de nouveaux habits, payez avec la carte. Ne prenez rien au rabais, surtout. Bien compris ?

Oui.

Parfait. Ne rentrez pas trop tard. Il faut qu'on parle.

Elle déglutit péniblement. Parler ? Voilà qui n'augurait rien de bon. *Il est déjà fâché après moi ? Ou est-ce un genre de code pour dire « boire mon sang » ?* Les réponses à ces questions devraient attendre. Il était prévu qu'il rentre tard ; elle avait largement le temps d'aller voir Brian et Drew avant son retour.

Ayant déniché un sac à bandoulière dans son dressing, elle y rangea le téléphone portable et la précieuse carte magnétique noire. Les seules chaussures à sa disposition qui ne soient pas munies de talons de dix ou quinze centimètres étaient des chaussures ouvertes à semelles compensées. Il allait falloir faire avec. Quant à appeler le chauffeur de Beckham, ce dernier avait écrit qu'il la conduirait n'importe où *en* ville. Alors qu'elle souhaitait en sortir. Mais si elle avait assez de fric pour s'acheter des fringues chères, ça voulait dire qu'elle pouvait se payer un taxi pour aller en banlieue et en revenir.

Sa décision prise, Reyna prit l'ascenseur. Les regards qu'on lui lança dans le hall indiquaient clairement qu'elle ne ressemblait plus à l'intruse des bas quartiers que Beckham avait traînée à sa suite la veille au soir. Quelques heures avaient suffi pour qu'elle donne le change. Une femme loucha même avec envie sur ses chaussures ouvertes ridicules à souhait. Alors qu'elle les aurait volontiers troquées pour des tennis !

Le voiturier leva la tête en l'apercevant.

— Puis-je vous aider, madame ?

« Madame »... Miséricorde !

— Euh... oui, j'ai besoin d'un taxi ?

Le voiturier siffla. Une Town Car noire se gara aussitôt devant l'entrée.

— C'est... c'est un taxi, ça ? demanda-t-elle, l'air hésitant. Ils ne sont pas tous jaunes ?

Il parut étonné.

— Nos clients Visage ont droit au meilleur, madame.

— Ah ! Et... je peux savoir combien ça coûte ?

Elle se sentit cruche de poser cette question, mais elle n'était pas sûre de pouvoir s'offrir une virée en conduite intérieure de luxe jusqu'en lointaine banlieue.

— Vous êtes nouvelle, je me trompe ? demanda le voiturier en affichant un sourire poli.

Il ne la regardait pas du tout comme une idiote. C'était agréable, d'avoir affaire à un type gentil après avoir marché sur des œufs avec Beckham.

— Oui, murmura-t-elle. Ça se voit tant que ça ?

— Un tout petit peu. Permettez-moi de me présenter. Everett.

— Reyna.

Ils se serrèrent la main. La jeune femme poussa un soupir, bien aise d'éprouver un peu de chaleur humaine dans sa situation.

— Ne vous en faites pas, pour le taxi. Il ira sur la note de votre chambre. Vous avez une carte ?

Elle produisit sa carte noire. Everett poussa un long sifflement.

— Qu'y a-t-il ?

— Ça alors… une carte illimitée.

— Illimitée ? Qu'entendez-vous par là ?

Il fronça les sourcils, l'air de s'excuser.

— La carte est noire. Ça signifie que vous disposez de fonds illimités.

Reyna écarquilla les yeux puis cilla rapidement à plusieurs reprises. Il devait se tromper, c'était impossible. Elle était salariée ! Pourquoi Beckham l'aurait-il autorisée à piocher sans limites dans son immense fortune ?

— Vous devez faire erreur.

Il sourit de nouveau.

— Probablement, mentit-il sans s'en cacher. Installez-vous, madame.

Everett lui ouvrit la portière ; elle se coula sur la banquette tendue de cuir en lissant sa jupe.

— Merci.

Il sourit de plus belle.

— Heureux d'avoir fait votre connaissance, Reyna.

— Moi aussi, Everett.

— Votre destination, mademoiselle ? s'enquit le chauffeur.

— Quartier des Entrepôts, 54 boulevard Est.

Il haussa les sourcils, visiblement étonné qu'une fille tirée à quatre épingles et qui sortait de cette résidence puisse envisager de se rendre dans cette banlieue pourrie.

— Approchez votre carte de l'écran, mademoiselle, et on est parti.

Elle produisit de nouveau sa carte noire en se demandant si Everett avait dit vrai. Puis suivit les instructions qui s'affichèrent sur l'écran à l'arrière de la Town Car. Sitôt sa carte passée devant, elle lut :

Beckham Anderson

Reyna Carpenter

Visage Inc.

Crédit illimité

Elle resta bouche bée.

Le compteur démarra en même temps que la Town Car. Elle vit le montant de la course grimper, grimper… À ce rythme, rallier la banlieue allait coûter davantage que tout ce que la fratrie avait vu passer en une vie. Hallucinant.

Les yeux rivés sur le moniteur, elle aperçut vaguement la ville disparaître derrière eux tandis que la berline filait vers son quartier. Elle ne l'avait quitté que la veille, et pourtant, cela lui faisait l'impression d'être partie depuis des lustres. Le chauffeur roula plus lentement – prudemment – dès leur arrivée dans le quartier des Entrepôts. Quel contraste, entre le cadre de vie immaculé de Beckham et ces rues familières !

Tout était sale.

Non, pire que sale. Noir de suie. Archi pollué.

À l'exact opposé de Visage.

Sombre ironie : son quartier était plus glauque qu'un endroit peuplé de vampires réputés pour être des créatures de la nuit.

— Nous voilà rendus au 54 boulevard Est, mademoiselle. Quel bâtiment ? lança le chauffeur.

Elle désigna un immeuble de quatre étages en piteux état. Le toit ayant été à moitié arraché quelques années plus tôt par une nuit d'orage, la bâtisse paraissait encore plus miteuse que ses voisines. Le trou à rats loué par ses frères était situé au deuxième.

— Je passe voir chez quelqu'un. Vous pouvez m'attendre ?

— Quelqu'un comme vous ne devrait pas y aller seule, mademoiselle.

Un jour loin de chez moi et j'ai déjà l'air d'une étrangère...

— Tout ira bien. Attendez-moi là, d'accord ?

Elle ouvrit la portière et frémit un peu en voyant ses chaussures ouvertes se maculer de terre noirâtre. La première pensée qui lui vint fut que Beckham allait l'obliger à jeter ces pompes toutes neuves.

Reyna atteignit le palier du deuxième sans incident. Même cette cinglée de Mme Lowry, qui passait toutes ses journées sur le seuil de son taudis, à engueuler tous ceux qui passaient, ne pipa mot. La porte des Carpenter n'était jamais fermée à clé, il n'y avait rien à voler chez eux. Aussi entra-t-elle sans frapper.

— Brian ! Drew !

Pas de réponse. Elle pénétra dans l'unique chambre. Vide. Rien que leurs trois pauvres grabats à même le sol. Ses frères devaient être à l'usine. C'était couru d'avance, mais elle avait préféré passer à la maison, au cas où.

Alors qu'elle se hâtait de redescendre, Reyna faillit rentrer dans Gary Forman, le pervers de l'immeuble, qui l'agrippa par le bras avec vigueur.

— Z'auriez pas un peu de monnaie ? Une jolie poulette comme vous, ça a sûrement deux-trois pièces pour un miséreux dans mon genre...

— Gary, c'est moi, Reyna. Lâchez-moi.

— Reyna ?

Il fit les yeux ronds, mais refusa de la lâcher.

— Des clous. L'est pas revenue hier soir, Reyna. Ses frangins la cherchent partout.

— C'est pourtant bien moi, gros malin. Si jamais ils repassent ici, vous pouvez leur dire que je vais aux Entrepôts ?

Là-dessus, elle se dégagea d'un mouvement brusque puis s'éloigna aussi vite que possible. Son estomac était noué quand elle reprit place à l'arrière de la berline. Elle soupira en constatant que son bras, propre jusque-là, était noir à l'endroit où Gary l'avait empoignée. Pas étonnant qu'elle se soit toujours sentie crasseuse…

Elle demanda au chauffeur de la conduire à l'usine où travaillaient ses frères et le fit se garer au coin de la rue, hors de vue. L'homme proposa de l'accompagner, mais selon Reyna, il y avait plus à craindre qu'on lui vole sa voiture.

La jeune femme déboucha dans la rue de l'usine pile au moment où une équipe entière en sortait. Son cœur s'arrêta quand elle vit dix ou douze types la reluquer avec appétit. Elle n'avait jamais eu peur des hommes de son quartier, mais à leur décharge, elle n'avait plus du tout l'air d'une fille des Entrepôts. Plutôt d'une riche citadine venue s'encanailler. Elle-même ne se serait pas reconnue.

L'un des types s'approcha. Steven. Quelle déveine ! songea-t-elle en serrant les dents. Le moment était vraiment très mal choisi pour tomber sur son ex. Ils n'avaient pas échangé un mot depuis qu'il l'avait plaquée pour une autre, et là tout de suite, elle n'avait pas envie de lui parler. C'était, trois fois hélas, le biais le plus rapide pour retrouver ses frères. Et l'horloge tournait.

— Salut Steven, dit-elle en allant droit vers lui.

Les autres types se dispersèrent en voyant qu'elle était prise. Quelques-uns lui jetèrent des regards étonnés au passage.

— Salut beauté. Que puis-je pour toi ? répondit-il en la détaillant des pieds à la tête.

— Je cherche mes frères, s'impatienta-t-elle.

— Je suis censé les connaître ?

Reyna le dévisagea, incrédule. *Bordel de merde !* Ils étaient restés ensemble plus d'un an, et il suffisait d'une douche et d'un changement de tenue pour qu'il ne la remette même pas ?

Elle claqua des doigts sous son nez pour qu'il cesse de loucher sur sa poitrine.

— Steven, c'est moi, Reyna.

La jeune femme crut que ses yeux allaient jaillir de leur orbite.

— Reyna Carpenter ? Ça alors !

— Eh oui, ça change, rétorqua-t-elle d'une voix égale. Tu sais où sont Brian et Drew ?

— Ça *change* ? T'as l'air canon, tu veux dire !

— Merci, mais tu sais où sont mes frères, oui ou non ? glapit Reyna qui perdait patience.

— Ils te cherchent partout depuis hier soir.

Steven siffla et s'enhardit au point de souligner sa silhouette d'une main.

— Qui aurait cru que la petite Reyna Carpenter était devenue une vraie femme, sous son tee-shirt et son jean…

— Bas les pattes, dit-elle en repoussant sa main baladeuse. Tu sais mieux que personne à quoi je ressemble. Ce n'est pas pour toi que je suis ici, mais pour mes frères.

— T'en fais pas pour eux, répondit-il, convaincant.

Il la fit reculer avec, au fond de l'œil, une lueur lubrique qu'elle connaissait bien. Ennuis en vue.

— Steven, menaça-t-elle.

— Allons, bébé, tu n'as pas envie qu'on remette le couvert ?

— C'est toi qui m'as larguée, tu te souviens ? Pour t'en taper une autre !

— M'en rappelle pas comme ça, éluda-t-il.

Reyna hoqueta en sentant son dos heurter le mur de l'usine. Le regard de Steven pétilla. Il avait le dessus… et ça lui plaisait. Dans ce quartier, personne n'allait l'empêcher d'aller au bout de son entreprise. Elle s'en voulut de ne pas avoir écouté le conseil du taxi, mais comment aurait-elle pu deviner ? Surtout de la part de Steven !

— Où tu as dégotté ces fanfreluches ? demanda-t-il en tâtant l'étoffe.

— Pas tes oignons.

— Reyna, bébé, tu peux tout me dire.

Sa main baladeuse erra jusqu'à la taille de la jeune femme qui voulut se dégager. En vain. Elle était dos au mur – littéralement.

— Ça ne m'intéresse pas.

— Comment ça se fait, hein, qu'une fille qui n'a rien se retrouve sapée comme ça du jour au lendemain ? (Nouveau coup d'œil des pieds à la tête.) J'ai ma petite idée : soit c'est une pute, soit c'est une pute de sang. T'es allée chez Visage, Reyna ?

Elle se détourna, incapable de soutenir son regard accusateur.

— Fous-moi la paix ! plaida-t-elle faiblement.

— J'en étais sûr ! Fais-moi voir ton cou.

Il lui pencha la tête de côté, en quête des marques de morsure que portaient tous les compagnons d'un vampire. Reyna voulut gifler sa main, mais Steven, plus prompt, lui plaqua le bras contre le mur.

— Tu vas être ma petite pute, puisque tu es celle d'un vampire.

Steven pressa ses lèvres contre le cou de Reyna, profitant de son gabarit pour la maintenir collée à la paroi. Elle eut beau se débattre, frapper du poing et du pied, rien n'y fit.

Elle se mit à pleurer à chaudes larmes. Cette décision de travailler pour Visage, elle l'avait prise pour aider ses frères. En s'inquiétant de ce que pourrait lui faire subir son mécène vampire. Or, jusque-là, Beckham ne lui avait fait aucun mal. Au contraire : il lui avait fourni un toit, une garde-robe, un accès illimité à sa fortune personnelle. Sans la mordre une seule fois. Et voilà qu'un type qu'elle croyait bien connaître devenait l'incarnation de ses pires cauchemars.

Le petit monde de Reyna était sens dessus dessous.

Chapitre 7

— Lâche-la ! intima une voix d'homme.

La jeune femme ferma les yeux. Tout était sa faute, elle n'aurait jamais dû venir. Pas dans cette tenue. Mais elle n'avait pas songé un instant qu'on n'allait pas la reconnaître. Ces fringues la changeaient, d'accord, mais elle était toujours la même Reyna.

Steven fut tiré en arrière. Elle tituba, le souffle court, se couvrit la bouche, rouvrit les yeux et découvrit ses sauveurs.

— Brian ! Drew !

Toute leur attention concentrée sur Steven, ils n'avaient pas dû entendre. C'était leur collègue et ami, certes, mais les frères Carpenter détestaient qu'on manque de respect à une femme. Reyna les avait très souvent vus revenir les poings et le visage tuméfiés. Drew et Brian étaient les seuls du quartier à prendre fait et cause pour les plus faibles. Ils avaient toujours défendu leur petite sœur bec et ongles.

Steven leva son poing pour frapper, mais Brian le chopa au vol et lui fit une clé de bras. Drew en profita pour lui asséner un bon direct dans les reins, un autre au visage, avant d'enchaîner par un balayage. Steven s'écroula comme une masse. Alors qu'il tentait de se redresser, Brian lui flanqua un méchant coup de pied dans les côtes et Drew un coup de talon en piston à la tempe. Leur adversaire était KO pour le compte.

— Brian ! Drew ! Nom d'un chien, que je suis heureuse de vous voir !

Ils se tournèrent vers elle et la dévisagèrent. Drew fut le premier à la reconnaître.

— Reyna ? s'étrangla-t-il, médusé.

Miséricorde, ai-je l'air si différente dans ces fringues que même mes frères s'y laissent prendre ?

Elle se jeta dans les bras de Drew et sanglota dans son épaule. Il l'enlaça et la cajola dans le dos, à deux reprises.

— Là, tout doux. C'est fini.

Reyna ravala ses larmes et hocha la tête.

— J'arrive pas à croire qu'il ait fait ça.

— Nous non plus. Bah, oublie-le, c'est un pauvre mec. Dis-nous plutôt où tu étais passée. On t'a cherchée partout, tu sais.

Brian la prit doucement par le bras jusqu'à ce qu'elle le regarde.

— Qu'est-ce qui t'est arrivé, bon sang ?

Les yeux des deux frangins s'écarquillaient à mesure qu'ils la détaillaient. Reyna n'osa s'imaginer l'air qu'elle devait avoir. Sans être vêtue de ce que sa garde-robe avait de plus chic, elle n'avait jamais porté d'aussi beaux vêtements. Sa peau était impeccable et ses cheveux éclatants embaumaient le miel et la lavande.

— Je vous expliquerai à la maison, promit-elle.

Brian secoua la tête et croisa les bras sur la poitrine. Aîné de la fratrie, il tenait depuis toujours le rôle du parent. Au point que des rides d'inquiétude lui striaient le front et la commissure des lèvres. L'absence inexpliquée de la petite dernière lui avait de toute évidence flanqué un coup. Il avait l'air très fatigué pour quelqu'un d'aussi jeune.

— Il faut qu'on parle tout de suite, Reyna. Tu nous as foutu une trouille de tous les diables. Du coup, on n'est pas allés bosser. Ce pognon-là est perdu à jamais ! J'attends tes explications.

— Je sais, je sais. Vraiment désolée. Je peux tout expliquer.

— Eh bien fais-le ! intervint Drew sur le même ton que son frère.

Brian était son idole, et ce, bien qu'il soit bien moins dur de caractère et d'un tempérament plus artiste. Drew était sans conteste celui qui avait le plus besoin de changer de vie. Il était trop intelligent et créatif pour suer sang et eau à l'usine.

— Suivez-moi. J'ai une voiture qui nous attend au coin de la rue.

Elle s'inquiéta de voir que les gens continuaient de sortir de l'usine. Beaucoup s'étonnaient de découvrir Steven KO, puis mataient cette fille aux vêtements voyants. Les riches n'étaient pas les bienvenus dans les parages. Il était fréquent qu'un rupin s'y fasse agresser, voire tuer. Elle s'en voulut de ne pas y avoir pensé.

— On attire les regards, murmura-t-elle.

Brian et Drew comprirent et lui firent signe de passer devant. Le cadet se porta à sa hauteur et lui glissa au creux de l'oreille :

— Une *voiture*, Reyna ?

— Je t'expliquerai, répondit-elle, penaude.

Elle fut soulagée de trouver la Lincoln noire intacte, sans la moindre rayure sur ses flancs racés, avec le chauffeur au volant. Elle ne pouvait pas en dire autant de sa propre tenue. Quant à Brian et Drew, ils n'en revinrent pas.

— C'est plus qu'une bagnole, ça, Reyna. C'est une berline hyper chère. Tu me flanques de plus en plus les jetons.

Le chauffeur sortit dès qu'il les vit approcher.

— Heureux de vous revoir, mademoiselle Carpenter.

Il lui ouvrit la portière arrière. Elle sourit en s'efforçant de faire abstraction des regards que lui lançaient ses frères. Ça promettait…

— On t'écoute, relança Brian dès qu'ils furent tous installés à bord et que la Town Car démarra vers leur appartement.

— Attendons d'être seuls, répondit Reyna en désignant le chauffeur d'un signe de tête.

Le court trajet se déroula dans une ambiance tendue.

Drew resta collé à elle, comme s'il craignait de la voir s'évaporer, tandis que Brian bouillonnait intérieurement. Il devait craindre le pire. En tant qu'aîné, il se sentait responsable du bien-être de la fratrie. Reyna aurait bien voulu le rassurer, mais la vérité était que le pire s'était *déjà* produit.

Dès que la voiture s'arrêta devant leur immeuble, les trois Carpenter s'empressèrent d'en sortir. La jeune femme se figea en voyant le montant total de la course : c'était dingue ! Irréel ! La flambée des prix à la pompe avait entraîné un boom des transports en commun et généralisé les déplacements à pied. C'est de cette façon qu'elle était d'ailleurs allée chez Visage.

— Souhaitez-vous que je vous attende, mademoiselle Carpenter ?

— Ça va coûter une fortune, j'imagine ?

Le chauffeur rit.

— En effet, mademoiselle, mais ça m'étonnerait que M. Anderson s'en offusque.

Elle soupira. Il n'était pas question qu'elle vive ainsi à ses crochets. Elle trouverait un moyen moins dispendieux pour rentrer.

— Non merci. J'appellerai un autre taxi. Il y a bien un numéro pour ça, sur Internet ?

L'homme lui lança un regard amusé.

— Tout se trouve sur Internet, mademoiselle.

— Ah, parfait ! Bonne journée à vous, alors.

— Vous êtes sûre ? Ça ne me dérange pas d'attendre.

— Oui, merci, tout ira bien.

Elle claqua la portière, suivit ses frères jusqu'au deuxième étage du bâtiment et retrouva leur studio minuscule. Quand elle était passée en coup de vent, elle n'avait pas pris la pleine mesure du gouffre qui séparait cette piaule de l'appartement-terrasse de Beckham. Une journée avait suffi pour qu'elle trouve le lieu irrespirable.

Et en même temps… chaleureux. Habité.

Le palace de Beckham, quant à lui, était austère. Dénué d'amour. Tout l'argent du monde n'en ferait jamais un foyer.

— Nous y voilà, déclara Brian. Vas-y, accouche. Où étais-tu ? D'où viennent ces fringues ? Et cette foutue bagnole ?

Drew fronça les sourcils et se détourna. Comme s'il connaissait la réponse. Brian, pour sa part, n'y croirait que lorsqu'elle aurait craché le morceau.

— Je suis allée chez Visage hier.

— Quoi ? glapit Brian. Non ! Pas toi !

— Je me suis inscrite il y a plusieurs semaines. Mon tour est venu. Je suis allée à l'hôpital, j'ai passé les tests et on m'a placée auprès d'un mécène.

Ses frères eurent l'air positivement horrifiés.

— Tu n'as pas fait ça, dit Brian à voix basse.

— Si.

La douleur qu'elle lut sur ses traits la fit douter, mais il était trop tard pour reculer.

— J'ai été placée auprès d'un cadre supérieur de Visage, Beckham Anderson.

— Son nom, on s'en fout, cracha Drew. Mais pas qu'il ait fait une pute de sang de notre petite sœur.

Reyna tressaillit comme s'il l'avait giflée.

— Il ne m'a pas… enfin, pas encore.

— Qu'est-ce qui t'a pris, bordel ? éructa Brian.

— Arrêtez tout de suite, ordonna Reyna en pointant un doigt accusateur sur ses deux frères. Vous trimez jour et nuit pour des clopinettes, et ça donne quoi ? Cette piaule minuscule, le ventre vide un jour sur deux. Pareil pour l'électricité ou l'eau courante. Vous travaillez trop pour trop peu, j'en ai eu marre de rester les bras croisés.

— Et du coup, tu as décidé de nourrir ces foutus buveurs de sang ? beugla Brian.

— J'ai cherché autre chose. Partout. Tu le sais très bien, et Drew aussi. Personne n'a voulu m'embaucher, dit-elle en écartant les bras. Je ne suis personne. Rien. Une pauvre fille sans diplôme ni savoir-faire. C'était ça ou rien.

— Il y a toujours autre chose, fit valoir Brian. Et d'ailleurs, tu savais très bien que c'était n'importe quoi. C'est pour ça que tu ne nous as rien dit.

— Je t'interdis de me juger ! grinça Reyna.

Sa décision était prise et elle comptait s'y tenir.

— J'ai fait ce qu'il fallait. Mieux encore, j'ai intégré un programme qui paie double.

— Ça porte un nom, Reyna, dit Drew. Compagne de sang.

Reyna renonça à soutenir son regard. L'appellation lui faisait trop honte. Steven l'avait traitée comme une pute et le soir précédent, elle s'était offerte à Beckham… comme la dernière des putains. Drew avait peut-être raison.

— Pourquoi tu es payée double ? voulut savoir Brian, les bras croisés, l'air très en rogne.

La réunion de famille tournait mal, décidément. À mille lieues de ce qu'elle avait espéré. Pire : son grand frère venait de poser la question tant redoutée. Les employés de Visage changeaient en général chaque mois de mécène avec, entre deux « missions », une pause qui leur permettait de retrouver leurs proches. Or sa situation était différente… et ses frères allaient détester.

— Parce que j'ai signé pour un nouveau programme. L'un de leurs toubibs met au point un système de compatibilité différent, déclara-t-elle en choisissant ses mots.

— C'est lié aux groupes sanguins, non ? Qu'est-ce qu'il peut y avoir de nouveau là-dedans ? s'étonna Brian.

— Eh bien… ils recrutent des candidats pour des postes à plus longue échéance.

— Plus longue comment ? demanda Drew, les sourcils froncés.

— Euh… à durée indéterminée.

— Tu te paies notre tête, ou quoi ? glapit Drew en s'éloignant.

— Ils veulent quoi, que tu le nourrisses… indéfiniment ? reprit Brian.

Reyna frissonna. Non, il n'était pas question qu'elle reste indéfiniment chez Beckham. C'était exclu.

— Mais non ! C'est un simple CDI, quoi. Dès que j'aurai fait assez de fric, je rentrerai à la maison. On trouvera une piaule plus sympa. Je pourrai m'inscrire à la fac. On vivra mieux. Tous les trois.

— Tu t'imagines quoi ? Que les suceurs de sang vont te laisser partir maintenant qu'ils t'ont piégée dans leur système ? lança Brian, le regard dur.

— Tu dis n'importe quoi ! Ils ne sont pas comme ça !

— Tu ne peux pas faire ça, dit Drew.

— C'est déjà enclenché !

Elle fit un pas en arrière, bien décidée à ne pas se laisser impressionner. Reyna avait déjà pesé le pour et le contre. Rien de ce qu'ils pourraient dire ne la ferait changer d'avis.

— Je vis en ville, désormais. Chez mon mécène. C'est lui qui m'a fourni tous ces habits, et donné accès à une voiture avec chauffeur. Je ne peux pas partir comme ça.

— Il t'a achetée. Comme on se paie une esclave, énonça Brian sur un timbre posé. Notre petite sœur est l'esclave d'un vampire.

— Mais enfin, je ne suis pas son esclave, merde !

— Il te paie, t'achète des fringues qui te rendent méconnaissable, t'héberge chez lui. Tout ça pour que tu lui sois redevable. Comme ça, quand il boira ton sang, tu auras l'impression que c'est normal. Donnant-donnant. Tu penses que ta place est auprès d'un monstre, alors qu'elle est ici, insista Brian en prenant ses mains. Auprès de nous, Reyna.

— Rien ne t'oblige à le faire, abonda Drew. Reviens. Laisse-nous prendre soin de toi. Tout ira bien.

Elle se dégagea d'une ruade.

— « Bien » ? C'est ça, votre idée du bien ? dit-elle en secouant la tête. On mérite mieux que ce trou à rats ! Mieux que cette piaule moisie, pas isolée, qui nous rend tous malades. On mérite un job qui paie décemment, et avec des horaires pas trop épuisants. De manger à notre faim, aussi, et de se payer un toubib en cas de besoin ! Alors arrête, avec ton « tout ira bien ». Parce qu'on est très, *très* loin du compte.

Ses deux frères baissèrent les yeux. Ils avaient besoin de ce fric, c'était indéniable.

— C'est ma décision. Vous me prenez en charge depuis toujours, les garçons. Laissez-moi vous rendre la pareille. Je vous enverrai de l'argent. On va tous commencer à vivre mieux.

— Reyna, je t'en prie, implora Drew.

— On ne peut pas te laisser faire, s'enferra Brian. Après tout ce qu'on a fait pour toi…

— Je vous aime fort, les garçons, mais un boulot pareil, ça ne se refuse pas. Je ne changerai pas d'avis.

Drew fut le premier à s'approcher. Il l'enlaça et la serra fort contre lui. C'était bien beau, d'afficher sa détermination sans faille, mais comment leur dire à quel point elle crevait de trouille ? Il était impossible de leur parler de Beckham. Ils péteraient les plombs, s'ils savaient à qui elle avait affaire.

— Viens par ici, lança Drew à son aîné.

Brian vint se coller à eux. Reyna tenta de ne pas se laisser submerger par l'émotion, mais comment faire alors qu'elle ignorait quand elle pourrait les revoir ?

Si elle les revoyait un jour…

Chapitre 8

— Mon Dieu ! Quelle heure est-il ?

Brian sortit la vieille montre à gousset de leur défunt père.

— Cinq heures moins le quart. Tu as déjà faim ?

Reyna se releva brusquement.

— Cinq heures moins le quart ! Il faut que je retourne en ville. Comment ça se fait qu'il soit déjà si tard ?

Quand elle vivait là, elle avait rarement le temps de bavarder avec ses frères. Ils étaient perpétuellement épuisés après leurs journées de quatorze heures. Mais en ce jour de retrouvailles, elle n'avait pas vu le temps passer. Alors qu'elle avait prévu de ne pas s'attarder et d'être rentrée avant que Beckham se soit aperçu de son absence. Reyna prit brusquement conscience qu'elle allait être très à la bourre alors qu'il était question qu'ils parlent dès son retour à l'appartement.

— Et merde !

Elle sortit le téléphone qu'elle n'avait pas consulté de la journée. Et qu'à vrai dire, elle avait totalement oublié depuis le SMS envoyé à Beckham ce matin-là.

— C'est… un téléphone portable ? demanda Drew, médusé.

— Oui. Que Beckham m'a confié.

— Il t'a donné un smartphone ? grogna Brian, visiblement fâché par tout le fric que lâchait le mécène de sa petite sœur sans qu'il ait son mot à dire.

La jeune femme s'énerva sur l'écran jusqu'à ce qu'il daigne s'allumer… et eut un coup au cœur. Deux appels manqués et deux SMS de Beckham. Ainsi qu'un message vocal qu'elle ignorait comment écouter. Elle afficha le premier message.

Je sors tôt du bureau pour qu'on ait le temps de parler. Vous avez dîné ?

Elle s'étrangla. Pourquoi lui demandait-il si elle avait mangé ? Pour s'assurer de pouvoir… manger à son tour ? Par simple curiosité quant à ses habitudes alimentaires ? Ou dans le but de l'inviter au restaurant, vêtue d'une tenue ridicule ?

L'existence d'un second SMS lui revenant à l'esprit, elle s'empressa de l'afficher.

Où êtes-vous ? Je suis rentré. J'ai essayé de vous joindre. Je vous ai dit de garder votre téléphone sur vous à tout moment. Appelez-moi dès que vous aurez connaissance de ce message.

— Un problème ? s'inquiéta Brian. Tu es pâle comme un linge…

— Je… je devrais déjà être rentrée. Il faut que je parte.

— Tu ne peux pas rester un peu plus ?

— Non.

— Je n'aime pas ça, Reyna, dit Brian en faisant la moue.

— Vous avez assez donné, se défendit-elle. C'est mon tour. (L'air abattu, elle se mordit la lèvre inférieure et loucha sur son portable.) Il faut que je le rappelle.

— Tu parais terrifiée, sœurette, glissa Drew.

Elle le regarda dans les yeux.

— Je le suis.

Puis elle se réfugia dans la chambre afin de bénéficier d'un semblant d'intimité.

Toute la journée, elle s'était juré de rentrer avant Beckham. Sans succès. Or il avait mauvais caractère… Un vrai lunatique, elle l'avait constaté lors de leurs quelques échanges. Lui donner des raisons de se fâcher était une très, *très* mauvaise idée.

Après avoir ravalé la boule qui s'était formée dans sa gorge, elle appuya sur le symbole d'appel figurant à côté de son nom et porta maladroitement le smartphone à son oreille. La voix de basse de Beckham retentit après une seule tonalité.

— Reyna, gronda-t-il.

— Euh, salut, bredouilla-t-elle. Désolée. J'ai oublié de regarder mon téléphone.

— Où êtes-vous ?

— Je… je suis sortie, dit-elle d'un ton de défi. Je vous ai prévenu par SMS.

— C'était il y a des heures et vous n'avez même pas précisé *où* vous alliez.

— Parce qu'il fallait ?

Il grommela dans sa barbe. Reyna, consciente de l'agacer avec ses reparties, n'avait à sa connaissance enfreint aucune règle hormis celle qui exigeait qu'elle réponde illico au téléphone.

— Bien, passons. Je peux savoir où vous êtes.

— En… visite chez des amis. Vous avez dit que j'avais le droit de sortir, lui rappela-t-elle.

— Je sais parfaitement ce que j'ai dit, Reyna. Arrêtez de répondre à côté. Où ? Où êtes-vous ? Au lieu d'être chez moi ?

Reyna ferma les yeux et se racla la gorge.

—Au quartier des Entrepôts, avoua-t-elle péniblement.

Beckham jura en sourdine.

—C'est à une heure de route!

—Je sais, murmura-t-elle, penaude.

—C'est inacceptable. J'avais dit oui à tout, mais dans les limites du raisonnable. Ce qui exclut évidemment d'aller passer la journée dans un taudis!

—Vous n'aviez pas précisé! cria-t-elle.

—Au temps pour moi. C'est chose faite. Revenez *tout de suite*, qu'on puisse discuter de vive voix de que j'entends par « limites du raisonnable ».

Fin de la communication.

Reyna sentit trembler sa lèvre inférieure et retint ses larmes. Pas question de pleurer. Pas à cause de Beckham. C'était son premier boulot, et elle craignait déjà de se faire virer. Son emploi à durée indéterminée risquait de tourner court s'il était à ce point en pétard au soir du premier jour.

Elle mit quelques minutes à se ressaisir. Un autre SMS de Beckham fit tinter son téléphone.

Un taxi est en route. Merci de répondre immédiatement en précisant l'adresse.

Elle saisit l'adresse de ses frères en détestant l'idée qu'il ait accès à cette information. Même si, bien entendu, ces coordonnées figuraient dans son dossier de candidature. Elle faillit présenter ses excuses dans le SMS, mais se ravisa au dernier moment.

—Ça s'est passé comment? demanda Drew dès qu'elle eut rejoint ses frères.

—Il faut que je parte. Une voiture va passer me chercher.

—Reyna, dit l'aîné, tendu. Tu es sûre de toi?

— On n'a pas le choix, Brian.

— On ne peut pas veiller sur toi à distance. Qu'arrivera-t-il s'il décide de te tuer, comme ça, sur un coup de tête ? C'est un monstre. Ne l'oublie pas.

— Je… je ne suis sûre de rien. Mais après tout ce qu'il dépense pour moi, ça n'aurait pas de sens qu'il me tue. J'ai… besoin de croire que tout va bien se passer.

Les mots sortaient difficilement. Elle doutait de ce qu'elle venait d'avancer : selon toute probabilité, Beckham allait la virer pour insubordination et trouver le moyen de lui faire rembourser sa note de taxi astronomique. Mais il fallait bien qu'elle fasse bonne figure devant ses frères. Ils avaient encore plus besoin qu'elle d'être rassurés.

Quinze minutes plus tard, un gros SUV noir se gara devant l'immeuble. Le comble de l'incongru.

— Tenez, dit-elle en tendant un bout de papier. Vous n'avez pas de téléphone, je sais, mais en cas d'urgence, vous pourrez me joindre à ce numéro.

— Et toi, comment tu vas faire, pour nous donner de tes nouvelles ?

Elle se détourna en reniflant.

— Je ne sais pas.

— Quand est-ce qu'on va te revoir ? s'enquit Drew.

Elle secoua la tête. Ça non plus, elle n'en savait rien.

— Vous allez me manquer, murmura-t-elle.

Reyna les prit dans ses bras avec fougue puis s'empressa de disparaître derrière les vitres teintées du véhicule. Elle aurait bien aimé prolonger cet au-revoir, mais c'était trop pénible. Quelle souffrance de les abandonner ainsi…

Alors que le SUV s'éloignait, Reyna se retourna pour regarder la silhouette de ses frères s'amenuiser. Ils disparurent peu à peu. La jeune femme se recala dans son siège en s'efforçant de ne pas fondre en larmes. Il fallait qu'elle présente un visage serein à Beckham. Elle avait presque une heure pour s'y entraîner.

Le trajet de retour prit moins de temps que l'aller. Sûrement un coup de Beckham : il avait dû flanquer une frousse de tous les diables au chauffeur.

Diable, Dieu… Beckham y croyait-il seulement ?

Et Dieu, croyait-il en lui ?

Un peu déçue de ne pas être accueillie par son nouvel ami le voiturier et consciente d'avoir piteuse allure, la jeune femme traversa le hall d'entrée à pas vifs. Les coups d'œil envieux de la matinée s'étaient mués en regards dédaigneux. Elle-même n'était pas pressée de découvrir le triste résultat.

Elle glissa sa carte noire dans la fente de la cabine d'ascenseur qui démarra aussitôt. La porte s'ouvrit sur l'appartement-terrasse nickel avec un « ding » feutré. Une grande inspiration, et elle s'élança d'un pas rendu hésitant par les semelles compensées.

Beckham n'était ni dans le living ni à la cuisine. Elle regarda vers la porte qui restait toujours fermée. Donnait-elle sur sa chambre ? Sur un autre couloir ? Question de pure forme : ce soir, il était déjà suffisamment fâché après elle.

Elle marcha à pas de loup vers sa chambre. Mieux valait qu'elle passe une tenue propre avant de se présenter à lui.

— Reyna.

La jeune femme se figea. Ferma un instant les yeux pour mieux dompter sa peur. Se retourner en ayant l'air d'un chiot effrayé ? Pas question.

Elle opéra une lente volte-face.

— Bonsoir.

— Comment s'est passée la course ? lança-t-il d'une voix glaciale.

— Bien, merci. (Elle déglutit et se cala les mains sur les hanches.) Et vous, votre journée ?

— Bien.

Il alla vers elle avec tant d'aisance qu'il donnait l'impression de voler en rase-mottes. Reyna s'efforça de ne pas trembler. De ne rien montrer de sa peur. Même si, très certainement, il était capable de la percevoir à l'odeur.

— Reyna, dit-il en s'arrêtant juste devant elle. Vous êtes l'employée la plus désobéissante que j'aie jamais eue, alors que vous ne travaillez pour moi que depuis vingt-quatre heures.

— Votre environnement de travail doit être très prévisible…

Reyna n'en revint pas d'avoir dit ça. Le provoquer était à l'opposé de ses intentions.

— J'aime qu'il en soit ainsi. Et cela vaut aussi pour ma vie *privée*. Vous faites tache, mademoiselle.

— Vingt-quatre heures, c'est peu pour se fondre dans le moule, avouez. Il fallait que j'y aille. C'était très important.

— C'est peu et c'est beaucoup, gronda-t-il. Dites-moi plutôt ce que vous faisiez aux Entrepôts.

Elle déglutit avec peine. Lui parler de ses frères ? Mauvaise idée, ça. Plus il en saurait sur elle, plus il aurait de moyens de pression. Leur relation était strictement professionnelle. La sphère familiale n'avait rien à y voir.

— Alors ?

— Écoutez, si vous avez l'intention de me virer, finissons-en, d'accord ?

Beckham pencha la tête de côté. Elle contempla ses yeux d'onyx. Quand il la dévisageait ainsi, elle aurait donné n'importe quoi pour savoir ce qui lui passait par la tête.

— Vous virer ? Vous y pensez sérieusement ?

— À quoi suis-je censée penser ? rétorqua-t-elle, éperdue.

— Tout ce que je demande, ce sont des réponses. Vous travaillez pour moi. Vous avez raté un rendez-vous important. Je m'estime en droit de savoir où vous étiez.

Reyna se détourna pour la première fois. Incapable de lui mentir, elle ne pouvait pas non plus lui parler de ses frères. Il fallait pourtant trouver quelque chose, il ne lâcherait pas l'affaire. C'était déjà incroyable qu'il ne l'ait pas virée illico. Aussi se surprit-elle à reprendre espoir.

— Je… je suis allée voir mes frères. Comme je ne leur avais pas dit que je me rendais chez Visage, ils ignoraient où j'étais depuis que je travaille pour vous.

Cette nouvelle détendit le vampire.

— Vos frères.

Elle s'affaissa.

— Oui. Il fallait que je leur dise où j'étais. Pour qu'ils ne s'inquiètent pas.

— Et c'est tout, vraiment ? Vous avez l'air de vous être roulée par terre…

— Je, euh… je suis tombée sur mon ex, exposa-t-elle en grimaçant.

Les épaules de Beckham se raidirent de nouveau.

— Au sens propre, on dirait.

— Ce n'est rien. Il a juste…

Reyna secoua la tête. Comment expliquer à un vampire qu'elle s'était fait traiter de pute parce qu'elle vivait chez lui ? Alors qu'elle n'était là que pour soutenir sa famille…

— Il a quoi ? grogna Beckham de sa voix autoritaire.

— Rien. Les gens n'ont pas toujours une bonne opinion de celles qui travaillent chez Visage.

— Il s'est montré discourtois ?

La jeune femme éclata de rire. « Discourtois » !

— Maintenant que j'y pense, il s'est toujours montré injurieux envers moi. Un vrai fumier, même.

— Et malgré cela, vous êtes allée à sa rencontre ?

Il se fichait d'elle, ou quoi ? Et pourquoi se donnait-elle la peine de répondre à ses questions ? Peut-être parce qu'il faisait preuve d'un intérêt… déroutant. Au point qu'elle avait grand-peine à cesser de le regarder dans les yeux. Ces puits de noirceur étaient captivants. Lui parler de Steven et de ses frères aurait dû la liquéfier de trouille, mais il paraissait plus tendu qu'en colère. Aussi trouva-t-elle le courage de poursuivre.

— Non, pas vraiment. Il travaille aux Entrepôts. Je suis tombée sur lui en cherchant mes frères, expliqua-t-elle.

— Comment s'appelle-t-il ? voulut savoir Beckham.

— Hein ? Pourquoi ? répliqua-t-elle, brusquement sortie de sa transe.

— Parce que je ne laisserai personne vous menacer. Vous être trop précieuse.

« Précieuse ». Comme le serait un diamant ou une œuvre d'art. Un bibelot. Pas un être humain. Elle se détourna, piquée au vif par ses propos.

— Aucune importance.

— Ne me tournez pas le dos.

Reyna se tétanisa et sentit une boule se former dans la gorge. Le prédateur sans merci affleurait ; elle craignit, en se retournant vers lui, de le découvrir tel un fauve prêt à fondre sur sa proie.

— Nous n'en avons pas terminé, reprit-il en l'obligeant à lever les yeux vers lui. Il faut qu'on établisse certaines règles de base. Je refuse que vous quittiez le bâtiment sans mon chauffeur. À quelque moment que ce soit. En outre, vous devrez m'indiquer *où* vous comptez vous rendre, pas simplement m'écrire que vous sortez.

— Je n'ai pas besoin de nounou.

— Vous venez de prouver le contraire.

Reyna soupira. Ce supplément d'interdits aurait dû la rendre furieuse, mais elle ne l'était pas. Il avait eu l'air si préoccupé par sa sécurité, fût-ce à sa manière, qu'elle culpabilisait presque de l'avoir fait flipper. C'était tellement absurde que cela en devenait comique.

Elle, effrayant un vampire ?

— Désolée, finit-elle par avouer dans un souffle.

C'était sincère, mais nouveau. Sa colère s'était muée en sentiment de faute. Elle avait eu besoin de voir ses frères sans s'imaginer qu'il était possible d'inquiéter Beckham. Non qu'il ait l'air réellement inquiet, mais cela transpirait dans son attitude.

— Excuses acceptées. Le sujet est clos.

Il s'engagea en direction du couloir comme s'il comptait en rester là pour la soirée.

— Pardon, murmura-t-elle, mais il n'était pas question qu'on parle d'autre chose ?

Beckham s'arrêta, sans pour autant se retourner.

— En effet. Nous avons à faire demain matin. Soyez prête pour huit heures.

— À faire ? dit-elle en arquant un sourcil.

— Il s'est produit certains... développements.

Il daigna enfin porter les yeux sur elle depuis l'extrémité du couloir. Reyna sentit aussitôt qu'elle perdait pied. Comment faisait-il pour l'hypnotiser ainsi ? Était-ce un truc de vampire ? Elle avait beau être à cran, il lui était impossible de se détourner.

— Vous en saurez plus demain matin, reprit Beckham. L'essentiel est que vous soyez saine et sauve.

La jeune femme ouvrit la bouche pour poser une autre question puis se ravisa. Une autre fois, peut-être.

— Oui, qu'y a-t-il ? voulut savoir Beckham.

Les quelques mètres qui les séparaient semblaient un gouffre insondable. Il était à la fois tout proche et distant, elle hésitait à s'enquérir du sujet qui la terrifiait par-dessus tout.

— Je n'ai pas trouvé mention de… de repas dans votre planning, murmura-t-elle. S'agit-il d'un oubli ? Quand comptez-vous…

Sa voix se brisa quand l'éclat affamé réapparut dans ses yeux de jais. Qu'est-ce qui lui prenait, de remettre ça… sur la table ?

— Pourquoi ? rétorqua-t-il en se rapprochant à pas lents. Auriez-vous hâte de me céder votre sang, petite chose ?

Reyna ne bougea plus un muscle. Que lui répondre ? Elle n'était pas pressée du tout, mais souhaitait s'y préparer moralement. La manière qu'il avait de la dévorer des yeux la fit bouillir intérieurement. Jamais personne ne l'avait regardée ainsi.

— Alors ?

L'immense vampire était tout près d'elle, désormais. Il n'était plus question de lui dissimuler que son cœur battait la chamade. Quelle idée à la noix, d'ouvrir la boîte de Pandore ! D'une seconde à l'autre, elle allait devenir la proie d'un suceur de sang. Secouée, terrifiée et incapable de respirer tout à la fois, cela faisait beaucoup.

Beckham leva la main et fourragea dans ses cheveux. Reyna ferma les yeux en sentant cet immense battoir qui prenait possession de sa personne. Elle eut conscience que c'était la première fois qu'il la touchait… et qu'il était incroyablement puissant. C'était donc ça, ce qu'elle avait vu affleurant en surface. Sous son emprise, elle se sentit aussi faible et démunie qu'une agnelle.

Il l'effleura avec lenteur, descendant jusqu'à la veine du cou qui saillait à fleur de peau. Elle rouvrit les yeux, convaincue que sa peur s'y lisait. Une terreur indicible. Décuplée.

Le colosse pencha la tête. Reyna inspira à fond quand ses lèvres vinrent lui caresser l'épiderme. Elle cilla, referma les paupières, la tête vide.

Ce qu'elle éprouvait n'était pas la terreur brute à laquelle elle s'était attendue. La jeune femme sentit son estomac se nouer, une chaleur intense lui inonder le bas du corps. Un coin de sa cervelle la pressait de fuir cet instant tant redouté : donner son sang s'inscrivait dans un deal sordide d'où rien d'agréable n'était à espérer. Sauf que les petits baisers qu'il lui déposait dans le cou lui faisaient… un effet bœuf.

Là ! Un vif picotement à la base du cou. Tout son corps frissonna à l'idée de ce qui allait suivre.

Quand, sans crier gare, elle fut projetée loin de Beckham.

Reyna heurta la paroi, à trois foulées de sa position initiale. Son crâne cogna contre le plâtre. Pas très violemment ; assez, cependant, pour qu'un mal de tête commence à poindre et qu'elle voie flou un court instant. Elle porta la main à sa nuque où perlaient deux gouttes de sang.

— Qu'est-ce qu'il y a ? glapit-elle en sentant la peur revenir et oblitérer tout le reste.

Il respirait fort et fuyait son regard.

— Beckham ? murmura-t-elle, l'appelant par son prénom pour la toute première fois.

Le vampire la dévisagea brusquement.

— Rien. Il ne s'est rien passé, gronda-t-il.

Puis il quitta la pièce à grandes enjambées. Sans un mot de plus.

Reyna se sentit perdue.

Pourquoi s'était-il arrêté ? Et surtout, pourquoi le regrettait-elle ?

Chapitre 9

Reyna n'avait pas l'habitude des habits neufs. S'y feraitelle un jour ? s'interrogea la jeune femme.

Son dressing ne contenait que des tenues plus extravagantes que celle de la veille. Quant aux chaussures à semelles compensées, elles avaient disparu. Beckham avait dû ordonner qu'on les jette puisqu'elles avaient été souillées par la crasse des Entrepôts.

L'envie lui vint d'arborer une toilette archivoyante, sauf qu'elle ignorait toujours ce qui était prévu. Quant au coup de sang (sans mauvais jeu de mots) de Beckham la veille au soir, il la dissuadait de faire sa maligne. Aussi se coula-t-elle dans une robe noire toute simple et étonnamment confortable, dont l'étoffe était légère comme tout. Faute de ses Converse chéries, elle opta pour des escarpins assortis à talons de dix centimètres. Ils lui comprimaient un peu les orteils, mais possédaient un solide amorti.

Elle alla s'observer dans le miroir. Un peu ridicule, certes, mais… pas mal. Pas à tomber par terre, juste acceptable.

Beckham l'attendait quand elle sortit de sa chambre. Il était dangereusement beau dans son costume noir impeccable avec chemise et cravate assorties. Le regard qu'il lui lança suffit à Reyna pour comprendre qu'elle avait bien choisi sa tenue. Il resta dix longues secondes à l'observer avant de reporter son attention sur son maudit téléphone.

—Comment vous me trouvez ? demanda-t-elle en tournant sur elle-même.

Ça y était, elle avait tout d'une poupée.

—Correcte.

Ben voyons. Correcte.

—Allons-y, dit-il en se dirigeant vers l'ascenseur.

Reyna fit de son mieux pour le suivre, ce qui n'avait rien d'évident en étant juchée sur ces talons ridicules. Les portes de la cabine faillirent se refermer sur elle. La jeune femme trébucha ; tendit le bras en avant ; les panneaux se rouvrirent.

Elle tenta vainement de retrouver l'équilibre et fonça sur Beckham qu'elle percuta de plein fouet en s'agrippant à son costume.

—Et merde, pesta-t-elle, toujours déséquilibrée.

Beckham la rattrapa en l'empoignant par la taille. Collée à lui, elle leva la tête et se retrouva plongée dans ses yeux noirs.

—Euh... désolée, murmura-t-elle.

Déglutissant avec peine, elle s'efforça de ne pas loucher sur ses lèvres... des lèvres avec lesquelles il l'avait embrassée dans le cou la veille au soir. Non, il n'était pas question d'y repenser. Ni aux baisers ni à l'amorce de morsure, et encore moins à ce qu'elle avait désiré à cet instant. Comme là tout de suite, alors qu'il la tenait enlacée.

Reyna fit un pas en arrière et se racla la gorge.

—Vraiment navrée.

—Faites plus attention, grogna-t-il.

—C'est noté.

Elle frémit sous ce regard abyssal qui trahissait son pouvoir immense. Comment pouvait-elle songer à ses lèvres alors qu'il n'avait qu'une envie... lui planter ses crocs dans le cou ? Ce dont il était amplement capable.

Mais qu'il n'avait pas fait.

Pas *encore* fait. La gorge serrée, elle s'efforça de ne rien laisser voir de son malaise tandis que l'ascenseur filait vers le rez-de-chaussée. Le téléphone de Beckham sonna alors qu'ils sortaient de la cabine.

— Je dois prendre cet appel. Attendez-moi dans la voiture, je vous y rejoins dans une minute.

— D'accord.

Qui pouvait donc appeler si tôt ? Reyna n'ayant jamais eu de téléphone, elle trouva sa propre question ridicule. Ce devait être important.

Elle s'engagea sur le marbre du grand hall en prenant garde aux faux pas. Difficile d'imaginer moins sexy que la démarche de pingouin qu'elle dut adopter. Les pieds crispés à mort dans ses escarpins, la robe s'obstinant à se relever. Dès qu'elle atteignit le tapis rouge, juste avant les portes coulissantes, elle put presser le pas.

— Everett !

Elle se couvrit aussitôt la bouche, mécontente d'avoir presque crié en apercevant le seul type qui s'était montré sympa avec elle.

L'intéressé rayonna dès qu'il la vit.

— Bien le bonjour, Reyna. La journée d'hier s'est bien passée, j'espère ?

Son propre sourire se figea.

— Elle a été… mouvementée.

— Tant mieux. Que vous faut-il, un taxi ?

— Non, je suis censée monter dans la voiture de Beck… euh, de M. Anderson.

Everett hocha la tête, lui tourna le dos et claqua des doigts à l'intention d'un type debout sur le parking. Quelques secondes plus tard, une Town Car noire et luisante manœuvra devant la porte.

— Et voilà, mademoiselle, dit-il, redevenu très « pro ».

Reyna s'interrogea. Aurait-elle fait une boulette ? Elle tendit le bras vers lui pour l'inciter à se retourner.

— Tout va bien ?

— Mais oui.

La bagnole s'arrêta.

— Permettez-moi, dit-il en allant ouvrir la portière arrière.

— Everett ?

— Reyna, vous logez chez notre client le plus prestigieux. Je me suis dit… bah, qu'importe, éluda-t-il, souriant.

— Quoi donc ? Que j'aurais bien besoin d'un ami ? Parce que c'est la stricte vérité.

Il rit doucement.

— Un ami. Vous n'êtes pas d'ici, je me trompe ?

— Non, répondit-elle, sincère.

— Je m'en doutais.

Everett soupira et sortit une carte de visite de sa poche intérieure. Puis il profita de ce qu'il l'aidait à se glisser dans l'habitacle pour insérer le bristol dans son sac à main.

— On est quelques-uns à se retrouver pour boire un pot dans le quartier, ce week-end. Appelez-moi si ça vous branche.

— Entendu ! répondit-elle, ravie, avant de se reprendre. Enfin, d'accord. À… à condition que je puisse sortir.

— Sinon, ce sera pour une autre fois.

Elle hocha la tête.

— Merci.

— Non merci à… à toi.

La jeune femme se coula dans la banquette ; Everett ferma la portière. Elle sortit la carte de visite toute simple et suivit le tracé des caractères du bout de l'index. Everett Taylor. Reyna faillit bondir de joie : elle avait un truc prévu ce week-end ! Un vrai truc. Entre vivants.

La portière se rouvrit. Reyna s'empressa de ranger le bristol et se tassa le plus loin possible alors que Beckham s'installait à côté d'elle.

—Allons-y.

Il dégaina sans attendre son téléphone et y consacra toute son attention. Aucun doute, songea-t-elle, il était accro à cette foutue machine. Comment pouvait-on passer tout son temps scotché à un écran ? Il ne voyait rien d'autre, ainsi collé à sa lucarne magique. Peut-être était-il lassé de la ville, au bout de deux siècles à y vivre… Quel âge avait-il, au fait ? Et quand bien même, il y avait tant à voir !

Les yeux rivés à la vitre, elle demanda :

—On va où, au fait ?

—Au travail.

Reyna n'en mena pas large à l'idée de se retrouver au QG de Visage, au milieu d'une foule innombrable de vampires.

—Au bureau ? Je me suis mise sur mon trente et un pour vous accompagner au travail ?

—Sur votre trente et un ? *Là-dedans ?*

Elle effleura l'étoffe soyeuse.

—Et comment.

Il eut un rire sans joie.

—Eh oui, on va au travail. Une réunion spéciale est prévue ce matin. Vous allez y participer.

—Moi ? glapit-elle. Participer comment ?

—Dire quelques mots, peut-être, lors de votre présentation. Je vous dirai quoi faire, répondit-il distraitement.

—Désolée, rétorqua Reyna en secouant la tête, mais il y a deux choses qui me font horreur : les aiguilles et les prises de parole en public.

Il leva la tête de son écran.

—Vous avez peur des piqûres ?

Elle frissonna. Mais au moins, elle avait… piqué… son attention.

— Elles me donnent la chair de poule, oui.

Beckham fit une drôle de tête, comme s'il n'arrivait pas à croire qu'on puisse redouter les piqûres.

— C'est assez courant, vous savez, dit-elle, mal à l'aise, en remuant dans son siège.

— Avouez quand même que c'est assez ironique : avoir peur des aiguilles alors qu'on est la compagne d'un vampire…

Se retournant vers lui, elle s'efforça de ne pas porter la main à l'endroit où ses crocs l'avaient à peine écorchée la veille.

— Ce serait ironique si ledit vampire me mordait.

— Ne me tente pas, petite chose, gronda-t-il.

Reyna se redressa vivement. Qu'est-ce qui lui avait pris, *encore*, de sortir un truc pareil ? Son émoi était tel qu'elle n'avait même pas remarqué qu'il était passé au tutoiement.

— C'est mon nouveau surnom, ou quoi ? « Reyna » est trop long ? dit-elle pour tenter de faire diversion et d'arrêter de penser au monstre surpuissant assis à dix centimètres d'elle.

À force de l'y inciter, il allait finir par se repaître d'elle. Elle saurait alors ce que le mot « terreur » voulait dire.

— Reyna est parfait.

Là-dessus, il contempla de nouveau son écran, comme s'il souhaitait mettre un point final à leur échange. Elle regarda défiler le paysage urbain à la lueur du petit matin. Lugubre et beau à la fois.

Il chassa sans crier gare les mèches sombres qui masquaient l'épaule de la jeune femme… et la ville cessa d'exister. Elle sentit naître la chair de poule. Il effleura le tissu cicatriciel sur cette nuque offerte, à l'endroit où ses crocs avaient laissé une trace.

— Oui.

Reyna ne bougea pas un muscle. Retint son souffle. Le pouvoir du vampire se diffusait dans tout son corps par ce simple contact. Il déplaça sa main du cou jusqu'au menton et l'obligea à le regarder dans les yeux.

— Tu trembles comme une feuille, regarde.

Il avait l'air fier de lui, comme si c'était agréable de faire naître la peur du bout des doigts. Elle ne pouvait s'en empêcher. Il pencha la tête pour mieux évaluer l'effet produit et parut avoir trouvé ce qu'il cherchait.

— Oui, Reyna, tu es ma petite chose.

Ainsi avait parlé Beckham.

Un prédateur jouant avec sa proie.

Une proie piégée.

Aussi implacablement qu'un lapin pris au collet.

Beckham baissa brusquement la main. La jeune femme prit conscience qu'un court instant, elle avait oublié où elle se trouvait et ce qu'elle était en train de faire. Elle se recala dans le siège et tenta de se ressaisir.

La voiture s'immobilisa au pied du gratte-ciel Visage et Gérard, le chauffeur, s'empressa de faire le tour pour ouvrir la portière à son patron. Il tendit ensuite la main pour aider Reyna à s'extraire du véhicule. Celle-ci vacilla quelques secondes avant de retrouver l'équilibre. Puis elle leva la tête et resta médusée par la gigantesque façade vitrée.

Beckham, pendant ce temps, ne l'avait pas attendue. Elle dut mettre le turbo pour le rattraper. Ses hauts talons, par chance, adhéraient correctement sur le béton des marches. Elle s'engouffra dans l'immeuble de Visage Incorporated dans le sillage de son mécène. Sitôt entrée dans le plus haut édifice de la ville, elle s'arrêta de nouveau.

Le hall d'entrée offrait un spectacle à couper le souffle. Des surfaces vitrées à perte de vue dans l'axe vertical ; au sol, tout n'était que marbre blanc, porcelaine impeccable et granit étincelant.

— Reyna, aboya Beckham.

— Désolée, dit-elle en pressant le pas. C'est tellement… incroyable.

— Suis-moi dans le sas de contrôle.

— Le quoi ?

Il soupira.

— Le scanner corporel, si tu préfères.

Elle remarqua alors le réduit vitré qu'elle n'avait pas vu en entrant.

— Ça sert à quoi ?

— À repérer les personnes et les objets indésirables. Je t'ai déjà signalée.

— D'accord…

Reyna s'avança d'un pas hésitant. La machine envoya un mince rayon rouge qui la balaya de la tête aux pieds. Elle vit son double de lumière apparaître devant elle ; l'éclairage vira au bleu ; un message s'afficha :

Sujet humain Reyna Carpenter. Identité confirmée. Accès autorisé.

Elle avança de nouveau et frissonna en voyant son double disparaître. Beckham l'attendait de l'autre côté.

— C'était quoi, ce truc ?

— Une simple mesure de sécurité.

— Et si l'accès est refusé… il se passe quoi ?

— Tâche de ne jamais le découvrir.

Cette non-réponse fit lever les yeux au ciel à Reyna qui observa ensuite autour d'elle. L'assistance entière portait du noir : les hommes un costume, les femmes une jupe noire avec chemisier d'un blanc éclatant. Tout était parfait. Pas un détail ne clochait.

Reyna suivit Beckham jusqu'à l'ascenseur.

— Tous ceux qui travaillent ici sont des vampires ?

— Bien sûr que non. Tu travailles ici.

— Vous m'avez comprise, Beck.

Il se figea avant d'appuyer sur le bouton d'appel et se pencha vers elle.

— « Beck » ? Serait-ce mon nouveau surnom ? Beckham est trop long, ou quoi ?

La jeune femme haussa les épaules, assez satisfaite de l'avoir vu hésiter un court instant.

La cabine vide s'ouvrit. Ils y entrèrent ; Beckham appuya sur le bouton de l'étage à atteindre.

— Et à votre étage, il y a des humains ?

— Pourquoi faut-il que tu poses toutes ces questions ? s'agaça-t-il.

— Parce que je n'obtiens jamais de réponse, dit-elle après s'être un peu tassée sur elle-même.

Il porta d'instinct la main au téléphone rangé dans sa poche de veste.

— Tu as toutes les réponses nécessaires.

— Entendu.

Beckham l'ignora en se concentrant sur l'écran de son appareil. La cabine s'immobilisa, mais avant qu'elle sorte, il actionna le bouton de fermeture des portes.

— Quoi encore ? maugréa-t-elle, exaspérée.

— Efforce-toi de n'irriter personne. (Reyna, piquée au vif, plissa les yeux.) Tous ne sont pas aussi… sympas que moi.

— « Sympa » ? répéta-t-elle, sarcastique.

Il la fusilla du regard.

— Oui. Tâche de ne jamais l'oublier.

Sans plus de cérémonie, il rouvrit les portes et sortit de l'ascenseur. Reyna lui emboîta le pas en maugréant. Cette mise en garde n'était certainement pas gratuite : il convenait de tenir sa langue au milieu d'un véritable aréopage de vampires. Aussi prit-elle soin de rester dans son sillage tandis qu'il se dirigeait vers son bureau.

—Beck ? murmura-t-elle en se sentant épiée de toutes parts. Est-ce qu'ils sont tous au courant ?

—Au courant de quoi ?

—Vous savez bien…

—Que tu es humaine ? Oui, ça crève les yeux, il me semble.

La vraie question qui lui brûlait les lèvres était : savaient-ils tous que Beckham était son mécène ? Pourquoi la regardaient-ils de haut ? Parce qu'elle était une employée humaine ? Les mortels étaient pourtant un rouage essentiel de cette société… Ce qui, d'évidence, ne les empêchait pas de la juger. Les vivants la haïssaient déjà d'être devenue une compagne de sang, alors les vampires, mieux valait ne pas y songer.

Elle garda ces considérations pour elle tout au long du couloir.

Sans surprise, Beckham avait droit à un bureau d'angle au dernier étage. Le panorama donnait le vertige, elle s'empressa d'ignorer les baies vitrées. Sans avoir peur du vide, Reyna trouvait la vue intimidante.

Beckham s'installa à son bureau, noir et massif, face à un mur d'écrans. Il se mit aussitôt à pianoter sur son clavier et à se plonger dans le travail.

—Anderson ! lança une voix d'homme depuis le seuil.

Reyna se retourna d'un bloc et vit un type entrer. Grand, blond, pas vraiment beau, mais autoritaire. Il fallait être haut placé pour débarquer ainsi dans le bureau de Beckham.

— Salut Batiste, répondit ce dernier.

Le ton était égal, mais la jeune femme perçut une tension sous-jacente. Ce devait être l'un des vampires dont il fallait se méfier.

— C'est elle ? dit le nouveau venu en la dévorant des yeux.

La jeune femme se sentit toute nue dans sa petite robe noire.

— En effet. Reyna, je te présente Roland Batiste.

Roland traversa la pièce à grandes enjambées et tendit la main. Elle plaça lentement la sienne dans cette paume tendue.

— Bonjour, dit-elle, hésitante.

— Tout le plaisir est pour moi, mademoiselle. Vous êtes tout simplement *magnifique**. (Il lui fit le baisemain avec emphase.) Je donne raison à William. Elle est parfaite.

— Tu permets, Roland ? intervint Beckham en se levant d'un bond pour se placer à côté d'elle et lui toucher le coude.

La jeune femme avait beau savoir que cette proximité physique n'avait rien de rassurant, elle l'était quand même. Roland lui flanquait les jetons. Il y avait quelque chose de très dérangeant chez ce type. Ce vampire. Elle comprit ce qu'avait voulu dire Beckham, dans l'ascenseur. Batiste était dangereux. C'était palpable. Et c'était très flippant d'imaginer son mécène dans la peau du « gentil ». Tout contribuait à la terrifier.

— *Mais bien sûr**.

Reyna leva les yeux vers Beckham, interdite. Elle n'avait pas compris.

— Qu'est-ce que c'est, du français ?

Roland éclata de rire.

---

* Tous les mots en italique suivis d'un astérisque sont en français dans le texte original. (*NdT*)

— Absolument, ma chère. Je viens de dire « mais bien sûr ». Où sont mes bonnes manières ?

— Aux orties, comme d'habitude, fit remarquer Beckham d'une voix glaciale.

Batiste continua à rire comme si son congénère venait d'en sortir une bien bonne. Reyna vit que Beckham ne plaisantait pas du tout. Il ne tenait pas à ce qu'on la touche. Surtout ce serpent-là.

— William veut que la réunion débute dans cinq minutes. Moi aussi, j'ai amené ma créature. Attends de la découvrir ! Une vraie bombasse, comme disent les jeunes.

Beckham, irrité, lui signifia de partir. Roland s'exécuta. Reyna poussa un gros soupir dès qu'il fut sorti.

— C'est aux types comme lui que vous faisiez allusion dans la catégorie pas sympa ?

Les yeux toujours rivés sur le seuil de son bureau, il n'avait pas lâché le coude de la jeune femme. Il répondit d'une voix sévère.

— Oui. C'est précisément à lui que je pensais.

Chapitre 10

— Fais exactement ce que je te dis, ordonna Beckham alors qu'ils approchaient de l'entrée de la salle de conférence.

Reyna acquiesça faiblement. Après sa rencontre avec Roland, cette réunion ne l'emballait pas du tout. S'apprêtant à entrer dans une salle remplie de vampires surpuissants, elle était trop apeurée pour émettre le plus petit son.

Si seulement elle avait su pourquoi sa présence était requise…

Beckham franchit le seuil de la salle immense avec, sur ses talons, une jeune femme qui gardait la tête basse. Les lieux bruissaient déjà d'excitation. Quel dommage de ne pas être invisible ! Bien au contraire, elle devait faire tache.

Son mécène prit place près du bout de la grande table rectangulaire.

— Assieds-toi ici, dit-il en désignant le siège voisin.

Elle avait l'air minuscule, assise là-dedans, mais ce n'était pas le moment de râler.

Quelques minutes passèrent. Puis le silence se fit quand entra un nouveau venu. Un type voûté, qui s'appuyait lourdement sur sa canne. Le cheveu rare et le teint cireux, il était plus pâle encore que les autres vampires. C'en était un, bien sûr, mais dans d'autres circonstances, Reyna l'aurait pris pour un vieillard aux portes de la mort. Toutes les personnes présentes avaient les attributs classiques du suceur de sang : peau parfaite, tenue à l'avenant, jeunesse éternelle. Et tous lui témoignaient un respect marqué.

Il marcha jusqu'au bout de la table et s'y installa. Sans l'aide de personne, ce qui étonna la jeune femme tant il paraissait frêle et mal en point. Elle s'attendait aussi à ce qu'il ait l'air inoffensif, mais quand il parcourut l'assemblée du regard et la trouva assise à côté de Beckham, Reyna sut qu'il était redoutable.

Un frisson la parcourut ; elle s'empressa de détourner les yeux. Il n'était pas question de faire sa maligne. Quel que puisse être son état de santé.

— Soyez les bienvenus, lança-t-il d'une voix puissante en dépit de son apparente faiblesse. Pour ceux et celles qui ne me connaîtraient pas, je suis William Harrington, fondateur et P-DG de Visage Incorporated, et aujourd'hui est un grand jour pour la société.

Il ménagea une pause dans un silence qui trahissait une impatience générale.

— Vous avez tous amplement contribué à ce succès éclatant. Cela fait plus de vingt ans que j'œuvre à ce résultat, et aujourd'hui, cette victoire est nôtre.

Reyna sentit une boule se former dans sa gorge. Ça craignait.

— J'ai plaisir à vous apprendre que le recensement sanguin voulu par la Maison-Blanche a été voté par le Congrès et signé par le Président.

L'assistance applaudit à tout rompre. Reyna, pour sa part, jeta des regards médusés alentour. Un… recensement sanguin ? De quoi pouvait-il s'agir ?

Le vieil homme leva la main. Le silence se fit aussitôt.

— Notre mouture de la loi est passée. Le Président a accepté que Visage effectue l'ensemble des tests sanguins. Dès que le recensement sera terminé, nous disposerons d'un registre complet de la population nationale. Groupe sanguin par groupe sanguin.

Reyna se sentit blêmir. À quoi bon ce foutu registre ? Visage employait déjà plus de volontaires que n'importe quelle autre compagnie au monde. Qu'est-ce qui pouvait justifier le besoin de ficher toute la population selon leur groupe sanguin ?

Profitant de ce qu'une nouvelle salve d'applaudissements éclatait, elle se pencha vers Beckham.

— Je suis concernée par ce recensement sanguin ? murmura-t-elle.

— Non.

— Pourquoi ça ?

— Seuls ceux qui n'ont pas été testés chez Visage lors des dix dernières années devront subir le recensement.

— Pourquoi ?

— Pourquoi quoi ? grogna-t-il en sourdine.

— Pourquoi dix ans seulement ?

— Nouvelle technologie.

Reyna fronça le nez.

— Qu'est-ce que ça change, puisqu'il s'agit d'établir le groupe sanguin ? On sait le faire depuis des lustres…

— Silence, Reyna. La réunion n'est pas finie.

La jeune femme se tassa dans son siège, mécontente d'être ainsi rabrouée et convaincue de ne pas être la seule à trouver bizarre cette histoire de recensement sanguin.

Elle zappa les trente minutes qui suivirent, consacrées à la mise en œuvre technique et financière de ce satané projet. Puis on dut passer à autre chose sans qu'elle s'en aperçoive : Beckham donna un petit coup de coude dans son siège afin qu'elle écoute. Reyna fixa l'orateur qui continuait à parler.

— Conformément à ce qui s'était dit lors des précédentes assemblées, le programme de mécénat permanent a officiellement débuté.

Ah ! C'est de moi qu'il s'agit.

— Trois de nos cadres dirigeants sont venus aujourd'hui avec leur sujet pour livrer leurs premières impressions. Roland Batiste, Cassandra Dresla et Beckham Anderson, veuillez nous présenter vos sujets.

Beckham se dressa dans un crissement de siège puis aida Reyna à se lever. La jeune femme se dirigea vers l'autre extrémité de la salle sur des jambes flageolantes. Roland suivit, accompagné d'une fille élancée à la silhouette de mannequin : longs cheveux blonds, robe blanche ultra moulante. Vint ensuite une femme incroyablement belle dont l'ample crinière rousse était ramenée à la base du cou. Implacable et séductrice.

— Roland, mon chéri, dit-elle à l'intéressé en le rejoignant.

Il afficha un sourire charmeur et l'embrassa sur la joue.

— Bonjour, Cassandra.

Puis la rouquine sourit à Beckham.

— Beckham, trésor, minauda-t-elle en l'embrassant sur les deux joues.

— Salut Cassie, répondit Beckham, cordial.

Derrière la femme vampire apparut un type. Joli garçon, cheveux clairs, lèvres boudeuses. Les yeux rivés sur Cassandra. Comme envoûté.

Roland fut le premier à prendre la parole.

— Je suis pleinement satisfait par l'expérience de sujet permanent. Cela fait à peine deux semaines, et je peux déjà vous affirmer que je préfère cela à la rotation habituelle. On se connaît déjà bien, dit-il en louchant ostensiblement sur la blonde. Sur un plan plus personnel. Parce que je sais que notre relation est faite pour durer. Mesdames et messieurs, permettez-moi de vous présenter ma Sophie.

La grande blonde s'avança, l'air rogue, une main sur la hanche. Pas impressionnée pour deux sous. Plutôt ravie d'être au centre de l'attention.

— Que je suis heureuse ! J'étais dans le programme de rotation. C'est le rêve, d'avoir décroché ce poste de compagne permanente. Sincèrement, je n'aurais pas pu trouver mieux. Ni meilleur mécène.

Quel ramassis de conneries ! Reyna se fit violence pour ne pas lever les yeux au ciel.

Cassandra, souriante, caressa le bras de son sujet.

— Voici Félix. Mon sujet depuis un mois. J'étais réticente au début, je l'avoue. Un humain faisant irruption dans ma vie, logeant chez moi, subissant mon emploi du temps de dingue, ça m'avait paru… compliqué, disons. Et puis j'ai découvert les bons côtés : ça change tout, un sujet toujours disponible. Félix m'a fait changer d'avis. Il est… délicieux.

Reyna, cette fois, ne put s'empêcher de grimacer. « Délicieux ». Brr…

Félix s'arracha à la contemplation de Cassandra le temps de s'adresser à la foule.

— Avant d'entrer chez Visage, j'avais fait trois ans d'études et cumulé presque cent mille dollars de dettes. Puis l'économie s'est effondrée. Pas moyen de trouver un job. Aucune issue. Je me suis inscrit au programme, et je peux dire que depuis que je travaille chez Visage, il ne m'est rien arrivé de mieux que devenir le sujet permanent de Cassandra.

Il se tourna vers elle, l'air très épris. Presque hypnotisé.

C'était le tour de Beckham. Puis ce serait à elle ! Misère. Qu'était-elle censée dire à pareille assemblée ? Elle n'avait que deux ou trois jours d'expérience. Calamiteuse à souhait, de surcroît. Et aucun antécédent chez Visage. Tout était si neuf…

Beckham avait les yeux rivés devant lui. Sans un coup d'œil vers elle.

— Je suis très heureux de participer au programme permanent. Mon sujet s'appelle Reyna. Elle est obéissante. La compagne modèle, en résumé.

Reyna faillit rester bouche bée. C'était quoi, ce tissu d'âneries ? La tête basse, le regard fixé sur ses chaussures, elle s'efforça de masquer sa gêne.

— Beaucoup d'entre vous savent que j'étais d'emblée défavorable à ce programme…

Première nouvelle, songea la jeune femme.

— … mais avoir Reyna à la maison, même si ce n'est que depuis peu, m'a fait changer d'avis du tout au tout. Ce programme est l'avenir de Visage.

Reyna fit ce qu'elle put pour ne rien montrer du choc qu'elle subissait. Il racontait n'importe quoi ! Beckham détestait cette cohabitation forcée, ça crevait les yeux. Même la regarder en face lui coûtait. Pourquoi diable mentait-il ?

Elle tourna la tête et vit que le grand patron triomphait. Dans quel pétrin s'était-elle fourrée ?

— Reyna, lui glissa Beckham en lui faisant signe d'avancer.

Elle mit un pied devant l'autre et sentit tout son corps se figer. L'assistance entière la dévisageait. Attendait qu'elle s'exprime. Les mains moites, prise de frissons, la jeune femme crut qu'elle allait tourner de l'œil. Elle ouvrit la bouche… mais rien ne vint.

Une main sur le cœur, elle sentit qu'elle respirait par à-coups. Qu'était-elle censée dire ? Qu'est-ce qu'ils espéraient d'elle ? Miséricorde ! Que de pression !

Non. C'était au-dessus de ses forces.

— Reyna, pressa Beckham à voix basse.

Il lui effleura les reins. Ce simple contact la fit fondre. Puis il l'attira contre lui.

— Je vous prie de l'excuser. Elle n'aime pas parler en public.

— Je ne me sens… pas bien, murmura-t-elle.

— Il me semble qu'elle a besoin de prendre l'air, dit-il aussitôt.

S'inquiétait-il pour elle ? Était-il mort de honte ? Peu importait à la jeune femme qui étouffait, à deux doigts de l'hyperventilation.

— Bien sûr, Beckham, déclara Harrington. Va prendre soin d'elle.

Reyna et son mécène se dirigèrent vers la porte de derrière.

— Les vivants, reprit le P-DG. Quels petits êtres fragiles. Enfin bref, tous les cadres supérieurs de Visage se verront bientôt attribuer un sujet permanent, dès que les candidats auront été sélectionnés…

Sitôt le seuil franchi et la porte refermée, Beckham lui posa une main sur l'épaule.

— Reyna, calme-toi. Tout va bien. Il n'y a plus personne.

— Dé… désolée, bafouilla-t-elle, une main sur le front, l'autre crispée sur son revers de veste.

— Quand tu m'as dit que tu n'aimais pas parler en public, j'ai cru que tu n'appréciais pas cela. Pas que ça risquait de te faire tourner de l'œil.

— Admirez ! railla-t-elle. La fille qui tombe dans les pommes devant tout le monde !

— Tu réagis toujours ainsi ?

— Comment ?

— En recourant au sarcasme comme moyen de défense.

— Vous croyez ?

Sentant son souffle lui revenir, la jeune femme prit appui contre la porte et rejeta la tête en arrière. Beckham écarquilla les yeux et loucha sur sa nuque offerte. Elle se figea en le sentant approcher. L'univers entier sembla tourner autour d'eux l'espace d'un instant. Comme si elle avait attendu toute sa vie qu'il soit là, tout proche. Puis il fit un pas en arrière et se racla la gorge.

— Il vaut mieux que j'y retourne.

Reyna ferma les yeux. Sous l'effet de la peur ? De la gêne suscitée par ce qui avait failli se produire ?

— Très bien. Allez-y.

— Ton cœur bat fort, gronda-t-il tout bas, de nouveau si près d'elle qu'ils étaient presque à se toucher.

— Oui.

Elle était consciente de ce que cela impliquait pour un vampire. Il lui effleura le cou ; elle cessa de respirer.

— Beck ?

Rouvrant les yeux dès que le contact cessa, elle constata qu'il avait déjà disparu. Elle se redressa, stupéfaite. Scruta la salle de conférence à travers la vitre : Beckham ne s'y trouvait pas. Où était-il passé… et pourquoi s'être éclipsé juste après l'avoir touchée ?

Beckham était une énigme enveloppée de mystère.

CHAPITRE 11

Reyna resta adossée à la porte jusqu'à ce que, enfin calmée, elle ait retrouvé un rythme cardiaque normal et un souffle régulier. Perplexe au sujet de ce qui venait de se passer avec Beckham, elle avait retrouvé l'usage de son cerveau.

Qu'est-ce qui l'avait fait fuir ? Mystère. Seule certitude : lui poser la question était une mauvaise idée. Leur peu de temps passé ensemble avait suffi pour assimiler qu'il détestait qu'elle le cuisine.

Quelques minutes plus tard, la réunion terminée, tous les vampires sortirent de la salle. Reyna se fit toute petite, très mal à l'aise en l'absence de Beckham à ses côtés, mais personne ou presque ne la regarda. Le flot se tarit. Puis sortirent Roland, Cassandra, leurs sujets et M. Harrington.

— Ah, vous voilà, mademoiselle Carpenter ! lança le P-DG. Nous n'avons pas encore été présentés, je crois. William Harrington.

Elle accepta la main tendue du vieux vampire.

— Euh… vous pouvez m'appeler Reyna, monsieur.

— Reyna, bien sûr. Navré pour votre malaise de tout à l'heure. Vous vous sentez mieux ?

— Beaucoup mieux, merci, s'empressa-t-elle de répondre.

Que faisait-elle seule, en pareille compagnie ? Où était Beckham ? Il la mettait mal à l'aise, certes, mais c'était *son* vampire.

— Parfait.

Harrington afficha un grand sourire qui découvrit ses crocs. Elle réprima un frisson.

— Comment trouvez-vous le programme ?

Son regard était aussi acéré que devaient l'être ses canines. Harrington était avide d'informations. Reyna décida de ne pas entrer dans son jeu.

— Je suis très satisfaite.

— Je m'en doute, glissa Roland.

Elle fit celle qui n'avait rien entendu.

— Merci de vous en inquiéter, M. Harrington.

— Ce n'est rien. Et Beckham, au fait ? Où est-il ?

Roland haussa les épaules.

— Souhaitez-vous l'attendre, monsieur ? Je peux m'occuper d'elle jusqu'à ce qu'il réapparaisse, proposa Batiste en posant la main sur l'épaule de Reyna.

Son rythme cardiaque grimpa en flèche. Non, pas question. Elle n'était pas censée rester seule avec ce monstre. Beckham s'était montré très clair à ce sujet. Mais où était-il passé ?

Sophie prit Roland par la main.

— Pourquoi ? Tu la veux, elle aussi ?

— Ne t'en fais pas, poupée, dit-il en lui flattant la tête comme à une enfant. Je peux m'occuper de vous deux.

— Je n'aime pas quand tu dis des trucs comme ça, bouda-t-elle.

Batiste l'attrapa par les cheveux et lui tira violemment la tête en arrière. Sophie grimaça, les yeux arrondis par la peur.

— Je paie très cher pour t'avoir avec moi, Sophie. J'agirai à ma guise.

Reyna déglutit avec peine et vit qu'elle était la seule à tiquer face au comportement de Roland. Elle n'avait pas pris Beckham au sérieux, quand il avait affirmé être sympa.

Froid, distant, ronchon : ces termes lui correspondaient. Pas *sympa*. Mais au vu de la façon dont Roland traitait Sophie, elle s'estima chanceuse.

— Entendu, trancha Harrington. Prenons Reyna avec nous. Beckham sait où nous allons.

— Il ne... doit pas être loin, hasarda la jeune femme, nerveuse.

— Tout va bien se passer, intervint Cassandra. Fais la route avec nous.

Elle souriait, mais Reyna n'était pas sûre de devoir lui faire confiance. Cassandra faisait moins peur que Roland. Mais elle possédait des yeux de vipère, ainsi qu'un magnétisme suggérant qu'il ne fallait pas jouer au plus fin avec elle.

Reyna scruta désespérément les parages puis se résolut à hocher la tête.

— D'accord.

Le petit groupe prit l'ascenseur jusqu'à un parking souterrain où s'alignaient les Town Car et autres conduites intérieures grand luxe. Reyna remarqua en outre plusieurs voitures de sport tapageuses à la livrée rouge, orange ou jaune, tout au bout de l'allée. Pas la moindre bagnole normale en vue. Était-ce l'étage réservé aux cadres supérieurs ? Les employés lambda se garaient-ils ailleurs ? À moins qu'il s'agisse de la flotte de la société...

Trois voitures démarrèrent et vinrent se placer devant eux. Harrington embarqua seul dans la première. Roland et Sophie montèrent dans la deuxième. Le vampire se retourna vers Reyna, mais déjà, Cassandra avait la main posée sur l'épaule de cette dernière. Il claqua la portière. Le dernier carrosse échut à Cassandra, Félix et Reyna. La jeune femme fit le tour et s'installa à côté du beau blond.

Cassandra chassa les mèches rousses qui tombaient en cascade sur ses épaules et tourna la tête vers les deux humains.

— Dis-moi, Reyna, que faisais-tu avant de devenir compagne ?

La jeune femme toussa sous l'effet de la surprise. Les vampires aussi utilisaient le mot « compagne » ?

— Euh… rien, en fait.

Cassie arqua un sourcil.

— Rien du tout ? Que faisais-tu de ta vie ?

— Pas… pas grand-chose. Après le lycée, je n'avais pas les moyens d'aller à la fac et je n'ai pas trouvé de travail.

Rien d'étonnant à cela dans un monde en crise. Pendant deux ans, elle s'était évertuée à chercher un job. Personne n'avait voulu d'elle. Pas un boulot, en tout cas, qui soit approuvé par ses frères. Elle avait cru devenir folle à force de tourner en rond dans l'appart.

— Je vois, dit la rouquine en effleurant le bras de Félix. Tu n'as donc aucune expérience en tant que compagne ?

Elle secoua la tête.

— Hon-hon… et que penses-tu de la façon dont Beckham te déguste ?

Reyna ne bougea pas un muscle. Elle avait failli avouer qu'il ne l'avait toujours pas mordue, mais son instinct lui avait crié que ce n'était pas la chose à faire. Au premier soupçon de problème, on risquait de l'affecter à un autre vampire… voire de la virer.

— Ça va, murmura-t-elle.

— « Ça va » ! répéta Cassie dans un éclat de rire. Félix, quand je te déguste, dirais-tu que ça va ?

— C'est le paradis, plutôt.

Cassandra lui frottait le cou d'un geste sensuel. Reyna, fascinée malgré elle, suivit le mouvement des yeux.

Elle distingua de minuscules cicatrices à fleur de peau, mais aucune plaie récente. Rien que de menues imperfections presque imperceptibles.

—Oh oui, ça l'est, minauda la rouquine.

Sans crier gare, Cassandra fit basculer la tête de Félix, montra les crocs et les planta dans sa chair. Reyna hurla et se recroquevilla contre la portière. Bouche bée sous le coup de l'effroi, elle vit l'immortelle perforer l'artère et se repaître d'un sang rouge et épais. Un filet de liquide vermeil coula de sa bouche jusqu'au col de chemise de Félix. L'étoffe bleu clair s'assombrit.

La fascination fut plus forte que la terreur. Reyna vit et entendit tout : Félix, les yeux révulsés, un sourire extatique aux lèvres. Cassandra buvant tout son soûl, bruyamment. La manière qu'elle avait de le tenir. Tel un animal… ou une proie.

Puis ce fut fini. Cassandra lécha la coulure depuis l'omoplate jusqu'aux plaies jumelles, n'en laissant pas une goutte. Les perforations se refermaient déjà sous l'effet cicatrisant du venin vampirique. Il ne resta plus que deux petites marques et une tache brune sur son col.

—Zut alors, j'ai tout cochonné ta chemise. (L'immortelle se passa la langue sur les lèvres et s'amusa de l'air horrifié de sa passagère.) Ne t'inquiète pas, trésor. On lui en achètera une autre.

Fière de sa blague, elle ricana telle une maniaque et se rencogna dans son siège.

Reyna ne bougea plus de tout le trajet. Même quand Félix ôta sa chemise, révélant au passage des abdos à se damner, pour enfiler une tenue propre. Elle n'osait imaginer à quelle fréquence avaient lieu ces macabres libations pour que Cassandra tienne à sa disposition un stock de chemises…

Était-elle prête à se faire mordre par Beckham ? Pas du tout, à cet instant.

Quelques minutes plus tard, la voiture s'arrêta devant un restaurant. Elle suivit Cassandra dans la salle aux couleurs sombres. Décor chic, clientèle huppée. Un seul ensemble vestimentaire des personnes présentes devait représenter plus d'argent que ce qui s'échangeait quotidiennement dans le quartier des Entrepôts.

On les conduisit à une table du fond. Reyna prit place en face de Félix qui faisait bonne figure, mais dont les mouvements trahissaient une certaine hébétude. Ce devait être lié à la perte de sang… à moins que Cassandra ne le drogue.

Harrington s'installa en bout de table et vit à quel point Reyna était pâle. Son regard perçant lui permit de deviner ce qui s'était passé.

— Cassandra, dit-il sur un ton de reproche.

— Hmm ? rétorqua-t-elle en procédant à un raccord de rouge à lèvres couleur sang.

— Tu n'as pas pu attendre ?

Elle leva vers lui son regard vipérin.

— Pourquoi, il fallait ? J'avais un petit creux. Et puis ça n'est pas convenable, en public.

Harrington héla une serveuse d'un claquement de doigts.

— Apportez un verre d'eau à cette jeune fille, voulez-vous ?

La serveuse hocha la tête et s'éloigna d'un pas vif. Le verre d'eau arriva presque aussitôt. Reyna but à longs traits. Les couleurs lui revinrent, elle paraissait se remettre de son traumatisme.

— Quand penses-tu que le recensement va débuter, William ? lança Roland.

Il posa le bras sur le dossier du siège de Sophie qui se pencha vers lui, la nuque offerte, comme pour l'inviter à se « désaltérer ». Reyna réagit en dissimulant son cou derrière ses mèches brunes.

— Dès que nous aurons réussi à convaincre l'exécutif de se mettre en branle. L'administration traîne les pieds. J'injecte les liquidités nécessaires pour qu'il ne faille pas prendre l'argent du contribuable. Pas assez fiable. L'opération devrait démarrer le mois prochain. Le Président persiste à dire que ça prendra six bons mois, mais nous savons tous qu'il ne sait pas de quoi il parle.

— Pauvre petite marionnette. Je me demande quel goût il a, hasarda la rouquine.

— Il est B+, Cassie. N'y pense plus.

Elle arqua un sourcil.

— Je pourrais goûter qui je veux, si ton foutu antidote était prêt…

— Un antidote ? demanda Reyna.

Quelle que puisse être sa nature, c'était à n'en point douter funeste pour l'espèce humaine. Harrington se tourna vers elle, surpris.

— Les tests sont en cours. Le but est d'obtenir l'effet d'un donneur universel. Ce qui nous permettrait de nous abreuver avec n'importe quel sujet.

— Comme au bon vieux, temps, en somme, fit valoir Roland. *Une fête**.

Le P-DG éclata de rire.

— Pour ce qui est de festoyer, je te fais confiance. Ta petite Sophie doit être un régal !

— Oh que oui, abonda Batiste.

— Pourquoi… À quoi ça servirait ? ne put s'empêcher de demander Reyna.

— Des questions, encore des questions, hein ? (Le regard glacial que lui lança Harrington poussa la jeune femme à contempler son verre d'eau.) Je m'étonne que Beckham autorise un tel comportement. Il a horreur de ça, d'habitude. Aurait-il omis de te dompter ?

Ce mot la fit frémir. Était-ce l'intention de Beckham ? La briser ?

— Puisque tu y tiens tant, jeune fille, sache que mon groupe sanguin est très rare. Connais-tu le groupe le moins répandu au monde ?

— Non, répondit Reyna après s'être raclé la gorge.

— Le phénotype Rh_{null}. Qui signifie que le sang ne possède aucun antigène du groupe Rh. Ni A, ni B, ni O. Le véritable donneur universel. C'est si rarissime que, malgré nos efforts, nous n'avons découvert que trois autres sujets.

— Trois seulement ?

— Eh oui. Deux sont morts ; le troisième agonise. Un donneur universel en bonne santé, voilà ce qu'il me faudrait pour résoudre une partie de mes problèmes, dit-il en désignant son corps décrépit. Nous cherchons mon compagnon permanent. Sans négliger aucune piste.

— J'espère que vous trouverez, dit Reyna, mal à l'aise.

Il afficha son sourire carnassier.

— Moi aussi, très chère petite. La société que j'ai créée change le monde. Elle emploie plus de mortels qu'aucune autre auparavant. Le recensement sanguin va me permettre de dénicher d'autres sujets Rh_{null}… s'il en existe dans ce pays, bien sûr.

Son regard se fit distant puis retrouva vite son éclat métallique.

— Je les trouverai.

Beckham choisit cet instant précis pour faire irruption dans le restaurant à la manière d'un ouragan.

Reyna se redressa en découvrant la rage qui paraissait l'habiter. Il traversa la salle à grandes enjambées, plus ténébreux que jamais.

— Ah ! Beckham, te voilà, déclara Harrington.

— Vraiment navré, William. Il faut que je parle à Reyna. En tête-à-tête.

La jeune femme se leva en toute hâte et le suivit comme elle put. Il la traîna presque à travers les cuisines, puis par la porte de service et un couloir qui déboucha dans une impasse. Il la colla durement contre le mur de briques. Flanqua un grand coup de poing à la paroi, au-dessus de son épaule. Le mur trembla. Des débris lui tombèrent dessus.

— Tu es partie, gronda-t-il.

— Je…

— Tais-toi.

Il lui appuya sur la bouche d'un doigt rageur. La malheureuse retint son souffle, hypnotisée par ce regard plus sombre que la nuit. Et trembla comme une feuille.

— Tu es *partie* sans moi.

Un silence pesant s'ensuivit. Coincée entre le mur et l'immense vampire, qui gardait l'index collé en travers de ses lèvres, Reyna crut sa dernière heure arrivée.

— Tu es ma chose. Mon sujet. Tu imagines ce que j'ai ressenti, quand j'ai vu que tu avais disparu ? Pour te retrouver avec trois des miens ?

Elle secoua faiblement la tête. Puis se ratatina quand il lui montra les crocs.

— Ces engins-là sont conçus pour te vider de ton sang. Jusqu'à ce que mort s'ensuive, tu comprends ? Nous sommes des tueurs. Implacables. Ça ne change rien, qu'on porte un costume, qu'on cherche à vous ressembler… Nous ne sommes *pas* comme vous. Surtout ces trois-là ! Pour gravir les échelons chez Visage, il faut être sans pitié, Reyna. Tu comprends ce que je dis ?

— Vous… me faites peur, murmura-t-elle.

— Tant mieux.

Il s'écarta d'elle et se passa la main dans les cheveux pour se calmer les nerfs.

— Qu'est-ce qui s'est passé en mon absence ? Raconte-moi tout.

Reyna brossa l'épisode Cassandra, pendant le trajet en voiture, puis l'échange avec Harrington au resto à propos du recensement et des groupes sanguins rares.

Il grogna en sourdine, à deux doigts de s'acharner de nouveau sur le mur.

— Je t'avais dit de ne *rien* dire.

— Je sais, murmura-t-elle. Mais cette histoire de recensement, d'antidote… ça a l'air très grave. Quelqu'un d'autre est au courant ?

— Non. Et personne ne doit l'apprendre.

— Comme si j'avais quelqu'un à qui en parler, marmonna Reyna.

Puis :

— Beck ?

— Encore une question ? Tu me tapes sur les nerfs, tu sais.

Elle se mordit la lèvre inférieure.

— Si vous étiez contre le programme permanent, pourquoi avoir pris un sujet permanent ?

— Quelle importance ?

— Ben… vous ne me mordez pas. Vous vous méfiez de vos collègues. Vous êtes contre ce que fait Visage, et pourtant, vous êtes au sommet de la pyramide. J'ai du mal à piger…

Il croisa son regard et, un court instant, eut l'air éperdu.

— C'est aussi bien ainsi, tu peux me croire.

Chapitre 12

La suite de l'après-midi se déroula mieux qu'escompté. Pendant que Beckham et ses associés parlaient business en sirotant un cocktail, Reyna eut droit à un repas complet. Mais après cela, le mécène ne lâcha pas la bride à sa compagne. Ce qui l'avait inquiété quand elle était partie sans lui des locaux de Visage influait désormais sur leur vie quotidienne. Elle ne quittait plus l'appartement sans lui – ce qui revenait à ne plus sortir du tout. Les journées s'étirèrent sur un modèle immuable, à mille lieues de ce qu'elle s'était figuré.

Ce qui ressortait, après six jours auprès de Beckham, restait qu'il ne l'avait toujours pas mordue. Comment faisait-il ? Mystère. Les vampires devaient s'alimenter au moins une fois par semaine, faute de quoi ils s'affaiblissaient et devenaient irritables. À cran, le beau ténébreux pouvait difficilement l'être davantage… mais il n'était pas malade.

Reyna, qui n'y comprenait rien, n'était pas pressée de lui poser la question après avoir vu Cassandra à l'œuvre.

Elle occupait son temps libre à surfer sur le Net. Depuis l'exposé fait par Harrington, elle suivait de près l'affaire du recensement sanguin et celle de la course à l'antidote. Les rumeurs qui circulaient à propos du recensement affirmaient que la société Visage, mue par quelque but obscur, avait graissé la patte de l'administration. Reyna regretta amèrement de ne pas pouvoir confirmer ces bruits : agir ainsi, c'était courir le risque que sa famille se retrouve à court d'argent.

Au fil d'un nouveau jour fait d'ennui total et de navigation sans fin sur Internet, la jeune femme se rappela que la carte d'Everett était rangée dans son sac. Elle la sortit et composa le numéro.

— Allô ? fit Everett après deux sonneries.

— Everett ! C'est Reyna, s'écria-t-elle, enthousiaste.

C'était un peu dingue de s'exciter ainsi du simple fait d'avoir quelqu'un au bout du fil, mais à force de rester enfermée, elle commençait à perdre les pédales.

— Ah ! bonjour mademoiselle Carpenter. Décidée à vous joindre à nous ?

— Je suis toujours la bienvenue ?

— Bien sûr ! Où dois-je passer vous… te prendre ?

— Ah, euh… je suis toujours chez Beck – chez M. Anderson, bafouilla-t-elle.

Silence embarrassé. Puis :

— OK, ça marche. Retrouvons-nous au stand du voiturier samedi soir, à neuf heures.

— Impec. Il me tarde.

— À samedi, alors. Bye.

— Une seconde… comment dois-je m'habiller ?

Depuis qu'elle vivait chez Beckham, l'idée d'être trop bien fringuée, ou pas assez, la tracassait sans cesse. Everett s'esclaffa.

— Comme tu veux, voyons. C'est une simple sortie en boîte.

— En boîte. D'accord.

Comme si elle était déjà allée dans ce type d'établissement…

Raison pour laquelle, le samedi à vingt heures, Reyna se retrouva à inventorier le contenu de son dressing en quête d'une tenue appropriée. Elle n'avait toujours pas prévenu Beckham qu'elle allait sortir, jugeant préférable de le mettre devant le fait accompli plutôt que de tenter de le convaincre. Il avait spécifié dès le premier jour qu'elle n'était pas sa prisonnière. De ce fait, elle était libre de sortir avec des amis, non ? Tout allait bien se passer.

C'était, en tout cas, ce qu'elle se répétait en boucle.

Ayant enquêté en ligne sur ce qui se portait pour sortir en boîte, elle finit par opter pour une robe noire brillante aux reflets argentés, avec bretelles fines et décolleté carré, qui lui allait comme un gant. Se chaussa de sandales à lanières et à talons, puis se confectionna un chignon haut qui lui encadra le visage de petites mèches brunes. Quel contraste, avec sa sempiternelle queue-de-cheval ! Elle espéra que l'ensemble allait lui permettre de se fondre dans la masse.

À neuf heures moins le quart, elle sortit de sa chambre et chercha Beckham, qu'elle appréhendait de rencontrer.

Le living étant désert, comme à l'accoutumée, et n'étant pas autorisée à entrer dans ses quartiers, elle se résigna à lui envoyer un SMS. Il ouvrit sa porte peu après et se figea sur le seuil. Les yeux écarquillés, il la détailla de pied en cap. L'atmosphère devint électrique.

— Qu'est-ce que tu portes ?

— Une robe, répondit-elle en désignant sa tenue. Que j'ai trouvée dans mon dressing.

— Certes, certes. Mais n'est-ce pas un peu trop habillé, pour rester à la maison ?

Reyna encaissa et chercha en elle le courage de lui parler.

— Je sors avec des amis, figurez-vous.

De toutes les réactions qu'elle avait anticipées, l'éclat de rire était la plus improbable.

— Des amis ? Ceux du quartier des Entrepôts ? demanda-t-il, incrédule.

— Non ! s'écria-t-elle, incapable de contenir sa colère face à pareille muflerie. Des amis que je me suis faits ici, en ville. On sort dans une boîte du quartier.

Beckham se rembrunit aussitôt. Soit à cause du ton employé, soit parce qu'il n'aimait pas qu'elle voie des gens qu'il ne connaissait pas.

— Et qui sont ces fameux amis ?

— Everett, du rez-de-chaussée.

— Le voiturier ? voulut savoir Beckham, les lèvres pincées.

— Lui-même.

Elle défroissa sa robe en prenant soin d'ignorer le regard appuyé de son mécène. Il n'était pas question de faire machine arrière.

— Il veut me présenter à ses amis, reprit-elle.

— Pas question. C'est trop risqué.

— Comment ça, trop risqué ? Vous ne le connaissez même pas.

— Justement.

— Non ! Pourquoi vous décidez à ma place ? Je ne suis pas votre prisonnière, vous l'avez dit. C'est pourtant ce que je suis depuis une semaine, surtout depuis que j'ai quitté les locaux de Visage sans vous. J'étais censée faire quoi ? Ils m'ont dit que vous alliez nous rejoindre, alors j'ai suivi le mouvement. Vous n'avez pas le droit de m'empêcher de sortir !

— Tu n'es pas ma prisonnière.

Le regard de Beckham était dur comme l'acier. La jeune femme savait qu'elle l'irritait, et à cet instant, cela lui était parfaitement égal.

— Tu ne connais pas la ville, reprit-il. Tu n'as pas la première idée de ce qui t'attend dehors.

— Il ne va *rien* m'arriver. Je ne connais encore personne, dans cette ville. Everett est le premier à s'être montré sympa sans être payé pour le faire, il m'a invité à sortir, et j'y vais. Vous avez idée de la vie que je mène, ici ?

Beckham l'observait sans mot dire. Elle serra les dents et croisa les bras dans une attitude de défi. De quel droit lui déciderait-il de ce qu'elle était autorisée à faire ou non ? Elle était sa compagne permanente. De ce fait, il fallait qu'il lui fasse confiance.

— Vous n'en avez pas la moindre idée, hein ? Laissez-moi éclairer votre lanterne. Je passe mes journées seule. Sans voir personne. Mes frères habitent à une heure de route, ils ne font plus partie de ma vie. Mon existence entière tourne autour de *vous*, désormais. (Beckham, stoïque, arqua un sourcil.) Et avec vous, je me sens… inutile !

— Pourquoi inutile ? pressa le beau ténébreux.

— Vous n'avez jamais… *soif ?*

La question arracha un sourire en coin à Beckham, ce qui accentua la rogne de Reyna. Comment faisait-il pour rester de marbre ? Non qu'elle soit pressée de se faire mordre : l'idée continuait à la terrifier, mais quand mangeait-il ?

— Pourquoi suis-je tombée sur le seul vampire au régime sec ? lança-t-elle sous le coup de la frustration.

Il la regarda, étonné, comme s'il cherchait un sens caché à son propos.

— Tu veux que je te morde, c'est ça ?

Reyna blêmit. Le terrain était miné. Très mauvaise idée, de remettre ce sujet sur la table… Surtout qu'il ravivait le souvenir des petits baisers dans le cou. Malgré sa frousse, quand il la dévorait ainsi des yeux, la jeune femme sentait ses entrailles s'embraser. Saisissant contraste.

— Je… j'essaie juste de vous comprendre.

— Il me semble avoir été clair, pourtant. Tu n'y as pas intérêt.

Son regard était intense. Assassin.

— J'ai du mal avec les ordres, marmonna-t-elle.

— J'avais remarqué.

— Si je suis ici… c'est pour faire plaisir à votre patron, oui ou non ?

Voilà. Elle avait posé la question qui la tenaillait depuis qu'elle avait découvert que Beckham était opposé au programme permanent.

— Ça te choquerait, si je te répondais oui ?

Ce demi-aveu la fit bafouiller.

— Vr… vraiment ?

Beckham cédant sur un truc pareil, pour des raisons professionnelles ? Première nouvelle. Ça dépassait Reyna, qu'on puisse contraindre un type comme lui à quoi que ce soit. Un type aussi… intimidant, redoutable.

Le beau ténébreux s'avança lentement vers elle. Tel un prédateur acculant sa proie. Reyna fit un pas en arrière, les jambes en coton, en se répétant qu'il n'allait pas la mordre. Il ne l'avait pas fait jusqu'ici, alors pourquoi à cet instant ? Son premier geste avorté avait été fortuit. Il… il ne voulait pas d'elle. Quant à Reyna, elle était très mal inspirée d'espérer le contraire.

— Ai-je l'air d'un homme qui a envie de se faire envahir ? grogna-t-il. Surtout par quelqu'un qu'il me faut surveiller en permanence ?

Le colosse était si proche qu'elle était contrainte de lever la tête pour voir son visage.

L'estomac noué par cette soudaine promiscuité, elle se sentait prise dans une bulle. Son magnétisme était tel qu'elle ne risquait pas d'oublier que Beckham était un vampire, quand ils étaient si proches. Pour la première fois, cependant, la jeune femme vit l'homme sous la façade du monstre assoiffé de sang. Un mâle terrifiant, certes, mais aussi beau à se damner : corps ciselé à la perfection, pommettes saillantes, deux puits d'onyx, un condensé de masculinité à fleur de peau.

— Non, finit-elle par murmurer en cessant de penser à lui pour se reconcentrer sur leur échange.

Beckham n'était pas homme à accepter n'importe qui dans son appartement-terrasse, c'était flagrant. Et s'il était absurde qu'elle s'en émeuve, le fait de se sentir inutile n'en était pas moins exaspérant. Elle devait être la toute première compagne de sang dédaignée par son mécène.

— Alors quoi ? Vous ne buvez pas mon sang parce que j'envahis votre espace, c'est ça l'idée ?

— Je fais ce que je veux de toi, petite chose.

La façon dont ses yeux se posèrent sur le corps de la jeune femme, seulement couvert d'une fine étoffe moulante, la fit se sentir sale.

— Je ne suis pas une putain, assena-t-elle avec conviction.

— Bien sûr que non.

Elle le fusilla du regard : l'homme n'était plus là, seul restait le monstre.

— Très bien. Buvez mon sang. Ne le buvez pas. Mourez de faim, ça m'est égal. Je sors ce soir, et si je ne pars pas tout de suite, je vais être à la bourre.

Un dernier coup d'œil accusateur, puis elle gagna l'ascenseur et appuya sur le bouton d'appel. En tapant du pied d'impatience.

Alors que les portes de la cabine se refermaient sur elle, Beckham lui lança :

— Fais attention à toi, petite chose.

Chapitre 13

Reyna arriva au rez-de-chaussée en retard et très en colère. Beckham possédait le don unique de lui mettre les nerfs en pelote. Sa simple apparition suffisait à la mettre à cran. Elle avait souvent envie de le gifler… puis il suffisait qu'elle contemple son profil de médaille pour qu'elle perde ses moyens. Il lui était *profondément* antipathique. Mais elle était si tendue en sa présence qu'il lui était impossible d'anticiper ses propres réactions.

— Ouah ! s'exclama Everett, bouche bée, en la voyant approcher.

Elle sourit tout en le détaillant : il était vêtu à la cool, jean sombre et chemise rayée bleue aux manches retroussées. Reyna craignit d'en avoir fait trop.

— Ouah comme chouette ?

— Comme très chouette, même. Tu es superbe.

— Merci ! dit-elle, rayonnante.

— Presque trop bien pour traîner avec moi et mes amis…

— Ah bon ? Je remonte me changer ? lança-t-elle, hésitante.

— Surtout pas ! M. Anderson t'a laissé sortir ; si tu y retournes, il risquerait de changer d'avis.

Reyna rit de bon cœur.

— Beckham. Appelle-le Beckham. « M. Anderson », ça sonne comme si c'était un vieil oncle.

— Comme tu voudras, dit Everett en lui offrant son bras. Allons-y. Ma bagnole est garée à l'arrière.

Elle plaça sa main au creux du coude de son cavalier et le suivit jusqu'à l'endroit où était rangée une vieille Mustang.

— Elle est géniale, cette voiture.

— Merci à toi. La carcasse est d'époque. On l'a retapée ensemble, mon père et moi. Il était mécanicien avant la crise. Elle me coûte un bras en essence, je m'en sers surtout pour les trajets boulot-domicile.

Everett lui ouvrit la portière côté passager. Reyna s'y installa avec plaisir. Depuis qu'elle avait quitté les Entrepôts, c'était la première fois qu'elle allait rouler sans chauffeur appointé. Quel bonheur ! Elle n'avait pas l'impression d'être une poupée qu'on emmenait au bal, une créature. Juste une jeune femme sortant le samedi soir.

La boîte où Everett la conduisit n'était qu'à cinq ou six pâtés de maisons. Une distance dérisoire, aisément franchissable à pied… mais le centre-ville n'était pas sûr et les chaussures à talons, moins commodes pour marcher que ses sneakers habituels.

Sitôt la Mustang confiée aux bons soins d'un voiturier, ils franchirent le seuil d'un night-club déjà à moitié plein de fêtards. Everett la prit par la main et fendit la foule jusqu'à un box à l'abri de la cohue. Un petit groupe s'y tenait déjà, attablé devant des verres et un pichet de bière. En les voyant arriver, une blonde se jeta dans les bras du garçon.

— Everett ! Heureuse de te voir !

Il la serra dans ses bras puis présenta Reyna à la petite troupe.

— Les amis, voici Reyna. Une nouvelle de l'immeuble où je bosse.

La jeune femme lui lança un regard étonné tandis qu'il l'invitait à s'asseoir à côté d'un autre type puis qu'il prenait place sur la même banquette. La blonde se rassit en face d'Everett.

— Tu es voiturière, toi aussi ? demanda la blonde, incrédule.

Everett secoua la tête.

— Réceptionniste.

— Délire ! Une semaine, j'ai tenu à ce poste. Jusqu'à ce que j'aie trop envie de m'ouvrir les veines sur le dallage blanc. Pour le plaisir de voir tous ces sales suceurs de sang se rouler par terre.

— Oh ! fit Reyna, mal à l'aise.

Pourquoi diable Everett avait-il menti à son propos ? Elle n'était pas réceptionniste ! Mais comme la blonde semblait détester les vampires, mieux valait jouer le jeu.

— Moi c'est Mara, dit la femme en tendant la main à Reyna. Eux c'est Lauren, Tucker et Coop.

Elle désigna une grande Black aux cheveux courts, un métis à l'épaisse tignasse noire bouclée et le troisième larron, Coop, un maigrichon aux cheveux bruns mi-longs qui avait l'air d'un rocker avec ses nombreux tatouages.

— Salut Reyna, dit Lauren, penchée sur la table. D'où ça sort, ce que tu portes ? T'as braqué une banque ?

Reyna avisa sa tenue. Aïe. Soie sauvage ; articles griffés luxe ; chaussures très certainement hors de prix.

— Oh, ça ? Des contrefaçons, mais ne le répète pas, surtout.

Miséricorde... elle n'était pas plus libre avec ces gens qu'avec Beckham. Sauf qu'avec son mécène, elle n'avait pas besoin de mentir sur ses origines ou son métier.

— Jamais vu d'aussi chouettes contrefaçons, marmonna Mara, pas convaincue.

— Tu veux boire quelque chose ? proposa Everett.

— Avec plaisir, répondit Reyna.

Elle s'empressa de le suivre jusqu'au bar.

— Tu peux m'expliquer ?

— Désolé, plaida-t-il, l'air abattu. C'est que… Visage n'a pas la cote, ici.

— Comment tu sais que je travaille chez Visage ?

Il posa sur elle un regard appuyé.

— Une jolie fille avec une carte à crédit illimité ? Dans les parages de Beckham Anderson ? Deux et deux font quatre.

— Oh ! fit Reyna, le feu aux joues. Tu me trouves jolie, vraiment ?

Everett éclata de rire.

— Oui, mais ne le répète surtout pas à Beckham ! Ce salaud-là fout les jetons.

— Pas faux, abonda-t-elle.

Un détail ressurgit.

— Une seconde… Parce que c'est courant, de voir Beckham en compagnie de jolies filles ? s'enquit-elle, appuyée contre le bar, tandis qu'Everett passait commande.

— C'est pas mon habitude de répéter ce genre de truc, en général, mais oui, les femmes avec qui je l'ai vu étaient canon. Pourquoi ? demanda-t-il en la dévisageant.

— Simple curiosité, éluda-t-elle.

L'idée que d'autres femmes puissent partager la vie de Beckham la dérangeait. Pourquoi ? Mystère. Elle le connaissait depuis si peu… S'agissait-il de femmes dont il se repaissait ? De compagnes de sang héritées de l'ancien programme, celui avec rotation ? Reyna ne comprenait pas en quoi elle était différente, ni pourquoi cela la mettait dans tous ses états de songer qu'il puisse se nourrir d'une autre qu'elle. La boule au ventre était là, pourtant. Qui étaient-elles ? Aucune idée. Il pouvait s'agir de « sujets » ou de vampires. Et cela n'était pas ses oignons. Mais alors, pas du tout.

Everett lui tendit un cocktail rouge sombre. Elle arqua un sourcil.

— C'est quoi ?

— Savoure l'ironie, ma belle. On appelle ça un suceur de sang.

Reyna porta le verre à ses lèvres. L'épais liquide avait un goût de cerise prononcé. C'était sucré et délicieux. Everett essuya une goutte à la commissure de sa bouche. Elle se raidit et regarda ailleurs. Elle ignorait ce qu'il avait en tête, mais pour sa part, elle ne cherchait qu'à se faire des amis.

Son esprit dériva. Quelle serait la réaction de Beckham s'il la voyait avec du sang sur les lèvres ? Elle se secoua aussitôt. C'était mal. Pour plein de raisons à la fois.

Reyna suivit Everett jusqu'à la table et retrouva sa place. Lauren et Coop se roulaient une pelle. Tucker, quant à lui, buvait sec. C'était cool de découvrir qu'il existait encore des gens menant une vie normale. Aux Entrepôts, tout le monde bossait tout le temps. Les journées n'en finissaient pas. Les ouvriers étaient trop crevés pour sortir. Même le peu d'intimité qu'elle avait connu avec Steven s'était toujours déroulé pendant ses courtes pauses.

Mara se pencha vers Reyna et donna une petite tape sur le bras d'Everett.

— Un suceur de sang ? grasseya-t-elle, l'air boudeur et un peu ivre.

— Et alors ? Te bile pas pour si peu, Mara.

L'intéressée leva les yeux au ciel.

— Si tu le dis…

Lauren profita de ce qu'elle reprenait son souffle pour intervenir.

— Oooh ! un suceur de sang. C'est super bon, ce truc, on ne se rend même pas compte qu'il y a du vrai sang dedans.

— Hein ? glapit Reyna en pâlissant.

— Bien joué, Lauren ! s'esclaffa Mara, hystérique.

Everett secoua la tête.

— C'est une blague. Il n'y a pas de sang. Que de l'alcool et des fruits.

— Ah ! fit Reyna, mortifiée.

— Quand on parle de foutus suceurs de sang, grogna Lauren en désignant le dancefloor d'un mouvement de tête.

Toute la table se tourna. Reyna s'interrogea : aucun vampire en vue. Les seuls qu'elle connaissait étaient d'ailleurs trop riches pour venir s'encanailler ici.

— Elle est bonne, apprécia Tucker.

— Respecte-toi, mec, cracha Mara.

— Ben quoi, j'ai dit une connerie ?

— De qui on parle ? voulut savoir Reyna.

— D'elle, dit Mara en dirigeant le regard de Reyna jusqu'à la femme qui dansait au beau milieu de la salle.

Une blonde avec les cheveux ramenés sur une épaule. Tenue moulante et très décolletée, lèvres rouge sang, et si menue que ses clavicules saillaient.

— Qu'est-ce qu'elle a de spécial ?

— Tu ne vois pas ? fit Mara, l'air écœuré. C'est une pute de sang.

Reyna déglutit avec peine et détailla la femme.

— Qu'est-ce qui te fait dire ça ?

— Ça saute aux yeux, non ? Elle fait tout pour qu'on s'en rende compte ! Le rouge à lèvres, la peau laiteuse, le cou dénudé, qu'est-ce qu'il te faut de plus ?

Reyna regretta de ne pas avoir les cheveux relâchés. Bien que Beck ne l'ait pas mordue, c'était idiot de sa part d'exhiber ainsi sa nuque. À tout le monde.

— Pourquoi elle s'affiche ? demanda-t-elle.

Everett lui serra la main, comme s'il avait conscience de sa tension nerveuse.

— Parce que ça fait planer, intervint Coop.

— Hein ? s'exclama Reyna en se tournant vivement vers lui.

— N'importe quoi ! s'emporta Lauren en giflant Coop derrière la nuque.

Mara leva les yeux au ciel.

— Techniquement parlant, se faire mordre provoque un afflux d'adrénaline. Comme quand on flippe à mort. Du coup, les endorphines entrent en jeu pour équilibrer la machine. Un peu comme quand on tire un coup, conclut-elle avec un clin d'œil.

— Allons danser, lui glissa Everett au creux de l'oreille. (Il la prit par la main et l'entraîna vers le dancefloor.) Ne fais pas gaffe à Mara. Tu es pâle comme un linge.

— Ça va, mentit Reyna.

Pendue au cou d'Everett, elle s'efforça d'apaiser son rythme cardiaque.

— Je suis comme elle ?

— Non. Calme-toi. C'est le truc de Mara, elle aime jouer avec les nerfs des gens.

— Mais… elle ne sait pas, pour moi.

— Elle doit s'en douter, soupira-t-il.

— Ah bon ? Pourquoi ?

— Réfléchis, Reyna. Les gens avec lesquels je bosse ne te ressemblent pas.

Elle prit un peu de champ, stupéfaite, et le regarda.

— Comment ça ?

— Tu sais bien.

La musique embraya sur un tempo lent, hypnotique. Les mouvements des danseurs s'adaptèrent au rythme. Il lui plaqua les mains sur les hanches et l'attira contre lui.

— J'ai l'air d'une pute de sang ? demanda-t-elle, sur la défensive.

—Non. Tu es superbe.

Elle rit et secoua la tête.

—Ça me fait trop bizarre ! Toute ma vie, les mecs m'ont vue comme quelqu'un de quelconque, au mieux pas mal. Sans travail. Une bouche à nourrir de plus. Ma plus belle robe, c'était… non, même pas, j'en ai jamais porté. C'était trop peu commode.

Everett leva la tête et chassa une mèche rebelle qui barrait les yeux de sa partenaire.

—La femme dont tu parles, personne ne la connaît, ici.

La façon qu'il avait de la dévorer des yeux fit suffoquer Reyna. Elle était venue se faire des amis, pas se faire draguer. L'espace d'un instant, elle crut voir deux puits de noirceur à la place des yeux de son cavalier, et des traits taillés à la serpe au lieu de son visage poupin. Beckham lui vint à l'esprit. Une image à laquelle il valait mieux ne pas songer. Elle s'arracha brusquement à Everett.

—J'étouffe ici.

Sans plus d'explication, elle s'éloigna aussi vite que possible. Elle suffoquait littéralement. Pourquoi ? N'était-ce pas normal d'être désirée par un gentil garçon comme Everett ? Pourtant non, elle s'y refusait. Quant à cette vision de Beckham… c'était tout bonnement délirant. Il était beau comme un dieu, d'accord. Et elle appréciait le regard qu'il posait sur elle. Mais c'était mal de penser à lui comme elle le faisait… tout comme de se demander comment il réagirait en découvrant qu'elle avait du sang sur les lèvres.

Reyna trouva la sortie de secours et poussa la porte en priant pour qu'aucune alarme ne retentisse. Comme rien de tel n'arriva, elle sortit et respira à fond pour se calmer. Il fallait qu'elle se ressaisisse.

Une minute plus tard, Everett arriva en trombe. La jeune femme tourna les talons, une main plaquée sur la poitrine.

— Tu m'as fait peur !

— Qu'est-ce qui t'a pris de filer comme ça ?

Reyna détourna la tête. Comment lui expliquer ?

— J'avais besoin d'air. Simple crise de claustrophobie.

— Et moi j'ai été un peu lourd, s'excusa-t-il en faisant un pas vers elle.

— Mais non, tu es un mec super. C'est juste que tant de choses changent en même temps dans ma vie…

— Désolé. Je ne voulais pas te faire peur, insista-t-il, l'air penaud.

— Je n'ai pas peur. Je suis… comment dire… pas prête, conclut-elle sans conviction.

— Allez, rentrons. Je promets de bien me comporter.

— Et moi de très mal me comporter, lança un inconnu dans l'ombre.

— Reyna, s'alarma Everett en la poussant derrière lui. Filons d'ici.

L'inconnu avança vers eux. Reyna vit qu'il s'agissait d'un vampire, pas d'un vivant, mais un vampire mal en point. Le teint cireux, l'épiderme presque translucide. L'air si fragile qu'il paraissait risquer de tomber en poussière au moindre choc. Sa carcasse efflanquée flottait dans un tee-shirt et des jeans usés jusqu'à la corde, telle une gamine portant la robe de mariée de sa mère. Il n'avait rien de commun avec les spécimens intimidants de chez Visage. À commencer par Beckham. Seul hic : la soif qui se lisait dans ses pupilles. Une soif aussi impérieuse que celle d'un dragon désireux de s'abreuver.

— On y va, navré de vous avoir dérangé, déclara Everett en reculant pas à pas.

À Reyna, dans un souffle :

— Cours, ma belle. Cours.

Le cœur battant à tout rompre, la jeune femme s'élança vers la porte de service, Everett sur ses talons… pas assez vite, hélas. Ni elle ni son cavalier. C'était impossible. Un vrai cauchemar. Semblable à celui qu'avait vécu l'espèce humaine pendant des siècles.

Elle trébucha, la faute à ces fichus talons hauts qu'elle n'aurait jamais dû porter. Peu importait : ils étaient fichus. Reyna jeta un coup d'œil par-dessus son épaule et vit le vampire fondre sur eux à une vitesse surhumaine. Les crocs saillants. Elle hurla tandis que le monstre tombait sur Everett. Puis se figea, transie d'horreur. Le malheureux était secoué comme une poupée de chiffon.

— Non ! éructa-t-elle alors que le vampire plantait ses crocs dans la nuque d'Everett.

Le sang vermeil gicla ; le monstre s'en délecta goulûment.

Alors qu'elle voyait Everett devenir livide, Reyna poussa un cri à percer les tympans.

Chapitre 14

Non, c'était impossible. Ce maudit vampire était en train de tuer Everett ! En profiter pour fuir, c'était le condamner à mort.

Contre l'instinct de survie, elle se rua sur le vampire et le frappa dans le dos.

— Arrêtez ! hurla-t-elle. Vous allez le tuer !

En l'absence de réaction, Reyna lui enfonça le talon dans le pied. L'arme improvisée produisit un son atroce en traversant les chairs puis un autre, plus sec, en cassant. Le vampire se débarrassa d'Everett qui s'effondra comme un sac à patates. Il se tourna vers Reyna qui recula, terrifiée.

— Et merde !

Le vampire avançait vers elle d'une manière qu'elle avait appris à connaître. Tremblant comme une feuille, elle prit conscience de la bêtise de son geste. Lâcheté ou pas, il aurait été plus sensé de fuir. Ce qui, en outre, aurait permis de chercher du renfort. Et voilà qu'elle était acculée par un monstre. Sa fin prochaine était inscrite dans ses yeux morts.

Sitôt à portée, il la gifla à toute volée. La violence de l'impact envoya Reyna tête la première contre une benne à ordures. Elle rebondit contre la tôle et s'effondra sur un tas de sacs-poubelle. La vue brouillée, elle se tâta le crâne à l'endroit le plus douloureux : ses mèches étaient toutes poisseuses.

Le vampire boitilla vers Everett afin de finir ce qu'il avait commencé. Mais dès qu'elle leva sa paume tachée de sang, le monstre tourna la tête vers elle. Son regard promettait la mort. Reyna voulut se relever et s'écroula à nouveau. La tête lui tournait ; ses jambes refusaient de la porter. La créature qui approchait n'avait qu'une idée en tête, la tuer, mais elle n'y pouvait rien.

— Qu'avons-nous là ? L'odeur de ton sang est irrésistible…

Alors qu'il claudiquait vers elle, Everett saignait toujours abondamment.

— Boire ton sang, ça promet d'être comme le divin nectar… sauf que les dieux, je n'y crois pas.

— Qu… quoi ? bafouilla-t-elle.

— J'en ai déjà entendu parler, d'un sang pareil. (Penché vers elle, il inhala à fond, tel un jardinier humant le parfum d'une rose.) C'est mon jour de chance.

— Je ne suis rien, supplia-t-elle, les joues baignées de larmes. Vous avez eu ce que vous vouliez. Laissez-nous.

— Cause toujours.

Le vampire s'approcha encore, ravi de la savoir terrorisée. Le sang d'Everett l'avait requinqué, mais elle vit dans son regard dément qu'il allait boire le sien pour le plaisir. Reyna frémit tandis qu'il lui caressait la joue puis lui penchait la tête de côté afin d'accéder à son cou. Elle n'y pouvait rien. Même hurler était exclu. Aussi ferma-t-elle les yeux et se mit-elle à prier.

Sauf que la morsure n'eut pas lieu.

La pression exercée sur son cou disparut. Reyna rouvrit les paupières et n'en crut pas ses yeux : Beckham tenait l'autre vampire à bout de bras ! Celui-ci grogna, se débattit tant et si bien qu'il échappa à la poigne de fer de Beckham et lui sauta dessus. Le beau ténébreux esquiva, vif comme l'éclair, et les deux combattants devinrent flous à force de vitesse. Le monstre, probablement très affaibli avant de boire le sang d'Everett, avait retrouvé puissance et célérité. Ils bougeaient ensemble. Beckham parut prendre le dessus. Poings en avant, il perfora les défenses de son adversaire qui s'épuisait rapidement. Mais la messe n'était pas dite. Les coups de pied et de poing pleuvaient de part et d'autre, tantôt parés, tantôt faisant mouche. Le dénouement approchait.

Lors d'un mouvement tournant presque invisible pour Reyna, Beckham fit pivoter son adversaire qui se retrouva de dos, puis il plaqua les mains de part et d'autre de son crâne. Un court instant, l'autre vampire s'immobilisa, vaincu.

Et pour la première fois du combat, les traits de Beckham se retrouvèrent dans la lumière de l'éclairage urbain. La jeune femme découvrit ses deux puits de noirceur et hoqueta bruyamment.

Il montrait les crocs et paraissait furieux. Plus que furieux, même.

Dangereux.

Implacable.

Mortel.

— Beck, murmura-t-elle, épouvantée.

Il fit la sourde oreille. Le son qui suivit fut un craquement sinistre : Beckham venait de briser les cervicales de son adversaire, qui s'effondra. Mort.

Reyna resta bouche bée. Sainte merde ! C'était à cause d'elle qu'il venait de tuer. Incroyable. Elle crut défaillir. S'accrocha comme elle put pour rester consciente.

— Petite chose, dit-il à voix basse en s'approchant.

Penché sur elle, il prit une grande inspiration puis retint son souffle et la souleva comme si elle ne pesait rien.

— Everett, marmonna-t-elle.

Beckham soupira puis hocha la tête. Il allait s'en occuper. Sans qu'il lui soit besoin de dire un mot.

— Merci, murmura-t-elle avant que les ténèbres l'engloutissent.

Reyna s'éveilla et découvrit qu'elle était étendue sur des coussins. Tout son corps lui faisait mal, à commencer par la tête. Elle voulut se redresser et grogna en sentant une main puissante qui lui appuyait sur l'épaule pour l'empêcher de bouger.

— Tout doux, dit Beckham.

Elle rouvrit les yeux. Il était assis près d'elle, sur le canapé du living de l'appartement-terrasse.

— Beck, coassa-t-elle, la voix cassée.

Jamais elle n'avait été aussi heureuse de le voir. Pas croyable ! Il était là, à son chevet, après l'avoir suivie et sauvée. Sa première pensée fut de lever les mains pour caresser ce beau visage, tout en s'excusant d'avoir mis sa parole en doute. Sa gratitude était immense. Quant à Beckham, il n'avait plus les yeux du monstre qui venait de rompre le cou d'un vampire à mains nues, mais ceux d'un homme cherchant en elle un éventuel signe de détresse. Un homme qui avait peut-être opté pour un sujet permanent contre son gré, et qui prenait cependant grand soin de sa compagne de sang.

Le beau ténébreux cessa de l'épier et prit un verre d'eau posé sur la table basse.

— Bois un peu.

Elle accepta sans protester et réussit à avaler quelques gorgées.

— Vous m'avez sauvé la vie, dit-elle en luttant contre le trop-plein d'émotions.

— Tu étais censée ne prendre aucun risque.

Sans comprendre ce qui pouvait la pousser à agir ainsi, Reyna, cette fois, ne se priva pas de le toucher. Elle plaqua doucement la main sur sa joue. Et trouva sa peau fraîche tant elle brûlait d'un feu intérieur. Fruit de sa récente expérience de mort imminente ? Du trouble qu'elle sentait enfler en elle chaque fois qu'ils étaient tout proches ? Mystère.

— Beck, répéta-t-elle à mi-voix.

Il tourna la tête et refusa de croiser son regard.

— J'ai lâché prise, bougonna-t-il. Tu n'aurais jamais dû voir ça.

— Vous… tu m'as *sauvé la vie*.

C'était pourtant clair, non ? Elle avait été à deux doigts d'y passer lorsqu'il avait volé à son secours. Un voile se levait dans la tête de Reyna. Elle n'avait pas à redouter Beckham. Il ne lui ferait aucun mal, il fallait qu'elle commence à lui faire confiance. Pourquoi s'acharner à veiller sur elle si c'était pour l'attaquer ensuite ?

— Et toi, rétorqua Beckham, tu n'aurais jamais dû te retrouver dans cette fâcheuse position. Tu étais dans cette boîte, et tout d'un coup, tu n'y étais plus.

— Tu m'y as suivie ?

— Encore heureux, dit-il en la regardant dans les yeux. Faute de quoi je ne serais pas tombé à pic.

— En effet, murmura-t-elle. J'ai eu beaucoup de chance.

Elle revit très nettement ce monstre horrible fondant sur elle. Se repaissant du fluide vital d'Everett. Puis se retournant vers elle.

— Everett ! Comment il va ?

Brusquement redressée, elle vit flou, se prit la tête à deux mains et gémit avant de se laisser choir dans le canapé.

— Tu as besoin de repos, Reyna. Everett a été conduit à l'hôpital. Il lui faut une transfusion, il a perdu beaucoup de sang. C'est mon équipe médicale qui l'a pris en charge. Ils se sont occupés de tout.

La jeune femme effleura l'arrière de son crâne, à l'endroit où sa tête avait porté contre la benne à ordures, et découvrit un grand pansement carré.

— Je suis restée longtemps dans les vapes ?

— Une demi-heure environ. Il a fallu arrêter l'hémorragie, précisa-t-il en lui caressant la tête.

L'hémorragie. Son sang. Qu'avait dit l'autre monstre, à propos de son sang ? De tous les événements étranges qui s'étaient produits ce soir, c'était ce qu'il avait raconté qui avait le moins de sens.

— Beckham, ce vampire… il a dit des trucs bizarres.

Le beau ténébreux arqua un sourcil.

— Que mon sang sentait bon… le nectar des dieux, il a dit. Et qu'il en avait déjà entendu parler.

— Tu devais déjà avoir perdu les pédales, ou tu auras mal entendu.

— Non, insista-t-elle, certaine de son fait. Je me souviens très bien. Il a dit que mon sang avait une odeur spéciale.

— Il était affamé. Un vagabond pitoyable, de ceux qui rejettent le nouveau système. Ton sang devait avoir l'odeur de la vie même à ses narines.

Reyna se mordit la lèvre inférieure et leva la tête vers Beck.

— Et toi, qu'en dis-tu ? Mon sang n'a pas une odeur étrange ?

— Non, répondit-il après un silence.

Elle se rappela qu'il avait inhalé à fond en s'approchant et qu'il n'avait plus rien dit, comme s'il retenait son souffle. C'était révélateur. Mais pour quelle raison lui mentirait-il ? Qu'avait-il à y gagner ?

— D'accord, finit-elle par acquiescer. Quand pourrai-je voir Everett ? Je veux m'assurer qu'il se rétablit. C'est par ma faute qu'il a été blessé.

— Demain, décréta son mécène. La transfusion va prendre plusieurs heures et il a besoin de repos. Tout comme toi, petite chose.

Reyna se rencogna dans les coussins.

— Tout est ma faute, murmura-t-elle. Si je n'étais pas sortie dans cette allée sombre, rien ne serait arrivé.

— Pourquoi diable es-tu sortie ?

Il avait l'air contrarié, et la jeune femme prit conscience que c'était la première fois qu'ils discutaient sans prise de tête. Comme des gens… normaux.

Mais sa question faisait naître tout un lot d'émotions nouvelles. Elle ne se souvenait que trop de ce qui l'avait poussée à déguerpir de la boîte de nuit et à se retrouver dans cette ruelle : le besoin pressant de s'éloigner d'Everett et du désir qu'elle avait lu dans ses yeux. C'était troublant, pourquoi avait-elle songé à Beckham au lieu du joli garçon qui lui faisait la cour ?

— Petite chose ? relança le beau ténébreux.

Elle le regarda, l'air hésitant.

— Parce que je pensais à toi.

Beckham se crispa. Reyna avait conscience de ne rien faire pour masquer ce qu'elle ressentait ; son cœur battait la chamade, elle avait la gorge serrée. En cet instant, les yeux de la jeune femme étaient une fenêtre ouverte sur son âme, il devait avoir capté.

— Comment ? finit-il par demander.

Reyna se sentit rougir.

Il se pencha pour lui caresser les cheveux qui s'étaient relâchés. Ses doigts coururent entre les mèches brunes en prenant soin de ne pas toucher au pansement. Beck, d'ordinaire si brusque et exigeant, faisait preuve d'une douceur étonnante. Il lui effleura la nuque avec le pouce.

— Ce rougissement est dangereux, gronda-t-il, ayant visiblement du mal à se maîtriser.

Reyna songea à ignorer ce commentaire puis se ravisa. Elle soutint son regard en respirant fort, ce qui faisait se soulever sa poitrine.

— Ces caresses aussi sont dangereuses.

Il pencha la tête de côté. Ses yeux dérivèrent jusqu'aux lèvres et au cou avant de se replonger dans ceux de l'humaine.

— C'est vrai. Je pourrais te briser.

Elle s'arrêta sur cette phrase : s'il était bien sûr question de danger physique, le cœur de la jeune femme était gros d'un péril plus émotionnel. Elle n'était pas attirée par lui sans raison. Voilà pourquoi son visage lui était apparu à la place du garçon qui la courtisait. Tout s'éclairait. Le phénomène avait débuté lors de cette première fois, quand il avait posé ses lèvres sur elle. Oh oui ! il était amplement capable de la briser.

— Oui, haleta-t-elle.

— Tant pis, je vais courir le risque.

Beckham se pencha sur elle et tout son univers chavira. Il la dévora des yeux. Sans demander de permission ni dire quoi que ce soit, il sonda l'âme de sa compagne de sang et lui fit comprendre qu'il allait aller plus loin.

Elle se laissa faire.

Mieux, elle ne rêvait que de cela.

Leurs deux bouches s'unirent, et ce fut comme si tous les baisers qu'elle avait eus n'avaient jamais existé. Comme si c'était sa première fois. Car aucun autre homme ne pouvait soutenir la comparaison. Peut-être sentait-elle l'ambroisie, mais les lèvres de Beckham en avaient le goût.

Un goût délicieux. Enivrant. Hautement addictif.

C'était tout simplement le baiser parfait. Sans défaut.

Ses lèvres, douces comme la plume, pressaient celles de Reyna avec une tendresse qu'elle n'aurait jamais soupçonnée chez lui… et encore moins chez un vampire. Elle l'empoigna par les revers de son costume pour l'attirer tout contre elle. Il lui en fallait plus. Elle avait besoin de ce contact, de ce parfum sur sa langue, qu'il la touche, qu'il la serre fort.

Reyna ouvrit la bouche et fit courir sa langue sur la lèvre inférieure du beau ténébreux. Il grogna en sourdine et cessa d'y aller en douceur. Sa langue entra en action. Ils se lancèrent dans une rixe aussi acharnée que grisante.

Les baisers se firent fougueux. Passionnés. Reyna s'étonna de le sentir réagir ainsi. Beckham éprouvait-il le même désir qu'elle ? S'agissait-il, plus prosaïquement, d'une autre manière de s'approprier sa compagne ?

À la façon qu'il avait de l'étreindre, de l'embrasser, elle n'avait cependant pas l'impression d'être une putain. Il n'était pas question d'argent : Beckham agissait comme un homme avec sa femme. Et elle était plus que partante.

Ses grandes mains descendirent des cheveux aux épaules, puis à la taille et aux hanches. Cette palpation la fit gémir. Reyna pria pour qu'il aille plus loin. Quand bien même c'était à proscrire puisqu'il était son patron. Un patron, de surcroît, qu'il serait difficile d'arrêter une fois chauffé à blanc. Mais ces mains sur son corps, ces lèvres sur les siennes lui dictaient de jeter la logique aux orties. Plus rien d'autre ne comptait que l'instant présent. Et Beckham.

Il déposa de petits baisers sur sa joue, sur son oreille, puis descendit au niveau du cou. Reyna se prépara à ce qui n'allait pas manquer de suivre. Son cœur rata un battement. Ça y était. Elle n'avait plus peur dans ses bras. Au contraire, elle se sentait excitée. Prête.

Était-ce vrai, ce qu'avait dit Mara ? Qu'une morsure déclenchait un flot d'endorphines, comme quand on faisait l'amour ?

Rendue fébrile par cette guirlande de baisers, elle le sentit remonter à la clavicule puis redescendre dans le cou. Il s'attarda à quelques millimètres de l'artère qui battait avec ardeur. Ses crocs effleurèrent la peau. Elle frémit tant ce contact était érotique. Tout son être était en feu. Brûlant de désir.

— Mords-moi, implora-t-elle.

Juste au moment où elle était certaine qu'il allait le faire, il l'embrassa une dernière fois et vint coller son front contre cette nuque offerte. Il respirait aussi fort qu'elle. D'évidence très désireux de la mordre… mais se retenant.

— Repose-toi.

C'était fini. La barrière était de nouveau dressée.

— Non, murmura-t-elle, agrippée à lui.

— Bonne nuit, petite chose.

Il l'embrassa sur le sommet du crâne, se leva et s'en fut.

— Beckham, je t'en prie. Qu'ai-je fait de mal ?

Il se figea au beau milieu du salon.

— Tu m'imagines autre que celui que je suis. Mieux vaut que tu oublies ce qui vient de se passer.

— Et si je n'y arrive pas ?

Il secoua la tête.

— Tu essaies de me faire croire que tu n'es pas quelqu'un de bien. Pour que je garde mes distances. Parce qu'à chaque fois que j'approche tu es terrifié, martela-t-elle, sa voix retrouvée.

Beckham resta coi un long moment.

— Pense ce que tu veux. Mais sache que ça ne se reproduira pas, dit-il avant de prendre congé.

Reyna s'affala dans le canapé et toucha ses lèvres. Non, il *fallait* que ça se reproduise. Sa langue gardait le goût de Beckham. En le voyant se réfugier dans ses quartiers, la jeune femme eut la certitude que cette promesse-là, il n'arriverait pas à la tenir.

Chapitre 15

Reyna traversa l'hôpital. C'était étrange de se retrouver dans cette aile du bâtiment Visage. Ni elle ni ses frères n'avaient jamais eu les moyens d'aller à l'hosto. Quand l'un d'eux tombait malade, il ingurgitait du paracétamol d'origine douteuse et suait dans l'appartement minuscule jusqu'à ce que la fièvre retombe. Très différent, en somme, de cet environnement stérile où les malades étaient désespérés au point de venir se faire soigner chez les vampires.

Dès leur arrivée, Beckham avait disparu, la laissant avec tout juste assez d'informations pour trouver Everett. L'accueil l'avait orientée vers une infirmière, au bout d'un couloir. Qui l'avait envoyée dans une autre section de l'édifice. Après quelques minutes d'errance, la jeune femme découvrit enfin Everett à travers la porte vitrée de sa chambre, étendu dans un lit d'hôpital, sous perfusion.

Elle frissonna en découvrant la poche de sang, mais l'essentiel était qu'il soit en vie.

Il était livide et portait un pansement plus blanc encore dans le cou. La jeune femme s'imagina les plaies horribles que le bandage devait dissimuler. Ils avaient eu beaucoup de chance que Beckham les ait trouvés.

Elle frappa à la porte et entrouvrit.

— Salut, lança-t-elle tout bas.

— Reyna ! dit-il, un sourire aux lèvres. Quel bonheur de te savoir en vie !

— Pareil pour moi. Je peux entrer ?

— Bien sûr, invita-t-il en tapotant le matelas à côté de lui.

Elle traversa la chambrette et prit place dans la chaise qui jouxtait le lit. Son estomac se souleva. Quelle misère de le trouver en si piteux état ! C'était certes un miracle qu'ils s'en soient sortis, mais ça ne l'empêchait pas d'avoir le ventre noué. Avoir peur des ténèbres n'était pas une vie. Même dans son quartier pourri, où le quotidien était censé être plus dangereux, elle n'avait jamais craint qu'un tel drame se produise.

Au terme d'un silence embarrassé, elle parla la première.

— Je suis vraiment navrée. C'est à cause de moi, ce qui t'est arrivé.

— On ne pouvait pas savoir qu'un vampire allait se trouver là, fit valoir Everett.

— C'est vrai. Mais c'est quand même moche.

— Enfin, me voilà tiré d'affaire. Grâce à toi.

— Plutôt grâce à Beckham. C'est lui qui nous a sauvés.

Elle lissa le drap en gardant la tête basse. Pour avoir entendu ses proches cracher sur les vampires, elle redoutait qu'il réagisse mal en entendant citer le nom de Beckham. Everett avait beau travailler dans un bâtiment peuplé d'immortels, ça ne signifiait pas pour autant qu'il les appréciait plus que ses amis.

— Ça alors ! réagit-il, l'air ébahi. Un vampire secourant des vivants, c'est du jamais-vu… Et qu'est-ce qu'il fabriquait là, d'ailleurs ?

— Je crois bien qu'il m'a suivie. J'ai tendance à attirer le danger… à moins que ce soit le contraire.

— Tu aurais pu me prévenir, badina-t-il, le sourire aux lèvres.

Reyna soupira d'aise : leur amitié n'avait visiblement pas trop souffert des scènes d'épouvante de la veille au soir.

Everett avait paru s'intéresser à elle alors que la réciproque n'était pas vraie, mais elle ne souhaitait pas sa mort pour autant, ni même perdre le seul ami qu'elle s'était fait dans cette nouvelle vie.

Elle s'apprêtait à le lui dire quand tous ses amis affluèrent d'un coup. Mara, en tête de meute, se jeta littéralement sur Everett. Elle avait les yeux rouges et bouffis d'une personne ayant pleuré toute la nuit. Ce qu'elle avait peut-être fait, au demeurant.

Reyna se sentit coupable. Enfermée chez Beckham, elle l'avait embrassé à pleine bouche tandis qu'Everett était à l'hosto et subissait une transfusion. Ses vrais amis, eux, s'étaient fait un sang d'encre en priant pour qu'il se rétablisse. Elle tenta de chasser ses remords, mais c'était difficile. Elle s'en voulut pour son manque d'empathie.

— Hello les amis, dit Everett, souriant.

— Oh, Everett ! sanglota Mara avec emphase.

Le prenant par la taille, elle l'enlaça avec fougue. Il éclata de rire et lui donna deux tapes sur l'épaule.

— Ça va, Mara, je t'assure.

— Qu'est-ce qui s'est passé ? On a tous cru que vous étiez partis ensemble, dit l'intéressée en lançant un regard accusateur à Reyna.

Reyna eut le sentiment qu'il s'agissait plus, pour Mara, de découvrir si Everett était en couple avec elle que de savoir ce qui l'avait conduit à l'hôpital. Il sautait aux yeux qu'elle avait des vues sur lui. C'était étrange que Mara la considère comme une rivale dangereuse : Reyna n'avait jamais été dans ce rôle-là et, de plus, Mara faisait fausse route. Elle appréciait Everett en tant qu'ami. Rien de plus. Son cœur penchait dans une direction *très* différente. Voire aberrante.

— Ça va, vous deux ? intervint Lauren en faisant signe à Coop d'entrer à son tour.

La place commençait à manquer. Reyna prit conscience qu'elle était assise tout près d'Everett.

— Ça va, merci. On s'est fait attaquer par un vampire en maraude, expliqua Everett.

Mara hoqueta et se couvrit la bouche. Les autres n'en menaient pas large non plus.

— Il m'a pompé tellement de sang que je suis tombé dans les pommes, et si on ne m'avait pas immédiatement conduit à l'hosto, je crois bien que j'y serais passé.

Reyna hocha la tête, l'air grave.

— Il s'en est pris à moi juste après. M'a balancée contre une poubelle que ma tête a cogné, et, euh… un autre vampire nous a sauvé la mise.

— Quoi ? glapit Lauren, médusée.

— Un autre vampire ? répéta Tucker. Un suceur de sang s'est battu contre l'un des siens ?

— Oui, dit-elle d'une voix faible.

Mara plissa les yeux.

— C'est quoi ce délire, Everett ? Depuis quand les vampires défendent les vivants ?

Reyna rougit et contempla ses chaussures. Everett se garda de répondre. Par quel biais s'en sortir ? S'il avait été facile de mentir à propos de son travail, trouver un bobard crédible relevait ici de la gageure : les vampires n'agissaient jamais sans raison.

— Nom d'un chien, j'en étais sûre ! éructa Mara. Tu es une saleté de pute de sang !

Reyna, choquée, se releva d'un bond.

— C'est faux !

— Mara ! gronda Everett. Tu dépasses les bornes.

— Comment as-tu osé nous la présenter en sachant ce qu'elle *est* ? se défendit Mara en désignant sa rivale d'un brusque mouvement de tête.

Lauren fit un pas en arrière, comme si Reyna était contagieuse. Tucker et Coop, pris entre deux feux, portèrent le regard ailleurs.

— Je ne suis pas une pute, s'emporta Reyna. Vous êtes pires que les vampires, avec vos foutus préjugés. Je suis humaine, merde ! Et votre humanité à vous, elle est passée où ?

— D'accord, d'accord, tu n'es pas une pute, déclara Lauren en plissant le nez. Juste une foutue poche à perfusion.

Reyna les fusilla du regard puis empoigna la perfusion qui courait jusqu'au bras d'Everett.

— C'est *ça*, une poche à perfusion !

— Ça suffit ! hurla Everett pour faire le silence. Foutez la paix à Reyna, d'accord ?

— Tu la défends ? beugla Mara. Alors qu'elle est ce qu'il y a de pire dans notre système bien pourri ? Elle laisse un vampire lui sucer le sang pour du fric, merde ! La seule chose qui soit peut-être pire, ce sont ces saletés de vampires…

— Le vampire en question m'a sauvé la vie, rappela Everett. Ils ne sont peut-être pas tous à jeter.

— Une exception ne pèse pas lourd face à des siècles d'atrocités ! vociféra Mara.

— Pas assez lourd pour ne pas tous les condamner, dirait-on, déclara Beckham depuis l'entrée de la chambre.

Le silence se fit. Assourdissant. Tous les regards se tournèrent vers l'immense silhouette qui bouchait le seuil. Il exsudait une puissance phénoménale. Tucker, Coop et Lauren se pelotonnèrent ensemble aussi loin que possible. Mara eut beau relever la tête, elle n'était pas insensible à sa présence : quand le beau ténébreux posa les yeux sur elle, Reyna vit qu'elle n'en menait pas large. Elle était bien placée pour savoir l'effet produit, quand il concentrait toute son attention sur quelqu'un. L'âme la mieux trempée risquait de perdre tous ses moyens.

— Qu'est-ce qui se passe, ici ? lança-t-il à pleine voix.

Personne ne pipa mot.

— C'est bien ce que je pensais.

Il finit par repérer Reyna qui poussa un soupir de soulagement. Elle s'étonna d'être aussi heureuse de le voir, mais les amis d'Everett, non contents de la dénigrer, l'avaient acculée dans un angle de la chambre. De vrais émeutiers en puissance, qu'elle n'avait pas envie de croiser armés d'une fourche.

— Allons-y, Reyna.

La jeune femme, tête basse, ne se fit pas prier pour sortir. Ce qui se dirait dès qu'elle serait partie lui était égal. L'essentiel était de ne pas s'attarder une minute de plus. Même Everett resta silencieux en la voyant déguerpir.

Ils quittèrent l'hôpital sans un mot. Le chauffeur les attendait devant l'entrée, elle se coula sans effort dans l'habitacle aux vitres teintées. Sa jupe serrée lui remonta sur les cuisses dans le mouvement. Reyna n'eut pas le temps de la rajuster avant que Beckham entre à son tour. Il ne se priva pas de reluquer ses jambes presque entièrement dénudées tandis qu'il sortait son portable.

Sitôt la portière close, la berline démarra. L'irritation de Beckham était perceptible. Était-elle liée à la conversation qu'il avait interrompue ou à autre chose ?

— Où étais-tu ? demanda-t-elle, les yeux rivés sur ce satané appareil qu'il manipulait sans cesse.

Son propre téléphone, muet comme à l'accoutumée, était rangé dans son sac.

Beckham fit la sourde oreille.

Reyna soupira. Était-il redevenu silencieux ?

— C'est dingue, ce que les amis d'Everett ont dit, murmura-t-elle.

Vautrée sur la banquette arrière, elle se demanda comment le faire réagir. Le seul élément qu'il paraissait avoir remarqué était ses jambes nues, mais il n'était pas question de se foutre à poil pour l'arracher à son écran.

— Tout le monde me voit avec leurs yeux ? Comme une pute de sang ou une poche à perfusion ?

Toujours pas de réponse. Pas même un haussement de sourcil. Elle envisagea un instant de tendre la main entre ses yeux et son maudit téléphone, mais n'en fit rien, inquiète des possibles conséquences.

— Tu vas continuer longtemps à m'ignorer ?

Beckham poussa un soupir exaspéré.

— Et toi tu vas te taire, si je te réponds ?

— Non, admit-elle.

Le beau ténébreux lui lança un regard noir puis se remit au travail. Il n'avait pas l'air d'humeur bavarde. Reyna corrigea mentalement : il n'était *jamais* d'humeur bavarde.

— Que penses-tu de moi ? Vu que je ne suis d'évidence pas ta poche à perfusion…

Il resta une seconde les yeux fermés avant de répondre.

— Les préjugés ont la vie dure, entre ton peuple et le mien. L'animosité mutuelle est entretenue par les actes. Une bonne action isolée n'y change rien. Moque-toi de ce que les gens pensent de toi. Tu es la seule à distinguer le vrai du faux.

Reyna le dévisagea un long moment. Ce qu'il venait d'énoncer avait du sens. Surtout de la part d'un vampire qui venait de secourir des vivants. Et cela confirmait que Beckham n'était pas le sale type qu'il s'efforçait de montrer à tout le monde, Reyna comprise.

— Ça fait une semaine et demie, Beck.

— Dix jours seulement que tu me tapes sur le système ? Tu fais tout pour que ça me fasse l'effet d'une vie entière, petite chose.

— Je ne peux plus traîner avec ces gens qui me détestent. Ni rester enfermée chez toi. Il faut que je me trouve quelque chose à faire. Tout sauf m'étioler, conclut-elle dans un souffle.

Beckham maugréa.

— Je ne sais pas, moi, utilise la carte que je t'ai fournie. Fais les boutiques, achète-toi une montagne de fringues. Sympathise avec d'autres employés, si possible des gens qui comprennent ce que tu fais. Sans te juger. Comporte-toi conformément à ton nouveau statut.

— Mon *nouveau statut* ? répéta-t-elle, incrédule.

— Oui, Reyna ! Tu n'as pas l'air de comprendre : tu disposes d'une véritable fortune ! Dépenses-en un peu.

Elle, pleine aux as ? Simplement parce qu'elle travaillait pour Beckham et vivait dans son luxueux appartement-terrasse ? C'était grotesque. Indécent. L'unique avantage de cette cohabitation, c'était le salaire qu'elle touchait en échange d'un boulot non effectué, et qu'elle envoyait intégralement à ses frères. Qu'ils vivent mieux donnait du sens à cette folie.

— C'est ça, l'idée ? Que j'aille faire du shopping avec la carte noire ? Illimitée ?

— Cette carte n'est pas illimitée sans raison, rétorqua-t-il sèchement.

— Des fringues, j'en ai déjà des tonnes dans mon dressing… et rien d'agréable à porter.

Beckham fit claquer son portable contre sa cuisse et la fusilla du regard.

— J'essaie de travailler. Qu'attends-tu de moi, Reyna ?

Bigre ! Comment répondre simplement à cette question-là ? La liste de choses qu'elle attendait de son mécène, et qu'il lui était impossible d'énoncer, s'allongeait de jour en jour. Elle loucha sans s'en rendre compte sur les lèvres du beau ténébreux. Puis sur ses deux puits de noirceur. Il crispa les mâchoires.

Ouais. Pas la peine d'y songer.

— Il faut juste que je trouve à m'occuper. En travaillant, peut-être ?

— Non, dit-il en secouant la tête.

— Ah bon ! Pourquoi ?

— Parce que tu as *déjà* un travail.

Reyna lui rit au nez.

— Je suis payée à tourner en rond dans ton palace et à supporter un type qui fait la gueule et ne s'intéresse qu'à son téléphone. Tu appelles ça un travail ? Je ne peux pas rester cloîtrée sans rien faire. Ça me rend dingue.

— Tout le monde rêverait d'avoir ta chance. Pourquoi faut-il que tu sois si difficile ?

— Il faut croire que je ne suis pas comme tout le monde.

— Ça saute aux yeux, en effet.

Elle soupira. L'espace entre leurs deux épidermes lui pesait.

— Ça me soûle d'être enfermée à ne rien faire et de ne jamais voir mes frères !

Beckham, médusé, secoua la tête et posa la main sur son épaule.

— Et le danger ? Ce qui s'est passé hier soir ne t'a pas ouvert les yeux ?

Reyna releva la tête. Il faisait allusion à l'attaque tandis qu'elle ne pensait qu'au doux contact de ses lèvres. Ces baisers enfiévrés, la jeune femme les avait longuement revécus la nuit dernière, avant de s'endormir. La passion couvait toujours. Un avant-goût n'y suffirait pas.

— Ce qui s'est passé hier ne m'a rien appris de nouveau. Il y a des bons et des méchants chez les vivants. Idem chez les vampires : certains sont des salauds, d'autres… d'autres sont des types bien.

Le beau ténébreux retira sa main comme sous le coup d'une brûlure.

— C'est là que tu te trompes. Il n'y a que des salauds. Tu ne le sais pas encore, c'est tout.

— Je ne te crois pas.

— Ah bon ? Permets-moi d'illustrer mon propos.

Beckham se pencha en avant et toucha un mot au chauffeur. La voiture fit demi-tour. Reyna se redressa, curieuse de savoir où on l'emmenait. Le décor changea rapidement. Le quartier où vivait son mécène était chic et sûr, au moins en journée : pas d'immondices dans les rues, des passants qui gardaient la tête haute, comme s'ils savaient que rien ne pouvait leur arriver.

Là… c'était différent.

Les rues étaient sales. Jonchées de détritus, voire d'eaux usées par endroits. Les murs de briques s'ornaient de nombreux graffitis aux couleurs et motifs variés. Un L entouré d'un cercle revenait sans cesse. Les gens étaient vêtus de hardes en lambeaux qui semblaient jetés au hasard. De rares passants avançaient l'échine courbée, leurs maigres biens serrés contre eux comme si leur vie en dépendait. Les mendiants étaient partout alors qu'il n'y avait d'évidence personne auprès de qui mendier. Tout ce petit peuple s'étiolait : ventres creux, côtes saillantes, denture incomplète. Aucun enfant ne jouait sur les trottoirs. Rien qu'une misère crasse à perte de vue.

Reyna s'était toujours dit que le quartier des Entrepôts était moche, mais au moins, ses habitants avaient du boulot, même si les horaires étaient atroces. Tandis qu'ici, tout n'était que désespoir.

— Salut mon chou, une friandise, ça te branche ? lança une fille.

Reyna repéra trois jeunes filles en tenues racoleuses, le cou bien dégagé et ne s'en cachant pas. Aussi jeunes qu'elle, voire plus jeunes. L'une d'elles n'était qu'une ado.

— Qu'est-ce qu'elles…

— En *voilà*, des putes de sang, Reyna. Accros à l'adrénaline. Qui vendent leur corps et leur sang pour planer.

Reyna le regarda, horrifiée. Elle n'avait rien de commun avec ces pauvresses. Comment pouvait-on la traiter de pute de sang alors qu'elle ne faisait que travailler pour Visage ?

Une bagarre éclata devant la voiture. Les deux protagonistes essayaient de griffer l'autre à la figure.

— Ne t'arrête pas, ordonna Beckham au chauffeur.

— Quoi ? protesta Reyna. On va leur rouler dessus ?

— Si on s'arrête, la foule va se jeter sur la voiture. Ce quartier est dangereux… y compris pour moi. Je ne peux rien faire contre une émeute, et ta sécurité passe avant tout.

Sa sincérité lui coupa le souffle. Beckham n'avait pas cherché à l'entortiller : il prenait le contrôle de la situation, point barre. Peut-être venait-il de parler sans réfléchir.

Le chauffeur manœuvrait dans la rixe quand trois autres miséreux s'interposèrent.

— Et merde ! grogna-t-il. Tant pis, je fonce !

Il mit les gaz, obligeant les gens à s'écarter, mais l'un d'eux saisit la poignée du côté de Reyna et tint bon. La jeune femme hurla et se jeta vers Beckham, qui la serra contre lui d'un geste protecteur.

— Laisse-moi entrer, foutu suceur de sang ! Je sais que t'es là. Vous gardez votre pognon bien au chaud, bande de salauds, et nous on crève !

Le chauffeur mit un coup de volant brusque. L'énergumène lâcha prise et fit plusieurs roulés-boulés. Reyna l'entendit hurler. En se retournant, elle vit qu'un vampire en maraude s'était jeté sur lui. Personne ne vola à son secours. Trop risqué.

S'arrachant à l'effroyable spectacle, Reyna trouva refuge dans l'épaule massive de Beckham.

— Seigneur, murmura-t-elle, transie d'effroi.

Il fit courir sa main le long du bras de la jeune femme jusqu'à ce qu'elle soit calmée.

— Je ne voulais pas te faire peur. Simplement te montrer. Le bien n'existe pas, Reyna. La corruption est partout. Tous les êtres sont brisés.

— Pas moi, murmura-t-elle.

— Oh, petite chose, ce monde aura raison du bien qui reste dans ton cœur.

— Mais il ne me brisera pas.

— Non, convint-il, penché sur ses cheveux qu'il respira à pleins poumons. C'est moi qui m'en chargerai.

Chapitre 16

Reyna fut réveillée par un affreux cauchemar au cours duquel un vampire, après l'avoir poursuivie dans les rues, lui plantait ses crocs dans la gorge. Elle hurla et se releva brusquement. Ses longues mèches brunes lui collaient dans le dos. Elle était en nage. Son malaise persista.

Tout allait bien, pourtant.

Elle était à l'abri, dans l'appartement-terrasse de Beckham.

Plusieurs jours s'étaient écoulés depuis l'incursion dans les bas-fonds. Et depuis qu'elle avait subi l'attaque d'un vampire.

Rien ne s'était passé depuis lors. Rien du tout. Mais elle cauchemardait nuit après nuit.

Pourvu que Beckham n'ait rien entendu ! Elle n'avait pas envie de lui en parler, pas après la distance qu'il avait mise entre eux. Reyna s'était sentie si bien, dans ses bras. En sécurité. Bien qu'il soit lui-même un vampire apte à lui faire subir ce qu'elle avait vu dans les rues. Dès qu'il avait cessé de l'étreindre, hélas, il s'était retranché derrière un mur de glace.

Les efforts qu'il déployait en ce sens la dissuadaient de tenter quoi que ce soit. Il souhaitait qu'elle lui soit redevable ? Elle l'était. Ce qui ne l'empêchait pas d'espérer autre chose… et cet espoir-là était dangereux.

Après avoir sauté du lit, elle prit une douche pour se débarrasser de la sueur puis, ceinte d'un drap de bain, se frictionna les cheveux face au miroir de la salle de bains. Les mèches nouées au sommet du crâne, la jeune femme chercha ensuite quelque chose à se mettre. Dès l'ouverture du dressing, elle remarqua la présence d'une robe rouge vif étendue à part, se figea et regarda alentour. Quelle plaie, quand des affaires apparaissaient dans sa chambre comme par magie… c'était souvent synonyme d'ennuis.

Elle s'approcha de la robe et en tâta l'étoffe. C'était soyeux, superbe – et aussi importable que d'habitude. Un papier était attaché au cintre. Elle s'en saisit.

Aujourd'hui.

Pas un mot de plus, aucune instruction. Reyna soupira, le mot était clair, et passa la robe. Haut décolleté en soie sans bretelles, taille marquée par une écharpe de satin. Le jupon en tulle, qui arrivait au genou, lui donna l'impression d'être une ballerine. Et ce bien qu'elle n'ait jamais pratiqué la danse ni assisté au moindre spectacle. Pas même avant que la famille Carpenter tombe dans la dèche.

La robe rangée sur son cintre, elle retourna dans sa chambre et y découvrit autre chose qui n'y était pas la veille au soir : une grosse boîte bleue sur sa table de nuit. Elle se rua dessus et lut le bristol joint.

Perspective.

Les sourcils froncés, elle défit le ruban et souleva le couvercle. La boîte contenait un appareil photo noir aux lignes pures, doté d'un gros objectif et d'une large courroie. Reyna sortit l'objet avec précaution. Ses parents en avaient possédé un quand elle était gamine, mais elle ignorait tout de leur fonctionnement. Il lui fallut quelques minutes de tâtonnements pour parvenir à l'allumer. L'écran dorsal scintilla sans cependant rien afficher. Un œil rivé à l'œilleton situé au-dessus, elle pointa l'appareil en direction du dressing et appuya sur le déclencheur. La machine émit un déclic. Un cliché parfaitement net de son placard s'afficha aussitôt.

Elle resta bouche bée. C'était... dingue!

— Perspective, hein?

L'appareil plaqué contre sa poitrine, elle se rua dans le salon.

— Un appareil photo! s'écria-t-elle, tout excitée, dès qu'elle vit que Beckham était assis sur un tabouret de la cuisine, les yeux rivés sur son fichu téléphone.

Il lui accorda un regard et détailla sa mise. Reyna se figea sous ses yeux de braise.

— Et moi qui craignais de te voir râler à propos de la robe.

— Bah, elle n'est pas la pire dans ce que tu m'as fait porter, rétorqua-t-elle.

Le feu aux joues, elle était cependant trop ravie pour s'arrêter à ce chaud et froid.

— Un appareil photo, Beck, c'est trop cool!

Il haussa les épaules comme si ce n'était rien.

— Tu as dit qu'il te fallait un passe-temps...

— C'est génial, glissa-t-elle à mi-voix.

Là-dessus, sans y penser, elle se pendit à son cou. Sentant Beckham se crisper, elle s'empressa de mettre fin à l'effusion, mais ne s'excusa pas pour si peu. Elle était trop excitée pour s'en soucier.

— Je peux l'essayer tout de suite? Qu'est-ce que je vais photographier?

— Ce que tu veux, ma foi.

— OK, je fonce!

— Un instant, dit-il en la saisissant par le poignet pour l'empêcher de filer. Je ne t'ai pas exposé les règles.

— Encore des règles? protesta-t-elle. Il y en a pour tout?

— Oui.

— Très bien. Quelles sont-elles ? Finissons-en au plus vite.

Il lui lança un regard noir auquel elle répliqua par un sourire.

— C'est très simple. Quand tu sors faire des photos, tu es libre d'aller où bon te semble à condition d'utiliser ma voiture et d'être accompagnée par un vigile.

— J'ai besoin d'un garde du corps, selon toi ? dit-elle, estomaquée.

Il reprit comme si de rien n'était.

— Si le vigile t'estime en danger, pour *quelque* motif que ce soit, il est autorisé à t'exfiltrer.

— Ce sera tout ?

Reyna avait beau savoir qu'il agissait ainsi pour la protéger, il aurait au moins pu faire en sorte qu'elle ait moins l'impression d'être surveillée tout le temps.

— Que comptes-tu faire de tes clichés ? demanda-t-il, l'air inquiet.

— Aucune idée, c'est tout nouveau, dit-elle en haussant les épaules. Les regarder ? Il y a moyen de les transférer sur l'ordinateur ?

— Oui, confirma-t-il après une hésitation.

— Je ferai ça, alors.

— C'est important, Reyna. Je ne veux pas que tes photos circulent ici ou là avec ton nom dessus. Si tu souhaites les publier, il faudra faire en sorte qu'elles restent anonymes. Personne ne doit savoir que tu en es l'autrice, ou que je t'autorise à le faire.

— Ah bon, pourquoi ? voulut-elle savoir, piquée au vif.

— Parce que je te le dis. Une photo vaut mieux qu'un long discours, tu sais ? Je ne veux pas qu'on fasse le lien avec toi.

— Ni avec toi, raisonna-t-elle.

— C'est d'accord ?

— Oui, dit-elle sans réfléchir.

Refuser, c'était se condamner à rester enfermée. Et puis, qui ça pouvait intéresser, ses futurs clichés ? Pourquoi se prendre la tête pour de probables photos à deux balles ?

— Parfait.

Le beau ténébreux décrispa les épaules, comme quelqu'un qui sait avoir fait le plus dur.

— Ah ! sinon, tu as rencard avec Sophie pour faire du shopping.

Reyna fit la grimace. Plus de liberté n'allait pas sans nouvelles contraintes.

— Je suis obligée d'y aller ? lança-t-elle, agacée de devoir négocier comme une petite fille.

— Oui, décréta-t-il avant de se reconcentrer sur son téléphone. Visage organise un grand bal pour le lancement officiel du recensement sanguin. Je suis tenu d'y assister. Toi aussi, de ce fait.

— Un bal ?

Un grand bal. Avec Beckham. Voilà qui promettait.

— Trouve-toi une toilette convenable et paie-la avec ta carte. Peu importe le prix. Choisis ce qui te plaît, marmonna-t-il, penché sur son écran de smartphone.

— Entendu, dit-elle en étreignant son appareil. Quand suis-je censée retrouver Sophie ?

— À midi.

Il releva les yeux vers elle et la dévisagea. Si seulement elle pouvait avoir accès à ses pensées…

— Prends garde à elle, Reyna. Sous ses airs de brebis, c'est une louve.

— Pourquoi faire du shopping avec elle, dans ce cas ? s'exaspéra la jeune femme.

Sûrement un truc à voir avec le boulot, songea-t-elle amèrement. Quelle plaie de devoir passer du temps avec cette Sophie dont il allait falloir se méfier !

— Tu disais vouloir te faire des amis, rétorqua-t-il, un sourcil arqué.

La réponse qu'il semblait attendre ne tarda pas.

— Mouais... des amis, oui. Des gens avec lesquels je peux m'entendre. Pas cette fille qui se trouve être une autre employée de Visage.

— Qui, alors ? Les zozos que j'ai vus à l'hôpital ? Ta vie a totalement changé, Reyna. Plus tôt tu t'en rendras compte, mieux ce sera.

Elle loucha de nouveau sur sa bouche sans s'en rendre compte.

— Et toi ?

— Quoi, moi ?

— Ta vie aussi a changé. Plus tôt tu t'en rendras compte, mieux ce sera. Pour nous deux.

Elle avait parlé bas, mais sans mâcher ses mots. Beckham vit ses yeux remonter jusqu'aux siens, et Reyna sut qu'il éprouvait quelque chose malgré son apparente froideur. Mais il resta de marbre et secoua la tête.

— Le chauffeur sera là dans une heure.

Chapitre 17

Beckham n'était plus là quand elle ressortit de sa chambre. Elle songea un instant à zapper la sortie « entre copines », prendre son appareil et aller arpenter la ville sans escorte. Mais ses cauchemars lui revinrent. Pas question. Que ce soit vis-à-vis d'elle-même ou de son mécène. Il s'était sincèrement fait du souci pour elle. Mieux valait ne pas courir de risque. Quant à Sophie… ça ne pouvait pas être si terrible.

Reyna flâna jusqu'au hall d'entrée et fut soulagée de constater qu'Everett avait repris le travail.

— Bonjour, mademoiselle Carpenter, dit-il, l'air guindé, sans croiser son regard.

Elle ouvrit la bouche et se ravisa. Que lui dire ? Il avait défendu Beckham qui lui avait sauvé la vie. Pour autant, il savait ce qu'elle était. Et tous ses amis aussi, désormais. Beckham avait peut-être raison : le mal était partout. Sans espoir de changement. Everett était le type le plus sympa, attentionné et optimiste qu'elle ait rencontré. Si même lui s'était braqué parce qu'elle travaillait chez Visage, qui diable pourrait l'accepter ?

— Bonjour, murmura-t-elle.

— La voiture de M. Anderson ?

— Oui, merci.

Il fit signe au chauffeur de Beckham. La minute d'attente sans mot dire, côte à côte, fut éprouvante. Reyna avait tant à lui raconter ! Qu'elle était heureuse de le voir apte au boulot, qu'elle s'en voulait toujours, pour l'agression, que les mots très durs de ses amis étaient sans fondement aucun. Elle savait désormais à quoi ressemblaient les putes de sang. Les vraies…

Au lieu de quoi elle ne pipa mot.

Jusqu'à ce qu'Everett lui ouvre la portière.

— Merci, murmura-t-elle.

Leurs regards se croisèrent un bref instant, dès qu'elle eut pris place sur la banquette, puis il referma. Le fossé qui s'était creusé entre eux était immense. Plus rien ne serait comme avant. Everett lui-même était peut-être changé à jamais.

Le trajet fut court jusqu'à la boutique où elle devait retrouver Sophie. Le poids de l'appareil, au fond du grand sac en bandoulière, lui donna confiance en elle. La jeune femme s'élança sur ses talons hauts, fière de constater qu'elle commençait à piger le truc. Elle espéra avoir le temps, sa toilette de bal achetée, de dénicher une tenue plus confortable, dans laquelle elle pourrait faire de la photo sans se faire trop remarquer.

Quand Reyna franchit le seuil du bâtiment, elle retrouva sa démarche incertaine. Elle s'était attendue à un petit magasin proposant quelques robes. C'était l'idée qu'elle se faisait d'une boutique haut de gamme. Or le lieu était gigantesque : trois ou quatre étages sur tout un pâté de maisons.

Une femme aussi grande, élancée et belle que tous les vampires de sa connaissance se présenta à elle dans un cliquetis de talons aiguille. Vêtue d'une robe noire qui mettait sa silhouette en valeur, elle arborait un chignon parfait. Reyna eut un choc en constatant qu'il s'agissait d'une vivante. Comment faisait-elle pour être canon à ce point ?

— Reyna, je présume, dit-elle, un sourire aux lèvres. Je suis Blythe.

— Bonjour.

— Votre amie est déjà arrivée. Laissez-moi vous guider jusqu'à elle.

— Entendu, dit la jeune femme en s'efforçant d'avoir l'air à l'aise.

Elle jeta un coup d'œil au passage sur l'alignement de fringues superbes mais hors de prix. Par quoi commencer ? Qui pouvait s'offrir pareilles toilettes ? Et surtout, surtout, comment pouvait-on claquer autant de fric alors qu'il existait tant de misère, de gens se tuant à la tâche pour des queues de cerise ? Reyna eut la nausée d'être partie prenante dans ce cirque.

— Nous sommes ravis que vous ayez choisi notre boutique. M. Anderson, conscient qu'il s'agit de votre première expérience en matière de shopping, nous a expressément demandé de vous traiter avec tous les égards possibles. Comment vous sentez-vous ? Excitée ?

— Euh… un peu perdue, surtout.

La vendeuse sourit gentiment.

— C'est tout à fait normal. Vous n'êtes pas la première à découvrir notre magasin, vous savez. Il est capital que les employés de Visage soient bien habillés. Nous sommes d'ailleurs réputés pour cela : plusieurs de nos couturiers ont développé une gamme complète sujet-mécène.

— Ah.

Reyna ne sut quoi répondre. À quoi pouvait ressembler une gamme de vêtements sujet-mécène ? Avait-elle seulement envie de le savoir ?

— Vous êtes bien à la recherche d'une robe de bal ?

— Oui. Quelque chose d'extravagant, j'imagine, dit-elle en levant les yeux au ciel.

Les prunelles de Blythe pétillèrent.

— L'extravagant est dans nos cordes, mademoiselle.

— Je préférerais une tenue pas trop voyante, mais mon petit doigt me dit que ce n'est pas ce que l'on attend de moi.

— Une beauté comme vous ? Pas question, en effet ! Nous allons tout faire pour que vous-même et votre amie Sophie brilliez de mille feux. C'est tout un art, vous savez, de se démarquer au milieu des vampires.

Elles arrivèrent dans la section du magasin dévolue aux robes de soirée. Formes, tailles et couleurs, il y en avait pour tous les goûts. Par quel bout aborder le problème ? Reyna, perplexe, resta au beau milieu de l'espace à observer cette débauche de luxe.

— Reyna ! Te voilà ! lança Sophie en sortant d'une cabine d'essayage vêtue d'une robe jaune extrêmement révélatrice.

Le décolleté descendait presque jusqu'au nombril et les flancs échancrés lui faisaient une taille de guêpe. Quand elle se retourna pour s'admirer dans la glace, Reyna vit que la traîne se croisait dans le dos avant de se prolonger incroyablement bas, au niveau des pieds.

— Ouah, murmura-t-elle.

— N'est-ce pas divin ?

— C'est… quelque chose.

Sophie tira sur les flancs.

— Blythe, je pense qu'une taille en dessous m'irait mieux. Ça bâille un peu, non ?

Bâiller ? Où ça ? Elle était à couper le souffle, dans cette robe ! Sa blondeur lui cascadait sur une épaule tandis qu'elle jetait un regard innocent à la vendeuse.

— Mieux vaut retoucher celle-ci. La taille en dessous risque d'être un peu pénible à enfiler…

Bonne réponse.

— Non, rétorqua Sophie en s'inspectant dans le miroir. Ça n'ira pas. Je veux être irrésistible aux yeux de tous les hommes présents.

Sans fausse modestie ni fausse pudeur, elle dégrafa sa robe qu'elle laissa choir en tas informe. Seulement vêtue d'un soutien-gorge blanc sans bretelles, d'un string assorti et de chaussures à talons, elle écarta la robe jaune du bout du pied puis soupira.

— Trouvez-moi une toilette avec laquelle je puisse éclipser la lune.

Sur ces bonnes paroles, elle fit volte-face et marcha d'un pas décidé vers la cabine d'essayage.

— À toi de jouer, Reyna. Déniche-toi une robe qui te plaît. Tu sais quelle taille tu fais, au moins ?

Reyna ignora cette pique. Peu lui importait de faire telle ou telle taille.

Blythe la détailla en arborant une expression d'une neutralité parfaite. Reyna en déduisit qu'elle devait estimer ladite taille à vue d'œil.

— Je crois savoir ce qui va vous plaire, mademoiselle.

Reyna se mordit la lèvre inférieure.

— Désolée pour elle…

— Mademoiselle Sophie est une très bonne cliente, nous nous efforçons de la satisfaire. Souhaitez-vous que nous procédions à une sélection et que je vous l'apporte en cabine ?

— Oui, merci.

Reyna étreignit maladroitement son sac tout en rejoignant Sophie. Une autre vendeuse lui proposa un verre de champagne qu'elle s'empressa de refuser.

— Ne fais pas ta chochotte, dit Sophie en passant une autre robe jaune minimaliste.

— Merci, je n'ai pas soif.

— Comme tu voudras. Alors, ce bal, ça t'excite ? Je n'ai jamais assisté à un bal Visage. Quel délire ! Tous les gens qui comptent y seront. Jusqu'ici, je n'ai connu que de petites fêtes. J'y ai rencontré pas mal de gros bonnets, certes, mais là… Ah ! je meurs d'impatience ! (Elle caressa l'étoffe soyeuse de sa robe.) Enfin, façon de parler, gloussa-t-elle.

— Celle-ci te va très bien.

— Très bien ? Tss, t'y connais rien.

Sophie ôta sa nouvelle robe et resta sans bouger, les mains sur les hanches. Elle possédait un corps de rêve. Reyna s'en voulut de la mater, surtout dans la mesure où elle prenait la pose pour le seul plaisir de frimer.

— Et voilà, mademoiselle Reyna, déclara Blythe, chargée de plusieurs robes qu'elle déposa dans une cabine. Puis-je avoir votre carte ?

— Oui, bien sûr, désolée !

Reyna piocha sa carte dans son sac et la tendit à la vendeuse… mais Sophie fut plus prompte à s'en emparer.

— Bordel de merde !

— Qu'y a-t-il ? voulut savoir Reyna.

— Tu as une foutue carte noire ?

— Euh… oui, pourquoi ?

— Comment tu as fait ton compte ? C'est Beckham qui te l'a fournie ?

— Oui…

— Merdasse. Moi qui rêve d'en avoir une ! Roland va m'entendre… celle que j'ai est limitée. Putain, j'y crois pas ! On peut avoir tout ce qu'on veut, avec ça. Roland me passe tous mes caprices, d'accord, mais quand même, une carte noire, c'est le top du top !

— Puis-je, mademoiselle Sophie ? demanda Blythe, une main tendue.

— Oh ! bien sûr, tenez.

Elle tendit la carte en faisant un peu la gueule à Reyna, comme si c'était sa faute si elle-même était privée d'un tel privilège. Alors que Reyna n'avait rien demandé.

Dès que la vendeuse s'éloigna, elle ferma la porte de sa cabine d'essayage. Elle n'avait pas prévu de lingerie spécifique pour cette séance – contrairement à Sophie. Sa garde-robe était garnie de dessous en soie qui lui allaient à merveille, mais il n'était pas question qu'elle se change en public.

La première robe était un modèle sirène ultra moulant bleu bébé, qui rendait tout déplacement presque impossible. Alors qu'elle était en train de l'ôter, Sophie râla derrière la porte.

— Tu en mets du temps ! Alors, tu me montres ?

— Tu veux voir ?

— Évidemment ! Tu débarques, ou quoi ?

— C'est ma première fois, admit Reyna.

— Eh bien montre-toi, bécasse que tu es !

Reyna sortit de la cabine ; Sophie fit la grimace.

— Beurk. Au panier.

Reyna leva les yeux au ciel. C'était évident, mais à quoi bon en faire des caisses ?

Elles essayèrent plusieurs modèles avant que Sophie tombe en pâmoison. La robe en question était toute blanche, comme une robe de mariée, et rehaussée de cristaux qui étincelaient à chaque mouvement.

— Alors, lança Sophie, mieux lunée depuis qu'elle avait trouvé son bonheur, combien de fois tu t'es fait sauter par Beckham, avant qu'il te refile cette carte ?

— Quoi ? protesta Reyna, à deux doigts de se prendre les pieds dans la robe ajustée qu'elle essayait.

— Arrête ton numéro de petite fille sage, enfin !

— Je… je ne vois pas de quoi tu parles.

—À d'autres ! Tu me prends pour une gourde, ou quoi ? (Sophie leva les yeux au ciel.) Elle craint, cette robe.

Reyna regagna en hâte la cabine pour ce qui lui parut être la centième fois au moins. Puis elle prit son temps pour passer le modèle suivant, peu désireuse de poursuivre sur ce terrain avec Sophie. D'où lui venait l'idée qu'elle puisse coucher avec Beckham ? Aurait-elle omis de lire un paragraphe du manuel de la parfaite compagne de sang ? Cela étant, Reyna y avait songé… voire l'avait désiré…

—Alors, c'est un bon coup ?

—Qui ? Un bon quoi ?

—Beckham, pardi ! Allez, Reyna, accouche. Est-ce qu'il assure au plumard ?

Elle enchaîna sans attendre.

—Je veux dire, Roland est un peu rude avec moi, mais il est français. Tu sais ce qu'on dit, à leur propos…

—Non, qu'est-ce qu'on en dit ?

—Oh ! tu sais bien, répondit-elle distraitement en pianotant dans le vide. Enfin bref. Roland est cool et un peu vache. Mais pour ce qui est de Beckham, mystère. Roland prétend qu'il a un passé très sombre. Du coup, ça doit être un drôle d'animal, au lit.

Reyna sentit sa gorge se serrer. Comment la conversation avait-elle pu tomber si bas ? Misère…

—Alors, il est comment ?

—Je… j'en sais rien.

—Comment ça, tu ne sais pas s'il se comporte comme une bête ? Tu dois bien avoir une idée, non, rapport aux autres mecs que tu as connus ?

Reyna tenta de faire refluer sa gêne en fermant les yeux.

—Je n'en sais vraiment rien, Sophie. Sérieux. Parce que je n'ai pas couché avec Beckham.

La blonde commença par éclater de rire puis se reprit en voyant la tête que faisait Reyna.

— Attends… tu plaisantes, là ?

— Pas du tout.

— Ça alors, comment c'est possible ? Roland m'a baisée et mordue dès le premier jour. Il n'a daigné s'arrêter qu'au moment où j'étais à deux doigts de crever de plaisir.

— Je n'ai *pas* besoin d'en savoir plus, déclara Reyna, une main levée.

— Mais… comment tu l'as eue, alors, ta carte noire ?

Reyna haussa les épaules.

— Il me l'a donnée, point barre.

— Point barre. Ben voyons, fit la blonde, incrédule.

— Oui.

— Ah ! te voilà, *ma chérie** ! exulta Roland.

Le vampire s'approcha d'une démarche théâtrale et dépassa Blythe sans un regard. Ses yeux étaient rivés sur Sophie et sa robe blanche à couper le souffle. Puis il découvrit Reyna, et ses pupilles s'arrondirent sous l'effet de la surprise. Ce premier effet passé, il afficha un sourire lubrique. La jeune femme se sentit nue dans sa robe longue noire, fendue d'un côté jusqu'en haut de la cuisse, avec décolleté plongeant.

Sophie se jeta dans ses bras, rompant le contact visuel. Reyna lui en sut gré.

— Tu n'aimes pas ma robe de bal ?

La voyant virevolter sur elle-même, il se fendit d'un sourire appréciateur.

— Mais si, voyons. Elle est parfaite. Enlève-la afin que la vendeuse puisse te l'emballer, veux-tu.

Il fit signe à Blythe de suivre Sophie dans la cabine, le laissant seul avec Reyna. Celle-ci resta d'une immobilité de statue, très exposée, coincée qu'elle était entre une rangée de miroirs et le regard acéré de Roland.

— Ma Reyna, tu es… ravissante, dit-il en paraissant savourer ce mot.

— Merci.

— Si tu apparais au bal ainsi vêtue, tu vas éclipser toutes les autres participantes.

— Vous croyez que…

— Beckham est très chanceux, la coupa le vampire, soudain tout près d'elle.

— Euh… oui, j'imagine, répondit-elle, la gorge serrée, en s'efforçant de regarder ailleurs.

— Il te satisfait, j'espère ? Ce stoïcien grincheux toujours en train de se retenir ? Est-il un bon amant ?

La jeune femme commit l'erreur de croiser son regard et vit qu'il la scrutait à la manière d'un homme résolu à savoir si lui-même ferait un bon amant. Ou plus précisément à la manière d'un monstre qui lui briserait la nuque juste après.

— Je pourrais te montrer ce que tu rates, gronda-t-il en faisant courir ses doigts sur le bras nu de Reyna.

Ce contact lui déplut à maints égards. La gorge plus serrée que jamais, elle s'efforça de ne pas bouger un muscle. Telle une proie qui essaie de se rendre invisible aux yeux d'un prédateur. Peut-être allait-il l'ignorer, rejoindre sa Sophie et cesser de la violer du regard ? Elle n'avait qu'une envie : prendre ses jambes à son cou, mais il était inutile d'espérer fuir un vampire. Et puis ce serait très mal vu de s'en faire un ennemi.

— C'est tentant, mentit-elle, mais Beckham est très possessif. Je ne crois pas qu'il aime l'idée de… partager.

La vérité, c'était qu'elle ne voulait personne d'autre. Que Beckham soit ou non partageur n'était pas à l'ordre du jour.

Roland plissa les yeux et l'empoigna par les cheveux.

— J'aimerais voir ça, Beckham se montrant possessif…

La brusquerie de l'assaut fit crier la jeune femme qui ferma les yeux et se mit à trembler comme une feuille.

— Par… par pitié…

— Réfléchis. Je pourrais te mordre, là tout de suite. Et sait-on jamais, je pourrais même t'autoriser à boire un peu de mon sang. Ce mélange te ferait accéder à une nouvelle vie. (Il lui caressa la joue.) Tu ferais une adorable vampire.

— S'il vous plaît, arrêtez, supplia-t-elle en fermant les yeux très fort et en s'efforçant d'atténuer la tension exercée sur ses cheveux.

— Qu'est-ce qui se passe ? glapit Sophie en déboulant de la cabine d'essayage.

Roland la lâcha aussitôt.

— Rien. La voiture nous attend. Fais livrer la robe.

Là-dessus, il tourna les talons et sortit en trombe. Reyna resta liquéfiée de trouille, même après que Sophie fut partie avec, dans les yeux, un mélange de pitié, de jalousie et de hargne.

— Mademoiselle Reyna ? voulut savoir Blythe. Vous êtes fixée, pour la robe ?

— Oui. Veuillez mettre celle-ci sur ma carte, dit-elle, les pupilles tels deux brandons. Et ensuite… brûlez-la.

Chapitre 18

Beckham étant absorbé par son travail, Reyna n'avait pas eu l'occasion de lui relater l'incident avec Roland. Peut-être aussi éludait-elle afin de ne pas revivre ce qui s'était passé. Et comme Beckham se montrait excessivement protecteur, le mieux était encore d'éviter de faire des vagues.

Mais la jeune femme était de plus en plus anxieuse à mesure que le jour du grand bal approchait. La perspective de revoir Roland, de subir ses œillades lubriques la mettait mal à l'aise. L'après-midi qui avait suivi, Reyna s'était récurée pendant des heures pour ne plus sentir sur sa peau le contact physique de cet odieux personnage. Et pour tenter d'oublier le désir qu'elle avait lu dans ses yeux.

Elle passa plus de temps à faire des photos après le drame afin d'éviter d'avoir à tout révéler à Beckham. Le chauffeur avait accepté de s'arrêter à une autre boutique d'habillement où elle avait acheté quelques tee-shirts classiques, deux jeans, une casquette de baseball et ses Converse adorées. Elle avait planqué le tout dans un endroit jugé sûr. Les rares fois où Beckham était présent alors qu'elle comptait sortir, il lui suffisait d'entasser sa tenue des rues dans un gros sac puis de se changer dans la voiture.

Il était déjà difficile de prendre des clichés qui l'intéressaient sans, en plus, se faire remarquer en raison de vêtements trop chics. Reyna n'avait aucune envie de revivre ce qui s'était produit aux Entrepôts, quand elle s'y était pointée en hauts talons et robe hors de prix. Restait la solution de se faire accompagner par un garde du corps, mais c'était aussi un coup à se faire mal voir. Et la jeune femme comprenait l'hostilité des petites gens dès qu'on avait l'air plein aux as. Sauf qu'il n'était pas question d'en faire les frais.

Car les photos qu'elle tenait à faire n'avaient rien d'anodin : elle visait des prises de vue mettant à nu le cœur battant de la ville, à l'image des tirages noir et blanc qui décoraient le salon de Beckham. Des clichés pris sur le vif. Offrant une… perspective.

Aussi, la plupart du temps, photographiait-elle la misère : pauvres, sans-abri, mendiants, putes de sang, vampires affamés, rapports divers entre mortels et immortels. Afin de fixer l'image du monde réel. Et de ne jamais perdre de vue son milieu d'origine.

Chaque après-midi, Reyna enregistrait les clichés du jour sur son ordinateur puis les téléchargeait sur un site sécurisé que Beckham avait mis à sa disposition pour qu'elle y classe ses photos. Sans lui demander son avis. Probablement parce qu'il s'inquiétait qu'elle les révèle par mégarde… même si, en vérité, ça n'avait pas la moindre importance. Elle ne faisait que témoigner de la vraie vie quotidienne.

Mais quoi qu'elle fasse pour s'occuper, le soir du bal continuait d'approcher. Cela faisait officiellement dix-neuf jours qu'elle vivait chez Beckham. Il n'avait pas bu une seule goutte de son sang… et ils s'étaient à peine vus lors des cinq dernières journées. Reyna était de ce fait à la fois très excitée et réticente à l'idée de passer toute une soirée en sa compagnie.

Beckham avait engagé une équipe de professionnels chargés de la coiffer et de la maquiller pour l'occasion. Quand ils eurent fini et qu'elle croisa son reflet dans le miroir, elle se reconnut à peine. Ses cheveux formaient un chignon alambiqué au sommet du crâne qui dénudait le cou et les omoplates d'inquiétante manière. Ses yeux étaient nimbés d'un maquillage fuligineux et sensuel. Quant au teint, il était uniformément celui d'une poupée de porcelaine. Elle espéra que l'ensemble allait lui plaire.

Ravalant ses craintes, elle quitta sa chambre et découvrit Beckham : sanglé dans un smoking, adossé au comptoir de la cuisine, il n'avait d'yeux que pour son téléphone portable.

— Alors ? demanda-t-elle en tournant lentement sur elle-même.

Reyna s'était enfin décidée pour une robe noire et très longue, sans bretelles, surpiquée d'une dentelle rose d'or qui scintillait à chaque mouvement. La coupe serrée soulignait ses courbes et lui conférait une silhouette des plus flatteuses. Légèrement fendue côté droit, l'étoffe permettait d'admirer des chaussures assorties à lanières et talons hauts.

Elle sentit le regard de Beckham peser sur elle, mais il garda le silence. Au sortir de son tour complet, Reyna le regarda dans les yeux et y vit… un appétit vorace.

— Je suis comment ?

— Tu es… exquise.

Elle rayonna. Ces trois mots étaient à peu près les seuls qu'il lui ait adressés en plusieurs jours.

Il lui offrit son bras. La jeune femme posa la main au creux du coude et se laissa guider hors de l'appartement. Ils se turent lors du trajet en automobile. Bien que ce soit son premier bal, et qu'elle ne sache pas trop comment se comporter, Reyna était trop nerveuse pour le questionner sur ce qui les attendait. À cela s'ajoutait sa peur de recroiser Roland. En résumé, elle était à cran.

Ils s'arrêtèrent devant l'immense gratte-ciel et Beckham l'aida à sortir de la voiture. Un tapis rouge les attendait ainsi qu'une nuée de journalistes qui firent crépiter les flashs à leur passage. Le beau ténébreux lui tint fermement la main. La jeune femme se sentit en sécurité en regrettant qu'il ne se comporte pas toujours ainsi. Mais à quoi bon nourrir de vains espoirs ?

Puis ce fut la salle de bal. Une pièce gigantesque, la plus grande que Reyna ait jamais vue. Des lustres en cristal diffusaient une lumière tamisée sur la foule déjà assemblée. De beaux garçons en smoking noir et des jeunes femmes en minijupe noire et chemisier blanc portaient des plateaux de champagne et d'amuse-gueule. Le bling-bling était partout : flûtes dorées à l'or fin, invitées couvertes de diamants. Aucune dépense n'avait été de trop pour cet événement orchestré en moins d'un mois.

La salle regorgeait déjà d'employés de Visage, de célébrités et de politiques de premier plan. C'était incroyable et très intimidant.

— Ouah ! murmura-t-elle.

— Un rien prétentieux, tu ne trouves pas ?

Elle leva les yeux vers lui, interdite. Beckham… se moquant de la fête voulue par son patron ? Reyna se détendit un peu et s'autorisa un petit rire.

— Un peu, oui.

— Allons faire notre show, marmonna-t-il dans sa barbe.

Beckham les fit déambuler au milieu de la foule. Tout le monde paraissait le connaître et le sollicitait. À chaque pas ou presque, il s'arrêtait pour saluer quelqu'un, si bien que Reyna fut rapidement présentée à un nombre incalculable d'inconnus. Des silhouettes indistinctes : hommes en smoking, femmes en robe de soirée. Que des vampires à perte de vue. Les seuls mortels présents étaient les serveurs, les musiciens et elle-même.

Ils finirent par arriver devant le grand patron, Harrington.

— Beckham ! (Ils se serrèrent la main comme de vieux amis.) Et la ravissante Reyna. Merveilleux. Roland et Cassandra viennent eux aussi d'arriver avec leur sujet permanent. Quelques autres ont été intégrés au programme et devraient eux aussi être de la fête. Jesse, je crois, doit venir avec sa compagne.

— J'ai plaisir à l'entendre, monsieur, répondit cordialement Beckham. Tout se passe bien, avec les nouveaux promus ?

— Aussi bien que nous l'espérions. Un seul a dû être retiré.

Harrington avait annoncé cela sur un ton badin, comme s'il n'avait pas conscience de parler d'un être humain. À moins, bien sûr, qu'il ne s'en fiche éperdument.

— Mécène et sujet ne s'entendaient pas, reprit-il. Pas d'inquiétude, cependant. C'est un cas isolé. Dès que le recensement sanguin sera opérationnel, nous pourrons appliquer le principe à l'ensemble de la compagnie.

Beckham hocha la tête.

— Encore un succès, dirait-on.

— Et comment ! Bien, sur ce, je dois mettre la dernière touche à mon grand discours.

Il adressa un nouveau signe à Reyna puis disparut.

— Reyna ! lança Sophie avant d'accourir et de l'embrasser sur les deux joues. Je n'avais pas vu cette robe. Je suis verte ! C'est un coup de cette garce de Blythe, je parie ! Elle me l'a cachée !

— Tu es ravissante, Sophie, rétorqua Reyna. Et tu éclipses tout le monde, bien sûr.

— Bien sûr, dit la blonde, aux anges.

Roland choisit cet instant pour glisser son bras autour de la taille de Sophie et l'attirer à lui sans ménagement.

—Tout à fait. L'innocence virginale du blanc te sied à ravir, *ma chérie**, roucoula-t-il peau contre peau.

Reyna recula d'instinct plus près de Beckham. Tendue comme un arc, elle avait le sentiment de faire face à un cobra prêt à mordre. Tout, chez Roland, la faisait flipper, et son mécène n'avait en outre qu'une vague notion de la menace qu'il représentait. Elle s'en voulut à mort de ne pas l'avoir tenu informé. Son malaise empira quand Roland se mit à la reluquer. Elle frissonna tant elle détestait la façon qu'il avait de la déshabiller du regard.

—Quant à toi... (Roland ricana.) Tu as changé de robe.

—J'étais mal à l'aise dans l'autre, rétorqua-t-elle avec insistance.

—Excellent choix, en tout cas. Qu'en dis-tu, Beckham, ta cavalière n'est-elle pas un rêve ?

Le beau ténébreux, qui regardait ailleurs, se retourna vers eux d'un bloc. Ses yeux se posèrent sur Reyna, qui ne vit aussitôt plus que lui.

—Un rêve éveillé, convint-il. Et un cauchemar.

—Qui ça, Anderson, toi ou elle ? s'esclaffa Roland comme si Beckham venait d'en sortir une bonne, ce qui n'était évidemment pas le cas.

—Moi, bien sûr. Je suis celui des deux qui a des crocs.

—Bien dit ! Et ce qu'il y a bien avec les cauchemars, reprit perfidement Roland, c'est qu'ils activent la circulation sanguine.

—Excuse-nous, veux-tu ?

Beckham posa la main sur le bras dénudé de Reyna. Les étincelles que provoqua ce contact firent sursauter la jeune femme qui croisa son regard de braise.

—Je vais... me chercher un verre. Tu veux quelque chose ?

—Oui, merci.

— Champagne ?

— Parfait, acquiesça-t-elle.

Le cœur battant, elle le regarda s'éloigner. Comment faisait-il pour la faire fondre au moindre frôlement ? Et pour créer un tel fossé entre ses paroles et ses actes ?

Elle le suivit des yeux à travers la salle de bal.

— Et toi qui prétends qu'il ne te saute pas, railla crûment la blonde.

— Sophie ! gronda Reyna.

— Quoi ? Quand un mec louche comme ça sur une femme, c'est qu'il est chaud bouillant.

Reyna risqua un coup d'œil inquiet vers Roland puis se retourna vers Sophie.

— Tu dis n'importe quoi. C'est… il ne se passe rien. Rien du tout.

Menteuse.

— Cause toujours, ma grande, mais dans cette robe, tu attires les regards de tous les hommes, rétorqua Sophie avec une once de jalousie dans la voix. Et Beckham n'est *pas* aveugle.

— C'est comme si, grommela Reyna.

— Oh que non ! intervint Roland qui, après avoir dépassé Sophie, souffla « moi non plus » à l'oreille de Reyna.

Celle-ci eut un frisson de dégoût et prit du champ illico. Sophie les dévisagea sans réagir. Soit elle était trop sotte pour capter le petit manège de son mécène, soit elle s'en fichait tant qu'il continuait à lui passer ses caprices.

— On se reverra, ma chérie, murmura-t-il. Compte sur moi.

Roland s'éloigna sans que Reyna parvienne à chasser le désespoir que lui causaient les propos du monstre. Il fallait qu'elle rejoigne Beckham, et vite. Son vœu le plus cher était simple : ne plus jamais se retrouver seule avec Roland.

Elle balaya la salle du regard. Beckham était facile à repérer en raison de son gabarit, même dans un vaste espace saturé de vampires. Il était debout près du bar avec, à la main, un verre de whisky. Elle le vit boire cul sec, grimacer un peu puis le tendre au serveur qui refit aussitôt le plein.

Le même serveur commençait à remplir une flûte de champagne quand une femme s'approcha de Beckham. Qui lui parla, l'air très à l'aise, bien plus détendu que lorsqu'il était avec Reyna. La femme plaça la main sur sa manche sans qu'il se rétracte. Qui diable était-ce ?

Même de dos, l'inconnue était jolie. Elle portait une robe longue bleu roi en taffetas ruché à corset et taille Empire. Le chignon haut qui lui dégageait la nuque laissait cependant quelques mèches brunes et bouclées lui cascader dans le dos.

Puis elle se tourna vers Reyna qui resta bouche bée. L'inconnue n'était pas simplement jolie : elle était superbe. Silhouette de danseuse classique, visage à l'ovale parfait, petit nez délicieux et lèvres pleines.

Elle parut chercher quelqu'un du regard, finit par hausser les épaules et glissa quelques mots à Beckham. À la plus grande surprise de Reyna, il éclata de rire en penchant la tête en arrière.

Beckham. Hilare.

C'était tellement inattendu. Lui, perpétuellement renfrogné, qui ne souriait jamais. Insensible aux traits d'humour, qui paraissait même rechigner à ce qu'on lui adresse la parole. Et cette… créature… le faisait rire aux éclats ?

Le sang se figea dans ses veines sans qu'elle en ait conscience. Toute la chaleur que Beckham avait diffusée dans son corps était remplacée par une douleur… inexplicable. Qui était cette femme ?

— Sophie, murmura-t-elle en essayant de garder son calme. Qui est cette femme vampire ?

— Laquelle ? demanda l'intéressée en regardant alentour.

— Celle qui parle avec Beckham. Au bar.

— Ah, celle-là, fit Sophie avant de se tourner vers Reyna, l'air contrit.

— Tu la connais ?

— C'est Pénélope Sky.

— Pénélope Sky ?

Pourquoi ce nom lui était-il familier ?

— Ouais. La fille du maire. Humaine, pas vampire, rectifia Sophie.

— Humaine, répéta Reyna d'une voix blanche.

Beckham était à l'aise auprès d'une autre vivante et dans ses petits souliers dès qu'ils étaient dans la même pièce ? C'était quoi, ce délire ? Ça n'avait aucun sens !

— Eh oui ! dit Sophie en flattant le bras de Reyna à deux reprises.

— Ils ont l'air de bien s'entendre.

— Pas étonnant vu qu'ils sortent ensemble depuis plus d'un an, fit valoir la blonde comme si de rien n'était.

— Hein ? s'étonna Reyna, sous le choc.

Beckham… en couple ?

Après leur long baiser, la jeune femme avait acquis la certitude qu'il éprouvait quelque chose pour elle. Cette nouvelle changeait la donne : il n'était pas à l'aise auprès d'elle. Il n'avait même pas envie de la côtoyer, préférant garder ses distances, allant jusqu'à spécifier que leur relation devait rester strictement professionnelle. Tout ça parce qu'il sortait avec cette Pénélope Sky, la fille du maire. Bordel de merde… ça faisait mal. Bien plus que ce qu'elle aurait cru.

— Sérieux, reprit Sophie, tu ne lis jamais la presse people ?

— Non…

— Toute la ville en a parlé l'été dernier, pourtant. Une mortelle et un vampire ! Imagine le buzz ! Mais bon, ça n'a pas dû sortir des beaux quartiers du centre…

— En effet, répondit Reyna à voix basse, l'estomac noué.

Beckham n'avait jamais précisé qu'il était en couple. Cela étant, il ne lui avait strictement *rien* dit de sa vie. Alors pourquoi tomber des nues ?

— Enfin bref, ils avaient rompu, mais ils ont remis ça, visiblement. C'est peut-être pour ça qu'il ne te saute pas, ajouta-t-elle perfidement.

Reyna blêmit.

— Il n'en a jamais été question, Sophie. Qu'il soit avec elle ou non ne change rien.

La blonde lui flatta la main.

— OK, OK, je te crois. Et je me félicite de ne pas avoir… ça… comme rivale.

C'était l'euphémisme de l'année. Autant chercher à éclipser le soleil plutôt que Pénélope Sky.

Reyna voulut cesser de les regarder. Sans y parvenir. Beckham, penché sur elle, lui glissa quelque chose au creux de l'oreille, si proche que son souffle devait lui effleurer la nuque. Pénélope afficha un sourire complice… telle une amante… avec ce naturel propre à deux intimes.

Elle estimait en avoir largement assez vu quand Beckham croisa son regard. La jeune femme sentit ses joues s'empourprer. Puis il sourit, l'air malicieux, dangereux même… et entraîna Pénélope à travers la salle de bal… droit sur elle.

Chapitre 19

— Reyna, dit Beckham, j'aimerais te présenter une amie. Voici Pénélope.

La jeune femme s'efforça de retenir sa colère et de ne pas faire voir sa frustration. Beckham ne lui appartenait pas. D'aucune manière que ce fût. Un baiser ne signifiait rien. Elle était son employée. Quant au tour… un rien étrange, pas toujours très pro, qu'avaient pu prendre leurs relations, il s'était montré très clair : c'était du passé.

— Bonsoir, dit-elle timidement.

— Penny, voici Reyna.

Les deux femmes se jaugèrent. Reyna n'avait aucune idée de ce que ladite Penny pensait d'elle : ses traits formaient un masque de sérénité. Ce qui acheva de l'agacer. Sans parler du fait qu'elle était encore plus belle de près. Ses yeux avaient le bleu soutenu de l'océan par temps clair, ses joues étaient rehaussées par une très légère fossette.

Le mutisme de Reyna incita Pénélope à prendre la parole.

— J'ai beaucoup entendu parler de vous, Reyna.

— Ah bon ?

L'intéressée se tourna vers Beckham et haussa un sourcil.

— Mais oui ! Ça m'a fait très plaisir d'apprendre que Beckham avait de la compagnie. Et c'est aussi une chance pour vous, je crois.

Reyna refusa de rougir sous prétexte que cette femme, de toute évidence, connaissait son passé. Elle n'en revenait pas que Beckham lui ait tout balancé, mais qu'y faire ? Le feu couvait en elle. Ainsi qu'une furieuse envie de crier.

— Ouais. C'est formidable, pour Beckham. Pile ce qu'il lui fallait.

Pénélope ne perçut pas le sarcasme – ou fit celle qui n'avait rien entendu.

— Il me parlait encore, hier au soir, de l'intérêt que vous portez à ma ville.

Hier au soir. Ils avaient passé la soirée précédente ensemble ? Pendant qu'elle se morfondait dans sa chambre, à se demander pourquoi il l'évitait, il passait du bon temps avec cette femme…

— *Votre* ville, vraiment ?

— Oui, mon père en est le maire, déclara fièrement Pénélope.

— Hon hon. C'est curieux, quand même, que je n'aie jamais entendu parler de vous…

Beckham la fusilla du regard. Sophie, qui était restée à portée de voix, toussa dans sa main pour masquer un éclat de rire.

— Mes cours à la fac m'ont beaucoup absorbée, reprit Pénélope. Mais le semestre est terminé : je vais avoir *beaucoup* plus de temps libre.

Au ton employé, on aurait aisément pu prendre cela pour une menace. Depuis quand les femmes dans son genre se sentaient-elles obligées de marquer leur territoire ? Belle à se damner, Pénélope était la petite amie idéale pour Beckham… ou pour quiconque, d'ailleurs.

Reyna se tenait devant elle dans des fringues qu'elle n'avait pas payées, coiffée et maquillée par des gens qu'elle n'avait pas davantage engagés, et occupait un job dont elle n'avait pas la première idée. Pénélope n'avait vraiment rien à redouter d'elle.

— À la fac ? rebondit Reyna, soulagée d'avoir trouvé quelque chose à répondre. Ça doit être chouette, d'avoir les moyens de suivre des études supérieures.

— Oui, j'ai beaucoup de chance.

Reyna se retint de lui rire au nez. Évidemment ! Elle aussi se serait sentie très chanceuse de pouvoir aller à l'université, au lieu de quoi elle se retrouvait là, à travailler pour Visage.

— Et… comment vous vous êtes connus, au fait ? sonda la jeune femme.

Pénélope se tourna vers Beckham, un large sourire aux lèvres.

— Oh ! Eh bien… (Elle rougit légèrement.) Lors d'un événement public où Beckham représentait Visage.

Le beau ténébreux lança un regard amusé à sa chérie. Reyna sentit immédiatement qu'un truc sonnait creux dans cette histoire… mais quoi ?

— Tu te rappelles, j'espère ? demanda Pénélope en lui décochant un léger coup de coude dans le flanc.

— Oui, Penny. Je me souviens.

— Tu as passé toute la soirée à m'éviter comme la peste. J'en étais venue à me demander si je sentais mauvais ! C'est vrai ça, comment as-tu fait pour me résister si longtemps ? demanda-t-elle en gloussant.

Quand Pénélope posa la tête contre l'épaule de Beckham, Reyna en eut assez de les regarder. Elle se tourna vers Sophie qui avait l'air désolée mais se garda de tout commentaire. Reyna s'en voulut de leur avoir demandé comment ils s'étaient connus. Elle s'en fichait. Il ne se passait rien, entre Beckham et elle. Il l'avait pourtant invitée à ce bal. S'il préférait se montrer en compagnie de Pénélope, pourquoi l'avoir conviée, elle ? Rester à l'appartement à trier ses photos aurait été moins pénible que se retrouver victime d'une sale blague entre son mécène et sa petite amie.

— Si je t'ai évitée, répondit sèchement Beckham, ce devait être en raison d'un désaccord politique.

— Honte à toi ! Je possède un sens politique très sûr, tu es bien placé pour le savoir.

Reyna soupira. Il fallait qu'elle oriente la conversation sur un autre terrain, faute de quoi la soirée promettait le pire.

— Vous étudiez les sciences politiques, si je comprends bien ?

— Absolument. Mon père a insisté pour que je suive son exemple.

— Je vois... Et vous nourrissez des ambitions personnelles ? attaqua Reyna.

— Reyna ! s'emporta Beckham.

Elle se contenta de lui sourire et se félicita d'avoir mis Pénélope mal à l'aise : chacun son tour.

— J'aime la politique et je crois à ce que fait mon père, se défendit Pénélope. Il est à l'origine de changements majeurs dans cette ville. Des changements dont il y a lieu d'être fier. Des programmes d'aide aux démunis et aux affamés. Il œuvre à remettre tout le monde sur les rails. Le partenariat avec Visage, par exemple, a permis de réduire le taux de chômage.

Reyna ignorait qui Pénélope essayait de convaincre, mais pour avoir grandi dans les bas quartiers, elle savait à quoi s'en tenir. Sans parler de Beckham qui lui avait fait découvrir les pires taudis, ni du vampire renégat qui avait failli la tuer. Si Pénélope pensait réellement que son père menait une politique efficace, c'était la preuve qu'elle vivait dans un cocon.

Il n'était plus question de la relation entre elle et Beckham : Reyna savait ce que c'était que la faim. De ce fait, le topo sur le merveilleux programme d'aide aux miséreux avait quelque chose d'insultant.

— Joli discours, répondit Reyna, mais complètement à côté de la plaque.

— Comment ça ? J'ai vu l'administration à l'œuvre. Et les améliorations apportées.

— Quelles améliorations ? s'emporta Reyna, elle-même choquée par sa virulence. Vous savez comment c'est, dans les rues ? Quand on marche au milieu des pauvres ? Des crève-la-faim qui vivent dans la crasse ? Des quartiers entiers où tout ce qui prospère, ce sont les ordures et le désespoir ? Ça saute aux yeux, pourtant ! Qu'est-ce que vous avez fait, votre père et vous, pour changer vraiment la donne ? Prononcer de beaux discours ? Parce qu'au cas où vous l'ignoreriez, les belles paroles, ça ne se mange pas, ça n'aide pas à décrocher un job et ça ne nettoie pas les rues !

Pénélope la regarda, atterrée. La foule alentour s'était tue pendant la diatribe de Reyna.

— Bien… bien sûr qu'on s'efforce d'aider les gens. Mais tout n'arrive pas du jour au lendemain. On a pris quelques initiatives qui ont été remplies de succès…

— Et comment mesurez-vous leur succès ? En comptabilisant les morts au quotidien dans les beaux quartiers ? Parce que dans les taudis, il n'y a personne pour tenir le compte des victimes.

— J'ignore d'où vous tenez vos informations, mademoiselle, s'indigna Pénélope, mais la ville s'inquiète autant du sort des pauvres que de celui des riches.

Reyna éclata de rire. Bruyamment.

— Les riches disent toujours ça quand ils ramassent les cadavres. Désolée, Pénélope, mais ce que vous croyez faire… ne marche pas.

— Reyna, ça suffit, gronda Beckham.

— C'est toi le patron.

Il eut beau la fusiller du regard, elle ne broncha pas.

— Veuillez nous excuser, cracha-t-il.

Sans attendre de réponse de qui que ce soit, il empoigna durement Reyna par le bras et lui fit traverser la salle de bal au pas de charge. La foule fit le silence : Harrington était monté sur l'estrade et commençait son speech au micro. Mais la jeune femme n'entendit pas le premier mot, Beckham l'avait déjà traînée derrière une porte à double battant, dans un salon désert.

— Tu peux t'expliquer ?

— Je n'ai pas eu mon champagne.

— Oublie ce foutu champagne. Ce que tu as dit était très, très déplacé.

— Ce que j'ai dit est la stricte vérité, et tu le sais ! C'est *toi* qui m'as montré la ville sous son vrai jour. Ne compte pas sur moi pour me taire quand quelqu'un qui n'a jamais quitté les beaux quartiers me fait la leçon sur la vie des démunis.

— Tu ne sais pas du tout qui est Pénélope.

— La fille du maire ? ricana Reyna. Ça en dit assez long. Je n'arrive pas à croire que vous soyez ensemble.

— Elle n'est pas celle que tu crois.

— J'en doute. Et si elle est si formidable, comment se fait-il que tu ne m'en aies jamais parlé ?

— Je pensais que tu étais au courant.

Reyna fit un signe de dénégation des deux mains.

— Comment j'aurais pu savoir ? dit-elle en lui tournant le dos, écœurée. Et elle, elle sait que tu m'as embrassée ?

— Non. Ça ne la regarde pas.

— Ah bon ? lança Reyna, incrédule. Pas sûr qu'elle soit de cet avis. Pourquoi tu ne m'as pas dit que tu avais quelqu'un ?

— Ce que je fais de mon temps libre ne regarde que moi.

— Bien sûr, siffla-t-elle. Tu t'es montré très clair, à ce sujet. Je me demande vraiment pourquoi tu m'as fait venir.

— Tous les sujets permanents étaient censés être présents, pour montrer au reste de la boîte que le programme fonctionne à merveille.

— C'est dégueulasse ! Je suis ici uniquement pour le boulot ? C'est avec Pénélope que tu veux passer la soirée ? Enfin… ça saute aux yeux, merci. Quelle idiote j'ai été ! J'aurais dû voir venir le coup depuis longtemps. Mais si tu avais eu le cran de me prévenir, je ne serais pas là, à éprouver…

Elle observa ses traits tirés en souhaitant du fond du cœur qu'il compatisse. Mais il n'en fit rien. Beckham s'était montré catégorique, leur début d'histoire était sans issue. Ce qui, bien sûr, n'empêchait pas Reyna de se sentir attirée par lui. Elle désirait physiquement un type qui refusait de la toucher. Alors qu'elle repensait en boucle à ses mains, à ses lèvres, à son immense gabarit.

— À éprouver quoi ? relança-t-il, soudain tout près d'elle.

Cette promiscuité fit grimper la température en flèche. Elle avait beau savoir qu'il valait mieux garder ses distances… ils étaient comme deux aimants.

Elle tendit le bras, prit sa main dans la sienne et la plaqua sur son cœur.

— Ça, dit-elle en lui faisant sentir son rythme cardiaque élevé.

— Mais encore ? demanda-t-il, une tension palpable dans le timbre, en l'enlaçant pour l'attirer tout contre lui.

Reyna, le souffle coupé, avait toujours son autre main posée sur le cœur. Lequel battait à tout rompre. Elle déglutit péniblement et se passa la langue sur les lèvres.

— Déchirée. J'ai très envie que tu m'embrasses, mais si c'est pour me retrouver embringuée dans un triangle amoureux ridicule, non merci.

— Je ne peux pas te donner ce que tu demandes, Reyna.

— Quelle partie ?

Beckham l'embrassa sur la bouche et plus rien d'autre n'exista. Reyna perdit pied, leurs prises de bec oubliées. Même l'image de Pénélope ne résista pas à ce baiser brûlant.

C'était comme si l'océan l'engloutissait sans espoir de jamais revoir la surface. Elle se noyait en lui. Perdue dans l'immensité liquide.

Elle recula maladroitement jusqu'à ce que ses chevilles butent contre une méridienne. Beckham en profita pour l'emprisonner sous son corps massif. Sa main trouva la fente de la robe ; l'étoffe fut repoussée au-dessus de la hanche. Reyna gémit en sourdine pour le presser de continuer.

Leurs gestes se firent fiévreux. Ce moment-là, la jeune femme l'attendait depuis leur premier baiser. Elle voulait éprouver le contact de ses mains sur sa peau. Et lui rendit son baiser avec une ferveur qu'elle ne se connaissait pas.

— Beckham !

Ils entendirent l'appel et sentirent une couche de glace se former entre leurs deux épidermes. Beckham se releva d'un bond. L'effroi qui se lisait sur ses traits fut presque aussitôt gommé par son flegme habituel. En le détaillant, Reyna se fit la réflexion qu'il n'avait pas du tout l'air d'un type qui venait de lui sauter dessus avec fougue.

Quant à savoir si elle était apte à donner le change… elle n'était qu'une mortelle, après tout. Plus lente à se relever et à rajuster sa robe. Ses lèvres étaient gorgées de sang, son teint passablement rougi et ses cheveux en léger désordre.

— Oui, répondit Beckham. Un instant.

Pénélope franchit la double porte à la seconde suivante. Elle prit note de l'aspect vaguement débraillé de Reyna et de la nonchalance de façade de Beckham.

— Harrington veut te parler. Je venais m'assurer que tout allait bien.

— Tout va bien, Penny, je t'assure.

— D'accord, murmura-t-elle avant de ressortir.

Reyna se plaqua la main sur la bouche. Ce qui venait d'arriver… par sa faute… était incroyable. Sans savoir au juste où en étaient Beck et Pénélope, il y avait fort à parier que se sauter dessus était une mauvaise idée. Si seulement il lui fournissait des réponses, au lieu de souffler tantôt le chaud, tantôt le froid !

— Il faut que j'aille voir mon boss, déclara-t-il froidement.

— Et c'est tout ? Le type qui avait juré ne plus jamais m'embrasser me saute dessus et prend le large ?

— Simple bavure, assura-t-il, glacial. Tes émotions à fleur de peau… flattent mes bas instincts.

— Ça n'a donc rien à voir avec un homme qui désire une femme ?

— Non, rien. Plutôt avec un animal que la chasse amuse. Le monstre qui est en moi essaie de prendre le dessus. Rien de plus.

Reyna secoua la tête et s'engagea vers la sortie. Elle en avait assez entendu. Arrivée au seuil, elle lui accorda un dernier regard.

— Je te plains sincèrement, si personne n'arrive à *te* procurer des émotions à fleur de peau. Entre le type content de lui et le monstre, mon choix est vite fait.

Chapitre 20

— Qu'est-ce qu'il fabrique ? marmonna Reyna, à bout de patience, en tapant du pied.

Elle rongeait son frein dans sa chambre depuis le début d'après-midi, à attendre le départ de Beckham. N'était-il pas censé aller bosser ? Ce temps mort ne lui ressemblait pas, et pourtant, il n'était toujours pas parti. Elle l'entendait remuer dans ses quartiers et l'ascenseur était resté muet.

Après qu'elle eut quitté le salon annexe, la veille au soir, Beckham l'avait rejointe et lui avait ordonné de l'attendre dans la voiture. Trente *longues* minutes plus tard, il avait enfin daigné la retrouver. Le trajet de retour s'était déroulé dans un silence tendu. Elle n'avait pas souhaité lui reparler de ce qui s'était produit… et lui pas davantage. Sitôt à l'appartement-terrasse, Reyna avait foncé dans sa chambre pour n'en plus ressortir.

Le pire qui puisse arriver, c'était qu'ils se retrouvent nez à nez dans le living, à échanger des banalités. Et Reyna était décidée à ne pas craquer la première.

Un bruit de pas, dans le couloir, la fit s'arrêter et contempler sa porte. Beckham s'était immobilisé de l'autre côté. Que faisait-il là ?

Il ne frappa pas. Ne dit pas un mot. Resta planté là, tout comme elle dans sa piaule. Aucun n'était désireux de briser la glace. La jeune femme se fichait de savoir si cela faisait d'elle une tête de mule. Il l'avait embrassée, puis laissée en plan, alors qu'il voyait une autre femme. Elle n'avait aucune raison de lui adresser la parole.

Beckham s'en alla au bout de quelques minutes, puis retentit le « ding » de la cabine, et elle se retrouva seule.

— Enfin.

Reyna, soulagée, ôta sa petite robe rose qu'elle balança sur la pile de vêtements sales. Elle se rendit dans son dressing et préleva une tenue normale dans sa cache. Sitôt vêtue d'un tee-shirt ample, d'un jean et chaussée de Converse, elle libéra ses cheveux et s'enfonça la casquette au ras des yeux. Son appareil photo rangé dans un sac à dos noir ordinaire, elle quitta à son tour le luxueux appartement.

Reyna envoya un SMS au chauffeur pour lui signifier qu'elle avait besoin de ses services. Son garde du corps, Philippe, l'attendait toute la sainte journée dans la voiture. Beckham devait les payer grassement à ne rien faire dans le cas où lui-même, ou Reyna, les sollicitent.

La voiture l'attendait devant l'entrée de l'immeuble, mais elle s'arrêta en voyant Everett. Il fit les yeux ronds en découvrant sa tenue.

— Reyna ?

Il n'était pas de service les deux ou trois fois précédentes où elle était sortie en tenue décontractée. Reyna s'était félicitée qu'il ignore tout de sa double vie : d'évidence traumatisé par son expérience de mort imminente, son ami voiturier n'osait presque plus poser les yeux sur elle. La jeune femme s'en serait voulu de lui refaire courir le plus petit risque.

— Oh salut ! dit-elle. Il faut que file…

Alors qu'elle se dirigeait vers la voiture, il lui emboîta le pas.

— Tu m'évites ou quoi ?

— Je… quoi ? Non. Bien sûr que non, répondit Reyna en lui lançant un regard hésitant. Au contraire, je pensais que c'était toi qui m'évitais.

— C'est à peine si on s'est recroisés, comment aurais-je pu t'éviter ?

— Eh bien… tu étais sérieux comme tout, la première fois que je t'ai revu au boulot. Tu m'as donné du « mademoiselle Carpenter ». Du coup, j'ai cru… que tu m'en voulais. Comme tes amis, quoi.

— Désolé. C'est à cause de mon boss, il me colle tout le temps depuis l'attaque. Il doit s'imaginer que je suis au bout du rouleau ! Enfin bref… je finis justement mon service. Je peux t'accompagner ? Il me tarde de savoir ce que tu maquilles dans ces fringues. Elles sont validées par Beckham ?

Reyna fit la grimace.

— Il m'arracherait sûrement la tête, s'il savait que je sors habillée comme ça.

— Pas au sens propre, j'espère.

Elle éclata de rire, ce qui lui fit un bien fou.

— Non, pas au sens propre.

— Alors, qu'est-ce que tu mijotes ?

— Bah… je m'occupe, rien de plus. (Elle sortit l'appareil photo de son sac.) En essayant de voir la ville sous une autre perspective.

— Trop cool ! Je peux venir ?

Reyna loucha sur son uniforme de voiturier : chemise blanche boutonnée, veston noir, pantalon à pince et mocassins.

— Ne te vexe pas, mais tu vas faire tache, là où je vais.

— Ah ha ! Voilà qui promet. Te bile pas pour ça, j'ai un change dans ma bagnole.

La jeune femme considéra la chose un instant. Beckham ne tenait pas à ce que ses clichés soient reconnus comme son œuvre, mais d'un autre côté, il n'y avait pas grand risque à convier Everett. À qui le voiturier de son immeuble irait-il le répéter ?

— Entendu, pourquoi pas ?

Reyna toqua à la vitre côté passager qui descendit avec lenteur.

— Oui, mademoiselle ?

— Je passe par l'arrière avec un ami. Vous passez nous y prendre dans quelques minutes ?

— Vous n'avez pas l'intention de filer sans nous, hein ?

Reyna leva les yeux au ciel.

— J'ai promis d'être sage et le parking à l'arrière du bâtiment est bien éclairé.

— OK. Cinq minutes.

Le gorille referma la vitre.

— Charmant, maugréa-t-elle en suivant Everett autour de l'édifice.

— Alors, qu'est-ce qui t'a poussée vers la photo ? demanda ce dernier.

— L'attaque, répondit-elle à voix basse en fixant ses chaussures. Elle m'a ouvert les yeux, même si j'avais déjà une mauvaise image de la ville. Beckham m'a fait cadeau de cet appareil, probablement pour éviter que je m'ennuie trop, et du coup, j'ai décidé de regarder les rues avec les yeux de ceux qui souffrent. Des gens comme moi.

— Des gens qui *étaient* comme toi…

— Le fait que je vive tout là-haut ne fait pas de moi quelqu'un que toi, tes amis ou quiconque devez mépriser. Je ne suis *pas* de leur milieu, et c'est ce que j'essaie de montrer dans mes photos. Cette réalité que personne ne veut voir, que ce soit chez Visage, chez les politiciens ou chez les gens friqués.

— C'est… c'est formidable, concéda-t-il.

Arrivé à sa Mustang, Everett y piocha sa tenue de rechange. Reyna le vit ôter veste et chemise, révélant au passage un torse alléchant. Elle se sentit rougir et s'empressa de se retourner.

— Oh ! désolée.

— Pas de souci, s'esclaffa Everett. Ne t'en fais pas. Parle-moi plutôt de tes photos, elles me rappellent ce blog dont tout le monde parle ces temps-ci.

— Un blog ?

Elle lui refit face. Il portait désormais un tee-shirt gris sans logo et un jean qui iraient très bien pour là où elle comptait l'emmener.

— Je vais tâcher de le retrouver sur mon téléphone.

La voiture de Beckham se rangea devant eux tandis qu'Everett procédait à sa recherche. Ils s'installèrent à l'arrière ; Reyna indiqua la destination au chauffeur. Son sujet du moment était un refuge pour sans-abri. Ses yeux s'embrumaient chaque fois qu'elle contemplait certains clichés, preuve, selon elle, qu'ils étaient porteurs de vérité.

— Ah ! je le tiens, triompha Everett en lui passant son téléphone. « Perspective ».

Reyna faillit lâcher le portable. Ses plus belles photos ! C'était Beckham qui avait choisi le nom du site, Perspective, quand il l'avait organisé pour elle. La jeune femme tomba des nues : le site était public ? Elle qui croyait avoir téléchargé et organisé ses photos sur une banque d'images privée…

— Et tu dis que des gens consultent ce blog ?

— Ben oui, dit-il, l'air interdit. Mais les photos ne sont pas signées. Beaucoup se demandent qui peut bien être leur auteur. Quelqu'un qui aime bien *Elle*, à coup sûr.

— Qui ça ?

On associe mes photos à quelqu'un dont je n'ai jamais entendu parler ?

— Tu es vraiment ignare en politique, hein ?

— Oui, admit-elle. Qui est cette *Elle* ?

Il posa un regard inquiet sur le chauffeur et le garde du corps.

— Quelqu'un… et quelque chose qui ne plaît pas à tout le monde. (Il se pencha vers elle en faisant mine d'ajuster la visière de sa casquette.) Je t'en dirai plus tout à l'heure.

Ayant saisi l'allusion, Reyna changea de sujet jusqu'à ce qu'ils arrivent en vue du refuge pour sans-abri. Son appareil photo en bandoulière, la jeune femme pénétra dans le foyer avec Everett.

— C'est bon, tu peux parler.

Il jeta un coup d'œil derrière eux : le garde du corps, faisant mine d'être invisible, se tenait à une distance respectable.

— *Elle* est le nom de code d'un mouvement rebelle opposé aux vampires et à Visage. Quand la société a vu le jour, il y a eu plusieurs manifs contre les boîtes gérées par des vampires et le baratin qui allait avec, dont Visage est aujourd'hui la plus importante. On a appelé ça la Rébellion d'*Elle* d'après la femme qui était à la tête du mouvement, et qui a péri lors d'une manifestation pacifique. Tout le monde a cru que ce serait la fin du mouvement, mais depuis, la rumeur affirme que des sympathisants se sont réunis sous la bannière d'Elle pour former une sorte d'armée clandestine. D'où les tags « *Elle* » qu'on voit dans les rues, ou le logo « L » entouré d'un cercle.

— Ça alors, murmura Reyna. C'est dingue. J'ai déjà vu ce logo.

— Oui. Il est partout. Les rebelles affirment que les vampires qui dirigent Visage ne se contentent pas d'être la première compagnie au monde. Mais qu'ils veulent *tout diriger*. Beaucoup disent aussi que ce sont ces mêmes suceurs de sang qui ont provoqué l'effondrement économique afin d'obliger les vivants à travailler pour eux. En mettant tout le monde aux abois, ils ont fait en sorte qu'on leur abandonne tous les pouvoirs.

Reyna n'eut crut pas ses oreilles. Des opposants… combattant Visage ? Bien que leur employée, elle eut chaud au cœur d'apprendre qu'il existait des gens en désaccord avec ce qui se passait.

— Et les gens pensent que l'auteur de ces photos est un sympathisant du mouvement *Elle* ? Pourquoi ça ?

Il ressortit son téléphone et lui présenta la dernière image du blog. *Son* dernier cliché. Everett les avait conduits à l'endroit exact du foyer pour SDF où la photo avait été prise.

— Parce que personne ne photographie les gens comme tu le fais, dit-il à voix basse.

— Je n'ai…

Reyna s'arrêta en début de phrase : inutile de nier, il avait deviné. Ses épaules s'affaissèrent. Son précieux anonymat venait de voler en éclats.

— Alors… c'est bien toi ?

La jeune femme se mordit la lèvre.

— Eh bien, j'ignorais tout de cette histoire de rébellion clandestine jusqu'à ce que tu m'en parles, mais… mais je partage leur opinion. Les gens crèvent en pleine rue dans l'indifférence générale. Visage, malgré son fric et son pouvoir, ne fait rien pour aider les pauvres. Tout ce qui les intéresse, c'est de se remplir les poches et de nourrir les siens. J'ai soif d'équité sans appartenir à aucun… mouvement.

Elle soupira et contempla les occupants de la salle, qui illustraient à la perfection ce qu'elle venait d'énoncer.

— Je veux juste permettre aux miens d'échapper à ça. C'est tout ce qui m'importe.

— On en est tous là, dit-il en acquiesçant.

— Trouvons-nous un autre endroit, proposa Reyna, peu encline à refaire une prise de vues dans ce foyer au cas où quelqu'un essaierait d'en savoir plus sur le sympathisant mystère du mouvement *Elle*.

À la façon dont Everett en avait parlé, il y avait fort à parier que les huiles de chez Visage se fâchent en découvrant que c'était elle, la fameuse photographe.

— J'ai une idée qui pourrait t'intéresser, dit-il, un sourire narquois aux lèvres.

Les yeux de Reyna pétillèrent.

— Chic ! Une idée !

Il éclata de rire.

— Ton garde du corps risque de ne pas apprécier…

— Tant pis pour lui ! Allons-y, s'écria-t-elle, tout excitée.

Dès qu'ils furent de nouveau dans la voiture, Everett communiqua une adresse située presque à l'exact opposé. Très éloignée des quartiers que Reyna connaissait. Elle redouta que le gorille oppose son veto en prétextant que c'était trop dangereux, mais il n'en fit rien. Pas plus que le chauffeur. La traversée de la ville s'effectua en silence.

Ils sortirent du véhicule, l'appareil de Reyna à l'abri dans son sac ; Everett indiqua au chauffeur un endroit où se garer. Le garde du corps les suivit à distance tandis qu'ils longeaient trois pâtés de maisons.

— Pourquoi s'être arrêtés si loin du but ? demanda la jeune femme alors qu'ils arrivaient devant un grand entrepôt qui lui rappela son quartier.

— Parce que débarquer ici à bord d'une Town Car, c'est un coup à se faire suriner, murmura-t-il.

Reyna réprima un frisson et suivit son ami d'aussi près que possible. Arrivés à l'entrée du bâtiment, ils franchirent une porte gris ardoise. Un type immense et tout en muscles s'interposa avant qu'ils aient fait dix pas.

— Ni armes à feu, ni crocs, ni grabuge. C'est la règle à la Halle Ferrier.

Le malabar les palpa en vitesse, vérifia le contenu du sac de Reyna puis les laissa entrer.

— Pas si vite, mon pote, dit-il en arrêtant le garde du corps. J'ai dit « pas de crocs ». T'es sourd ?

L'intéressé lui lança un regard noir puis produisit une carte sortie de son portefeuille. Le videur hocha la tête après l'avoir l'examinée.

— C'est bon. Mais si tu fais des ennuis, sache qu'on a autorité pour te neutraliser par tous les moyens, menaça le costaud.

— Pigé.

Le second seuil franchi, Reyna eut toutes les peines du monde à garder sa bouche fermée. Everett l'avait prévenue que le lieu serait un brin différent… mais ce qu'elle vit dépassait l'imaginable. Un espace immense avec, en son centre, un ring surdimensionné. Les deux individus qui s'y affrontaient n'étaient vêtus que de shorts moulants tandis qu'une foule énorme acclamait les combattants. Les seuls détails notables étaient un tableau d'affichage bricolé, sur l'une des parois, et un guichet pour les parieurs.

— Où sommes-nous ? demanda-t-elle, déjà tenaillée par l'envie de sortir son appareil.

— À la Halle Ferrier. Le truc appartient à un caïd irlandais. Mais tout le monde appelle cet endroit l'Enfer, ajouta-t-il, parce que c'est là que finissent la plupart des combattants.

— Restez près de moi, conseilla le gorille. Si ça tourne mal, faudra qu'on dégage en vitesse.

— Entendu, convint-elle en levant les yeux au ciel.

C'était déjà tendu d'avoir un garde du corps avec soi dans un endroit pareil, et en plus, il fallait qu'elle le colle ! Pas question, décida-t-elle. Qu'il se débrouille.

— Suis-moi, lança Everett fort à propos en l'entraînant dans la foule compacte.

Le public était très varié. Pour partie des sans-abri, comme ceux qu'elle photographiait dans la rue ; d'autres en costume, certes moins richement vêtus que Beckham, mais clairement à leur aise, et qui acclamaient les combattants aussi bruyamment que les autres. Et enfin quelques-uns qui lui rappelèrent ses frères : ni riches ni pauvres à l'extrême. Reyna lut dans leurs yeux qu'ils étaient là pour oublier un temps leur quotidien harassant. Cette lueur-là, elle l'avait vue maintes fois dans le regard de Brian et de Drew, mais avec leur petite sœur qui les attendait à la maison, ils n'avaient jamais eu l'occasion d'assister à ce type d'événement. Elle se prit à espérer qu'ils restaient dans le droit chemin en son absence.

Une douleur enfla dans sa poitrine. C'était bien de penser à eux. Ne jamais les oublier était aussi crucial que difficile. L'argent qu'elle gagnait servait à quelque chose, bien sûr, mais elle était terrifiée à l'idée de voir un jour leurs visages s'effacer de sa mémoire.

Mieux valait ne pas y songer pour l'instant. C'était se torturer pour rien.

Everett les avait conduits au milieu de la foule, un peu à l'écart, et un type se présenta pour lui demander s'il souhaitait placer un pari. Le voiturier lui tendit un billet de cinq dollars qu'il misa sur le perdant.

— Comme vous voudrez, déclara l'homme. Et la petite dame ?

Elle secoua la tête. Reyna n'avait pas de liquide sur elle, et brandir une carte noire risquait d'attirer l'attention.

— Non merci.

Dès qu'il fut parti, elle se pencha vers Everett.

— Tu as parié sur le maigrichon ? Pourquoi ?

— Observe.

Elle ne se fit pas prier. Ignare en matière d'arts martiaux, elle suivit les mouvements des combattants comme on observe une chorégraphie. Le plus grand des deux était aussi plus lourd et plus fort. Tout en muscles, il enchaînait les assauts avec une maîtrise de vétéran endurci. Le plus petit, en revanche, était vif comme l'éclair. Il esquivait ou bloquait puis ripostait au moment où le colosse s'y attendait le moins. Cela étant, il était manifeste que le costaud allait l'emporter d'une minute à l'autre.

Reyna sortit son appareil avec précaution et observa les boxeurs en zoomant dessus. Elle prit photo sur photo, s'efforçant de voir le combat avec les yeux d'Everett.

Tout bascula en un instant.

Le plus petit et frêle ricana. Reyna, ravie, captura cet instant fugace, certaine de tenir l'un de ses meilleurs clichés. Ce gars-là jouait avec son adversaire. Il faisait tout pour avoir l'air d'être à deux doigts de perdre, afin que sa victoire à venir n'en soit que plus éclatante.

— Il joue au chat et à la souris, murmura-t-elle.

— Absolument. Ça se voit à son jeu de jambes.

— Non. Dans son regard et son sourire.

Elle dézooma et prit une photo en plan large de la foule, de la salle, du sentiment de désespoir qui y régnait.

Se concentra sur les cris rageurs d'une femme alors que toute l'assistance braillait son mécontentement. Coup d'œil sur le ring : le grand type gisait sur le ventre, le visage en sang. L'autre s'acharnait. Il continua à cogner jusqu'à ce qu'on l'arrache à sa victime.

Un mouvement de foule vers l'arène faillit faire lâcher son appareil à Reyna. Elle le remisait dans son sac quand Everett se saisit d'elle par un coude.

— Que se passe-t-il ? vociféra-t-elle.

— Beaucoup de parieurs ont perdu. Tirons-nous d'ici, et vite.

Elle chercha des yeux son garde du corps. Trop loin. Mieux valait se laisser guider par Everett jusqu'à un abri. La jeune femme perdit le gorille de vue, puis ne se préoccupa seulement que de ne pas se laisser décramponner. Des bagarres éclataient partout autour d'eux. Les gens étaient furieux d'avoir perdu gros en misant sur le mauvais cheval. Le vacarme enfla jusqu'à l'insupportable, puis des vigiles accoururent, armés de matraques, de Taser et d'armes à feu.

Reyna et Everett franchirent en courant une porte non surveillée qui, selon elle, devait déboucher dehors, mais qui donnait sur un escalier. Le voiturier s'élança sans hésiter et gravit les marches deux par deux. Reyna fut contrainte de le suivre. Elle avait le souffle court quand ils arrivèrent sur une plate-forme d'où partait un long couloir.

— On est où ?

— À l'étage des bureaux, je dirais, déclara Everett. Trouvons une pièce où nous planquer le temps que ça se tasse.

— Mon ange gardien va péter les plombs…

Everett haussa les épaules, un sourire aux lèvres.

— C'est chouette, non, d'être libérée de lui ?

La jeune femme rit malgré elle. Après sa frayeur au milieu d'une foule déchaînée, ses nerfs craquaient un peu.

— Assez, oui. (Elle poussa la première porte.) Ici, ça ira ?

Elle franchit le seuil, tâtonna, trouva l'interrupteur, fit la lumière… et resta bouche bée.

— Hein ?

Chapitre 21

— Ouah ! s'exclama Everett, entré après elle.

— C'est quoi, tout ça ? voulut savoir Reyna.

Entièrement blanche, la salle était aussi propre que l'hôpital de Visage où la jeune femme avait subi son examen d'entrée. Le long du mur, des caisses grises étaient empilées sur un mètre de haut, remplies de poches de sang. Un dispositif étrange, sur la paroi opposée, consistait en un goutte-à-goutte du plafond au sol, avec une première rangée de poches coulant dans une deuxième, elle-même coulant dans une troisième. Un bourdonnement sourdait des machines chargées du processus.

— J'en avais entendu parler, mais je n'y croyais pas, murmura-t-il.

— Tu ne croyais pas à quoi ?

Il se tourna vers Reyna, les traits tirés.

— À l'existence de banques de sang pour le marché noir.

— C'en est une ? demanda-t-elle, abasourdie.

La jeune femme sortit son appareil. Il fallait qu'elle prenne la salle en photo pour en garder un souvenir précis. Mais comme son site était public, il n'était pas question d'y télécharger l'image. Reyna la garderait par-devers elle.

— Une rumeur… tu parles ! Ça me paraissait impossible, qu'on fasse un truc pareil.

— Qui ça, « on » ? demanda-t-elle, soudain inquiète, en baissant son appareil pour le dévisager.

— Va savoir. Visage a le monopole du sang destiné aux vampires. Les gens qui ont monté cette opération doivent leur en vouloir. Ça pourrait être des activistes d'*Elle*.

Reyna pâlit.

— Mieux vaut filer. Je ne veux pas y être mêlée, ne serait-ce que par accident. En plus, si ça se trouve, on nous observe…

Elle scruta la salle en quête d'une caméra de surveillance, mais l'alignement de goutte-à-goutte lui compliquait la tâche. En outre, contempler tout ce sang lui flanquait les jetons. Que d'aiguilles il avait fallu planter…

— Sortons d'ici, et vite.

— Entendu. Allons-y.

Reyna remisa son appareil, puis ils ressortirent dans le couloir. Un homme en manteau blanc et deux infirmières sortirent d'une pièce voisine.

— Hé ! cria l'homme. Qu'est-ce que vous faites ici, vous deux ?

— Désolé, répondit Everett en s'efforçant de calmer le jeu, on s'est perdus.

— Sécurité !

— Traçons, pressa Everett en la reprenant par la main et en l'entraînant dans l'escalier.

Un type leur courut après, au fil d'une première volée de marches puis d'une autre. Reyna était à bout de souffle quand ils arrivèrent au rez-de-chaussée. Son compagnon de fuite ouvrit une porte d'un coup d'épaule. La jeune femme, désorientée, vit qu'elle débouchait sur la rue. Où étaient-ils ? Cette porte était censée donner sur l'entrepôt…

L'heure n'étant pas à tergiverser, elle suivit Everett, d'autant que leur poursuivant paraissait ne pas avoir aimé qu'ils aient fait irruption dans la banque de sang. Où courait Everett ? Dans une direction précise, ou au petit bonheur dans l'unique but de semer l'autre affreux ? Quelques rues plus loin, il l'attira dans un renfoncement minuscule et lui plaqua une main sur la bouche.

Le vigile passa en courant sans les voir. Une longue minute après, quand il fut établi qu'il ne reviendrait pas tout de suite, il consentit à la lâcher.

— Suis-moi, dit-il avant d'ouvrir une petite porte et de grimper deux étages.

— Où on est ? Je suis paumée, avoua-t-elle, haletante.

Il ouvrit la première porte sur la droite.

— Dans ma tanière.

Ils entrèrent dans un petit appartement. Il s'empressa de refermer.

— C'est ici que tu vis ?

Il hocha la tête, le feu aux joues.

— C'est pas grand-chose, mais c'est chez moi.

Ce n'était pas grand-chose, en effet. Reyna s'était dit qu'un garçon tiré à quatre épingles au boulot et propriétaire d'une belle voiture devait résider dans un quartier plus fréquentable. Leur courte cavalcade n'avait pas pu les éloigner beaucoup du coin sordide où la Town Car les avait déposés.

— Tu vis seul ?

— Oui. Enfin… il y a aussi Hopper, dit-il alors qu'un chien accourait de la chambre et fonçait droit sur Everett.

Un large sourire aux lèvres, le jeune homme souleva la petite boule de poils qui lui lécha la figure.

— Ooooh, qu'est-ce qu'il est mignon ! roucoula-t-elle.

— Tiens, porte-le. Il est très sociable.

Everett lui passa le chien et Reyna se laissa choir dans son canapé. Hopper lui donnait des coups de tête chaque fois qu'elle cessait de le caresser. La jeune femme apprécia ce moment de détente après ce quart d'heure frénétique.

C'était à peine croyable : ils avaient assisté à un combat clandestin, échappé à une bagarre générale, découvert par hasard une banque de sang tout aussi clandestine, puis un vigile patibulaire les avait coursés.

— Quand tu m'as parlé d'un endroit pas ordinaire... je ne m'attendais pas à ça.

Le jeune homme soupira et s'affala à côté d'elle.

— Moi non plus. Jamais je ne t'aurais emmenée là si j'avais su ce qui allait se passer.

— Que comptent-ils faire de ce sang, d'après toi ?

— Le vendre ? hasarda-t-il. Mais la vraie question, c'est surtout : comment l'ont-ils obtenu ?

Reyna frissonna.

— Brr. Je préfère ne pas y penser.

— Et c'est aussi bien ! Efforce-toi d'oublier ce qui vient de se passer. Tu n'as pas besoin d'être mêlée à ce genre d'histoire, tes problèmes te suffisent.

— Et toi ?

Il esquissa un sourire.

— Je suis trop malin pour m'immiscer dans ces affaires-là. Contrairement à certains de mes amis, je ne pense pas que tous les vampires soient des affreux par nature.

— Très juste. Tout comme nous autres vivants ne sommes pas tous des gentils.

— Absolument.

Ils restèrent assis sans rien dire jusqu'à ce que Reyna ait pleinement retrouvé son souffle. Dans son état d'épuisement, tant physique que nerveux, elle craignait de tourner de l'œil.

— J'aime bien ta tanière, murmura-t-elle d'une voix endormie.

Il éclata de rire.

— M'est avis que c'est pas mal pourri, par rapport à l'appartement où tu vis !

— Je m'y sens plus à l'aise, rétorqua-t-elle. J'ai grandi dans le quartier des Entrepôts.

— Ah bon ? fit Everett, embarrassé. C'est pas mal dur, à ce que j'ai entendu dire…

— Ça l'est un peu partout. Mais au moins, chez moi, j'avais mes frères. Ils rendaient le quotidien supportable.

— Où sont-ils, à présent ?

— Toujours là-bas.

Sentant les larmes affluer, elle s'empressa de s'essuyer les joues.

— Ils me manquent tellement… J'ai l'impression de les avoir quittés depuis une éternité.

— Mais tu vas bientôt les retrouver, non ? C'est bien comme ça que marche le programme ? Un mois, une semaine de pause, et tu changes de mécène ?

Reyna ferma les yeux et déglutit avec peine.

— C'est comme ça que ça fonctionne normalement, sauf que je fais partie d'un nouveau programme. La paie est meilleure et les sujets vivent indéfiniment avec le même mécène.

— Hein ? s'étonna Everett, médusé. Ils ont le droit de faire ça ?

— C'est déjà en route. Je suis censée vivre avec Beckham jusqu'à… jusqu'à je ne sais quand. Indéfiniment.

Everett resta coi sous l'effet du choc, ce qui permit à Reyna d'entendre son portable vibrer au fond de son grand sac. Elle le récupéra et poussa un soupir en découvrant que l'appel émanait de Beckham.

— Aïe ! C'est Beckham. Désolée.

— Tout est ma faute. Je n'aurais pas dû t'inciter à semer ton ange gardien.

— Comme si j'avais vraiment besoin d'en avoir un, grommela-t-elle.

— Va dans la chambre, proposa-t-il en désignant la porte derrière lui.

— Merci.

Elle entra dans la chambre et décrocha.

— Allô ?

— Reyna ! s'exclama Beckham, le souffle court. Où es-tu ? Qu'est-ce qui s'est passé ? Tu vas bien ?

— Oui, ça va.

— Tu as fait exprès de semer ton garde du corps.

— C'est vrai, avoua-t-elle tout bas. Je sais que c'est contraire aux règles, mais je n'ai pas vraiment eu le choix.

— Bordel de merde… Voilà pourquoi je ne veux pas que tu te retrouves dans des endroits où tout peut arriver.

Il paraissait sincèrement inquiet, et non en colère comme elle s'y était attendue.

— Enfin, l'essentiel est que je sois indemne, non ?

— Où es-tu ? J'ai perdu ta trace à la Halle. Les organisateurs de combats n'étaient pas ravis de me voir arriver.

Il s'était rendu jusqu'à ce quartier merdique… pour elle ?

— Dis-moi où tu es, merde ! La dernière fois que tu m'as fait un coup pareil, tu as failli y passer.

— Je suis chez Everett, finit-elle par admettre.

Elle avait rechigné à le lui dire parce qu'elle lui en voulait. Si elle lui avait demandé la permission de partir en virée avec Everett, il aurait posé son veto. Comme pour tout ce qu'elle entreprenait.

— Tu es chez un autre ?

La moutarde lui monta au nez.

— Oui, figure-toi ! Parce que tu te prives d'aller chez *Penny*, peut-être ? vociféra-t-elle en appuyant sur le surnom de sa rivale.

— Ça ne te regarde pas.

— Ce que je fais non plus !

— Tu es sous ma responsabilité. Nuance. Envoie-moi l'adresse par SMS, que je puisse passer te chercher.

— Et si je refuse ?

Il marmonna quelques mots choisis dans sa barbe avant de reprendre.

— J'ai les moyens de savoir où il vit. Ne m'oblige pas à en arriver là.

— Menaces en l'air, maugréa la jeune femme.

— Ne me mets pas au défi, petite chose.

Reyna eut de nouveau un coup de faiblesse. Vidée par cet après-midi plus mouvementé que prévu, elle n'avait qu'une envie : se rouler en boule sur son lit et dormir.

— Entendu, je demande à Everett.

Elle raccrocha et retourna au salon.

— Tu as entendu ?

Il la dévisagea, l'air penaud.

— Oui. Désolé. Tout roule ?

— J'imagine, dit-elle en haussant les épaules.

— Tu sais… Tu peux rester ici, si tu veux.

— C'est très gentil à toi, mais non merci.

Elle ne pouvait pas faire ça. Cela reviendrait au même que lorsqu'elle vivait avec ses frères. Incapable de décrocher un autre job, Reyna retournerait au statut peu enviable de bouche à nourrir. Beckham, au moins, était apte à prendre soin d'elle, et le salaire qu'elle touchait aidait Brian et Drew.

— D'accord…

— Ça n'a rien à voir avec toi, je t'assure. Il faut que j'aide ma famille, et ce boulot y contribue beaucoup. Ah ! j'aurais besoin de ton adresse…

Elle lui passa le portable. Il y saisit ses coordonnées complètes.

— Un grand merci pour cet après-midi excitant. Au fait ! Ta voiture ! On te dépose ?

— Non merci, s'empressa-t-il de répondre. C'est-à-dire… que je n'ai pas très envie de revoir Beckham juste après avoir remis ta vie en danger. C'était déjà très cool de sa part, de me sauver la peau et de payer les frais d'hospitalisation… Je ne suis pas chaud pour qu'il m'y renvoie ! T'inquiète, je prendrai le métro, ou quelqu'un d'autre me conduira là-bas.

— OK. Désolée pour tous ces ennuis.

— C'était sympa, cette petite virée. Le danger te suit où que tu ailles, mais bon, où est le fun, quand il n'y a aucun risque ?

Elle éclata de rire puis lui donna l'accolade.

— À une prochaine. Bye.

Quand elle déboucha dans la rue, la Lincoln de Beckham l'y attendait déjà. Le chauffeur lui ouvrit la portière ; elle se glissa dans l'habitacle plongé dans l'obscurité avec un soupir.

La moitié du trajet s'effectua sans que Beckham ouvre la bouche. Les yeux rivés sur son foutu écran de téléphone, l'avait-il seulement vue monter à bord ?

— Heureux de te savoir en un seul morceau, lâcha-t-il tout à trac.

— Mouais, répondit-elle sans cesser de contempler le paysage.

— Tu es contente des photos que tu as prises ?

La jeune femme repensa aux clichés qu'elle avait réalisés et sourit.

— Je crois, oui.

Profitant de ce qu'elle était tournée vers la vitre, le beau ténébreux lui ôta sa casquette de baseball. Elle avait oublié qu'elle la portait encore et pivota vers lui, surprise, tandis qu'il dénouait sa queue-de-cheval et passait la main dans ses mèches sombres pour les faire bouffer.

— Tu n'es jamais ressortie de ta chambre.

— En effet, dit-elle, la gorge serrée.

— Je t'ai attendue.

— Pourquoi ? s'étonna la jeune femme.

Il était fâché après elle, Reyna encore plus après lui… sans parler des signaux contradictoires qui la rendaient folle.

— Je ne sais pas trop, avoua-t-il. Je crois que ça m'a paru mal de te laisser en plan comme je l'ai fait.

— Ah, bredouilla Reyna faute de mieux.

— Puis j'ai appris où tu étais, ce qui s'y passait…

Il lui apparut presque… vulnérable à cet instant, quand bien même le terme avait quelque chose d'incongru pour décrire le colosse assis à côté d'elle.

— Si je t'avais sue curieuse de ce type d'événement, reprit-il, je t'y aurais conduite.

— Sans blague ? demanda-t-elle, estomaquée. Tu m'aurais emmenée assister à un combat clandestin ? Mais… on te laisse entrer, dans ce genre d'endroit ?

Beckham éclata de rire comme s'il venait d'entendre la meilleure de l'année. Un rire électrique, plein de vie, qui illumina toute sa physionomie… Un court instant, la jeune femme eut un aperçu du passé. Le Beckham d'avant la transformation, avant que le monstre prenne les rênes et se ferme à toute forme de sentiment. Que ne donnerait-elle, pour le revoir ainsi !

— Aucun endroit ne m'est interdit. Il te suffisait de me le demander.

— Pardonne-moi, Beck, mais je suis dans mes petits souliers, chaque fois que je dois te demander un truc. J'ai l'impression de parler à un mur…

— Je sais. Je ne suis pas facile à vivre.

Elle hocha la tête tout en fronçant les sourcils. Ce qu'il venait de dire était à la fois vrai et faux : Beckham pouvait parfois se montrer très accommodant. À condition qu'il baisse sa garde. Et qu'il ne cache pas sa relation avec une autre femme. Reyna avait très envie de lui arracher les yeux… d'autant plus quand il l'embrassait malgré cela… tout en ayant conscience qu'elle n'avait aucun droit sur lui.

La jeune femme était tentée d'entretenir la colère qui était sienne chaque fois qu'il la rejetait. Elle n'avait aucune envie d'être abusée tandis qu'il sortait avec une autre, mais ne souhaitait pas davantage qu'il la délaisse. Elle aimait être auprès de lui. Appréciait sa compagnie. Même quand il faisait la gueule, et bien qu'elle ne sache jamais à quoi s'en tenir.

Dès qu'elle se plongeait dans le regard couleur de nuit du beau ténébreux, ils étaient enveloppés d'un sort qu'elle se refusait à chasser.

— Tu m'emmènes ? murmura-t-elle.

La température monta d'un cran bien qu'elle n'ait pas ajouté « au septième ciel », peut-être parce qu'au ton employé, il était criant qu'il n'était pas question de photographie. Pour désireuse qu'elle soit de lui fermer son cœur, Reyna sentait bien que son corps était ouvert à toute proposition. La banquette arrière lui parut soudain brûlante ; le faible espace qui les séparait se chargea d'énergie sexuelle.

Las, Beckham détourna les yeux et contempla son foutu téléphone. La jeune femme poussa un soupir étranglé puis tenta de se ressaisir.

Bon sang ! Beckham…

— Au fait, dit-il, je peux savoir d'où tu sors une tenue pareille ?

Chapitre 22

Beckham autorisa Reyna à conserver ses frusques. Alors qu'elle s'était attendue à ce que tee-shirts amples, jeans et Converse aient disparu le lendemain, tout était à sa place dans le dressing. Mieux : l'ensemble avait été lavé et repassé.

Cela étant, depuis que Beckham était passé la chercher, Reyna n'était plus retournée en ville. Elle s'y savait *autorisée,* mais attendait qu'il l'y conduise. Cette perspective l'excitait. Beck ne faisait jamais rien qui sorte de son planning et qu'il n'ait pas envie d'entreprendre. Et s'il avait vraiment l'intention de lui faire découvrir un aspect de la ville qui, selon lui, valait la peine d'être photographié, elle était sûre que ce serait intéressant. En outre, l'idée de passer du temps avec son mécène, loin de son travail, de ses épouvantables collègues et de Pénélope, était… alléchante.

La jeune femme patienta en étudiant avec soin les clichés qu'elle avait pris lors de la virée avec Everett. Elle posta quelques images du combat sur son site en se demandant avec angoisse si quelqu'un allait réellement les consulter.

Sa photo préférée était le gros plan du plus petit des combattants. Les traits, d'une netteté absolue, mettaient en valeur le rictus de défi. Quel parfait témoignage : les émotions humaines résistant contre vents et marées à la noirceur du monde. Il n'était pas vain d'espérer.

Même si, de toute évidence, Reyna n'était pas l'exemple à suivre. Visage n'était porteur d'aucun espoir : tout au plus était-ce un pis-aller, un camouflage des nombreux maux dont souffraient tant de gens.

Le « ding » de l'ascenseur l'arracha à ses idées sombres. Elle s'empressa de fermer toutes les images ouvertes sur son ordinateur. Les clichés du combat disparurent, bientôt suivis par ceux de la mystérieuse banque de sang. La jeune femme avait pris soin d'archiver ces dernières dans un dossier séparé et verrouillé, il n'était pas question de les mettre en ligne.

Beckham ouvrit sans frapper. Reyna, surprise de le voir débarquer dans sa chambre si tard, rabattit le capot de son portable. Elle n'était vêtue que d'un minuscule short en soie et d'un débardeur. Cette tenue de nuit avait beau la couvrir davantage que les robes qu'elle portait d'ordinaire en sa présence, elle eut le sentiment d'être presque nue.

— As-tu téléchargé des images ailleurs que sur le site que je t'ai fourni ? demanda-t-il tout de go.

Assise sur son lit, elle changea d'appui avant de répondre.

— Non.

— Où sont-elles archivées ?

— Dans un dossier de mon disque dur et en ligne. Pourquoi, il y a un problème ? C'est toi qui m'as dit de faire ainsi…

— Non, tout va bien. Mais ne les montre jamais à personne.

Reyna soupira.

— C'est que… j'ai fait certaines photos en présence d'Everett. Il était avec moi, à la Halle Ferrier, et aussi au foyer pour sans-abri.

— Tu lui as dit que les photos du site sont de toi ?

Le ton était si brutal qu'elle sursauta. Ce n'était pas sa faute si Everett l'avait percée à jour, quand même !

— Il a deviné.

Beckham se passa la main sur le front puis fit les cent pas dans sa chambre, les poings serrés le long du corps. L'air prêt à cogner quelque chose… ou quelqu'un. Pourquoi était-il à ce point en pétard ? Elle n'avait rien dit à Everett qui avait trouvé tout seul. C'était totalement fortuit et sans gravité aucune, à sa connaissance.

— Je m'en vais lui toucher un mot, déclara-t-il, l'air déterminé. Il ne faut surtout pas qu'on fasse le lien entre toi et ces photos.

— J'avais compris, merci, mais je vois mal Everett raconter ça à quiconque. Et à qui, d'abord ?

— Le risque est trop gros.

— Pourquoi tu flippes ? Il se passe quoi ?

Reyna descendit du lit et lui barra la route. Elle commençait à avoir peur. Il était arrivé quelque chose ? Un événement en lien avec la rébellion dont Everett lui avait parlé, peut-être ? Elle ne voulait pas faire de tort à Beckham… même s'il y avait lieu de se féliciter si ses images faisaient des vagues.

— Rien. Il ne se passe rien. Je tiens juste à assurer ta protection.

Il s'écarta d'elle, visiblement secoué, ce qui ne fit qu'accentuer les craintes de Reyna.

— Tu te souviens, quand je t'ai dit qu'une photo vaut mieux qu'un long discours ? Le souci, c'est que tout le monde ne met pas les mêmes mots sur une image. Certains clichés peuvent de ce fait être dangereux.

Reyna ne bougea pas un muscle et s'efforça d'imaginer en quoi ses photos pouvaient faire flipper quelqu'un comme Beckham. Si elles l'inquiétaient à ce point, pourquoi l'autorisait-il à les conserver ?

— Il faut que j'arrête d'en publier ?

— Elles te plaisent ?

Elle hocha la tête.

— Oui, beaucoup. Elles donnent du sens à ma vie.

Il parut hésiter avant de trancher.

— Très bien. Dans ce cas, tu continues.

— Je peux te poser une question sans que tu te mettes en colère ?

Beckham plissa les yeux.

— OK, vas-y…

Reyna prit une profonde inspiration avant de se lancer.

— C'est… en rapport avec la rébellion ?

Le beau ténébreux se figea dans une immobilité de statue. Puis il la dévisagea sans qu'elle sache au juste ce qu'il cherchait à deviner.

— Quelle rébellion ? relança-t-il, sur ses gardes.

— *Elle*, dit-elle simplement. (Il arqua les sourcils.) J'ai entendu parler de ce mouvement de résistance à Visage.

— Où ça ?

— C'est important ?

— Oui. Pendant le combat, à la Halle ? Tu as vu quelqu'un ou quelque chose d'inhabituel ?

Elle détourna les yeux. Il n'était pas question de lui parler de la banque de sang. Si *Elle* existait vraiment, Beckham, de toute évidence, était dans le camp de Visage : vice-président de la boîte, cela tombait sous le sens. Peu importait qu'il soit différent des autres vampires qu'elle connaissait dans les hautes sphères de la compagnie. Qu'il puisse envisager de renoncer à son statut était absurde, le pouvoir rendait les gens affamés et avides. Deux domaines dans lesquels les suceurs de sang étaient experts.

— Tu veux dire hormis le combat de boxe, l'hystérie du public et le fait qu'il ait fallu fuir ? Ma foi non. Tout le reste était normal.

Beckham la fusilla du regard.

— Qui t'en a parlé, alors ?

Reyna se mordit la lèvre avant de répondre.

— Everett. Il a prétendu que mes photos pourraient servir la cause de la rébellion *Elle*, un truc dans le genre. Qu'elles illustraient à merveille les difficultés vécues par l'espèce humaine. Mais je n'ai rien d'une rebelle. C'est vrai, quoi, je vis chez toi, salariée de Visage. Jamais je ne ferai rien qui puisse nuire à la société. Les petites gens ont besoin d'aide, d'accord, mais ça n'a rien à voir avec l'idée de s'en prendre à Visage. La compagnie fait œuvre utile. Je me dis simplement qu'il faudrait imaginer un moyen de… de venir en aide à tous ceux qui ne travaillent pas pour Visage… OK, je m'arrête là, dit-elle en prenant conscience qu'elle commençait à radoter.

Beck resta un moment sans répondre. Il passa une main dans ses cheveux sous l'effet de la frustration, comme quelqu'un qui ne sait pas par quoi commencer. Son indécision était palpable.

Misère, songea-t-elle, pourquoi en étaient-ils arrivés là ? Quand Beckham lui avait offert l'appareil photo, elle n'avait pas imaginé un instant que ses photos seraient rendues publiques. Le pouvoir d'Internet était infini…

— Habille-toi, dit-il brusquement. On parlera en route.

— En route vers où ?

— Tu verras. N'oublie pas ton appareil.

Là-dessus, il sortit en trombe de sa chambre. Quand cesserait-il de courir ?

Reyna ôta son pyjama avant d'opter pour une robe noire dénudée dans le dos et des escarpins à talons rouges. Un jean et des Converse auraient été plus confortables, mais quand Beckham lui ordonnait de « s'habiller », il n'en était pas question. Qu'elle garde ses fringues décontractées était une chose. Qu'elle en soit vêtue en sa compagnie en était une autre.

Au moins était-elle habituée à porter des talons hauts, désormais.

Ils quittèrent peu après l'appartement-terrasse et grimpèrent dans la Town Car de Beckham. Le chauffeur les conduisit au fil de rues sombres, comme bouclées pour la nuit.

Reyna avait le trac. Où l'emmenait-il ? Qu'avait-il à dire à propos de la rébellion ? Elle s'était attendue à ce qu'il se referme comme une huître, voire à ce qu'il se mette en rogne. De ce fait, il tardait à la jeune femme de le voir s'expliquer.

— Tu n'es pas bavard, on dirait…

Beckham regardait droit devant lui. La jeune femme, qui ne le quittait pas des yeux, vit s'affaisser les commissures de ses lèvres.

— Et toi, tu n'as pas su rester silencieuse plus de trois minutes.

— S'il fallait que j'attende que ce soit toi qui parles le premier, ça pourrait durer des jours…

— Le silence m'évite d'agir sous le coup de l'émotion, dit-il en portant sur elle un regard accusateur.

Reyna fit l'innocente. Elle, impulsive ? Jamais de la vie !

Au terme d'une autre minute sans mot dire, Beckham reprit.

— J'ai longtemps agi sans réfléchir, et puis j'ai décidé de cultiver cette patience nouvelle qui me permet de protéger mon entourage.

— En quoi le silence protège-t-il les gens ? Il les tient à distance, surtout.

— C'est l'idée, justement, asséna-t-il. Tout le monde a intérêt à garder ses distances.

— Tout le monde ? répéta-t-elle en se penchant vers lui malgré elle.

Comment pouvait-il penser ça ? Que lui était-il arrivé, pour qu'il tienne tant à se tenir à l'écart des gens ?

— Oui. Il est hautement souhaitable que je réfrène mes penchants.

— Parce que ça t'arrive d'y donner libre cours ?

— Parfois, oui.

Il posa les yeux sur son corps et s'arrêta sur sa bouche. Reyna se crispa, toute au souvenir de leurs étreintes qu'elle n'arrivait pas à chasser de son esprit. Même furieuse après lui, la jeune femme avait la chair de poule en songeant à la douceur de ses lèvres. Encore, encore ! Elle en rêvait, telle une toxico obnubilée par la dose à venir. Comment s'y prenait-il pour lui faire un effet pareil ? Mystère. Qu'elle enrage ou non, plus rien d'autre ne comptait chaque fois que la fièvre s'emparait d'eux.

— Sois heureuse que j'aie appris à me maîtriser. Dans le cas contraire, de nombreux mortels auraient eu le cou déchiré.

Reyna en resta bouche bée. Que répondre à cela ? Elle se replaça face au dossier du siège avant et poussa un « Oh ! » étouffé.

La Lincoln s'arrêta enfin devant un immeuble outrageusement haut, en lointaine banlieue. Le faubourg, bien plus excentré que tout ce que Reyna avait visité jusqu'ici, était étonnamment cossu. Elle ignorait l'existence de tels quartiers chics en dehors du centre-ville. L'obscurité qui régnait dans la rue était totale ; même le gratte-ciel était sombre. Il avait l'air fermé, mais Beckham avait affirmé qu'aucun lieu ne lui était interdit d'accès.

Il l'aida à sortir du véhicule, puis elle le suivit jusqu'à l'entrée. Reyna tenta vainement de jeter un coup d'œil à l'intérieur : soit les vitres étaient teintées, soit il faisait tout simplement trop sombre. Beckham sortit une carte de son portefeuille et la plaça devant un lecteur qu'elle n'avait pas remarqué. La porte s'ouvrit sans bruit.

Beck la prit par la main afin de la guider dans cet intérieur sans lumière. La jeune femme apprécia ce contact.

— Où on est ? demanda-t-elle en devinant des murs vierges.

— Dans un immeuble de bureaux.

— Appartenant à Visage ?

— Non.

— Quelle société, alors ?

— Juste cette fois, fais-moi plaisir et profite de la visite en silence, dit-il en la faisant monter dans une cabine d'ascenseur.

Elle s'esclaffa.

— D'accord, tu as gagné.

— Je suis habitué.

Il appuya sur le bouton du dernier étage. Les portes se refermèrent. Une clarté diffuse soulignait les traits du beau ténébreux et nimbait la cabine d'une lueur spectrale. Reyna n'en eut cure : elle n'avait d'yeux que pour Beckham qui, en retour, ne regardait qu'elle depuis qu'ils étaient dans l'ascenseur. L'atmosphère était électrique. Elle voulut effacer la distance qu'il gardait toujours entre eux. Ce serait chose facile dans cet espace exigu. Mais elle n'en fit rien, encore blessée par le camouflet qu'il lui avait infligé en la rejetant. Leur baiser avorté ne remontait qu'à quelques jours.

Il devait pourtant ressentir ce courant qui passait entre eux. C'était sûr. Il n'était pas idiot à ce point…

— Beck, murmura-t-elle.

— Pas maintenant, Reyna, répondit-il, plus suppliant qu'autoritaire.

La jeune femme eut un pincement au cœur. Ce refus sans conviction était la dernière chose qu'elle souhaitait entendre, mais elle se promit de rester tranquille. Troublée par sa simple présence, elle n'était pas aux abois au point de se jeter sur lui.

Les secondes s'égrenèrent, puis la cabine daigna enfin s'ouvrir. Il sortit le premier. Elle le suivit en direction d'une cage d'escalier.

— Où on va, comme ça ?

— En haut.

— Je nous croyais déjà au dernier étage ?

Il se fendit d'un sourire apte à déclencher une crise cardiaque.

— Seul le ciel nous arrêtera.

Ils gravirent deux étages et débouchèrent au sommet. Une dernière porte se dressait devant eux. Beckham la poussa et Reyna se retrouva sur un toit végétalisé. Le vent soufflait fort à cette altitude vertigineuse, la température était sensiblement plus froide. Elle se frictionna les bras tout en approchant de la rambarde… et se figea en embrassant un paysage urbain à couper le souffle.

— Ouah, murmura-t-elle à Beckham qui l'avait suivie.

Toute la métropole s'étalait devant eux. Une ville qu'elle avait cru plongée dans la nuit et le silence, et qu'elle découvrait vibrante de lumière et de vie. L'éclat des immeubles et des rues faisait ressortir le schéma directeur de l'agglomération.

— Magnifique.

— Oui, abonda-t-il.

Elle vit qu'il la dévorait des yeux et se demanda s'ils parlaient de la même chose.

— Oui, petite chose, tu l'es.

Chapitre 23

Ses paroles étaient comme un rêve. Tenaillée par l'envie de répondre, elle craignait de se réveiller et de voir le songe se fondre dans la réalité.

Ce fut plus fort qu'elle. Reyna tourna la tête et regarda Beckham. Les yeux dans les yeux, elle sentit la scène se figer. Ce qui se passait entre eux était réel. Qu'il le veuille ou non, et qu'elle s'efforce ou non de le nier. La jeune femme sut à cet instant qu'il éprouvait quelque chose. Un fil les reliait et Reyna n'avait qu'une envie : tirer dessus pour le faire venir à elle.

— Cet endroit est l'un de mes préférés, lui confia-t-il.

— Pourquoi ?

Elle suffoquait presque en sa présence. Trente centimètres à peine les séparaient, et soudain, ce fut comme si tout l'oxygène du ciel s'était envolé.

— Parce que la ville, vue d'ici, a presque l'air entière.

— Et pas vue de la rue ?

Beckham effleura la rosée sur la rambarde.

— Tu le sais très bien, non ? C'est toi qui tiens l'appareil photo.

Cette mention de l'appareil rappela à Reyna que c'était pour cela qu'ils étaient ici. Le fil s'allongea, les éloignant l'un de l'autre. Comme un élastique qui s'étirerait au gré des émotions à fleur de peau de Beckham.

Désireuse de ne rien laisser paraître de son trouble, elle sortit l'appareil de son sac. Cette barrière physique allait lui permettre de garder son calme. Du moins l'espérait-elle.

Elle ôta le capuchon de l'objectif, braqua l'appareil et prit quelques clichés de l'horizon urbain. Apaisée par le cliquetis familier de l'appareil, elle se laissa happer par le rythme des prises de vue.

— S'il est bien plus facile de se faire une idée avec une vue panoramique, l'individu et l'ensemble restent très différents, expliqua-t-elle. D'ici, il est facile de s'imaginer que tout le monde nage dans un bonheur de conte de fées. Tandis qu'au ras du sol on voit les choses telles qu'elles sont, sans fard ni mensonge.

Beckham se gardant de répondre, elle se demanda ce qu'il pouvait penser. La jugeait-il sévèrement à l'aune du politiquement correct façon Visage ? Elle avait beau savoir que de tels propos étaient mal vus chez les nantis, il était impensable d'oublier tout ce qu'elle avait vu.

— Ta vie n'est pas un conte de fées, si je comprends bien ?

Elle leva les yeux du viseur de l'appareil et lui décocha une grimace. Pas vraiment, non.

En dépit de ce qu'elle ressentait pour Beckham, son existence n'avait pas grand-chose du conte de fées. Peut-être était-ce un rêve très répandu de vivre dans un appartement-terrasse, de disposer d'une carte à crédit illimité et d'un dressing bourré de fringues de couturier, mais tout ça n'était qu'un écran de fumée. Beckham n'était pas un prince charmant venu la secourir sur son cheval blanc. Quant au monde dans lequel ils vivaient, il n'était pas davantage un royaume paisible où tous les ennuis s'évaporaient.

— Dans un monde idéal, il n'y aurait pas de mouvement rebelle, je me trompe ?

— Peut-être, mais tu n'appartiens pas à un tel mouvement.

— Non, convint-elle.

Elle n'était qu'une voix silencieuse parmi tant d'autres, protestant contre l'ordre établi. La voix de gens sans énergie pour se battre, sans moyens pour accomplir quoi que ce soit, et pire encore… sans espoir.

— Parle-moi de ce groupe clandestin, *Elle*, et de ses liens avec la rébellion. Tu m'as dit qu'on en parlerait une fois là-haut, lui rappela-t-elle.

Beckham grommela dans sa barbe puis se tourna vers le panorama.

— Que veux-tu savoir ?

— Rien de précis, mais si des gens pensent que mes clichés s'apparentent à *Elle*, j'aimerais savoir quelles sont les motivations du mouvement.

— J'aimerais autant que tu en saches le moins possible, souffla-t-il devant lui. C'est plus sûr.

— Pour qui ? Toi ou moi ?

— Les deux, répondit-il, l'air songeur. Tout le monde.

Reyna lâcha un soupir d'exaspération. Cette discussion ne mènerait nulle part. Elle n'appartenait à aucune mouvance, merde ! Tout ce qu'elle souhaitait, c'était comprendre les tenants et les aboutissants.

— Très bien, qu'est-ce que j'ai le *droit* de savoir ?

Beck soupira à son tour. S'il jouait la montre en espérant la voir changer d'avis, c'était peine perdue. Elle resta les yeux rivés sur lui et attendit. Au bout d'un moment, il parut se résigner à lâcher le morceau.

— Ne répète à personne ce que je vais te dire. Tu t'es assez donnée en spectacle au bal. (Il attendit de la voir hocher la tête avant de poursuivre.) Il existe deux factions chez les vampires. La première estime que les vivants sont de la nourriture.

Leurs yeux se croisèrent un bref instant. La jeune femme rougit sans trop savoir pourquoi elle trouvait cela embarrassant. « Terrifiant » paraissait plus approprié, peut-être était-ce ce qu'elle aurait ressenti s'il l'avait mordue… ou menacée de quelque manière que ce soit.

— Nous contrôlons la nourriture, reprit-il en la désignant d'un geste. Et pourquoi devrions-nous nous limiter ? Nous qui sommes les plus forts ? Nous devrions pouvoir disposer de tout… de *quiconque* nous fait envie. (Beckham la dévora des yeux.) Beaucoup d'entre nous, d'ailleurs, considèrent cette histoire de compatibilité sanguine comme une limite difficilement acceptable.

Reyna blêmit.

— Mais… mais ça ferait de vous… des bêtes sauvages, non ? Des tueurs en série. Plus personne ne serait à l'abri.

Ses yeux s'assombrirent ; il prit un air mauvais.

— En effet. Il y aurait des morts. Ce serait comme avant, sauf que désormais, les vampires ont presque tous les pouvoirs. Cette faction-là trouve ça normal. Les vampires sont le prédateur ultime, au sommet de la chaîne alimentaire.

Sa voix prit un accent lourd de menaces.

— Vous autres mortels n'êtes que des mouches prises dans notre toile, sans espoir d'en réchapper.

La soif de sang qui transparaissait dans son timbre la fit frissonner. Elle voulut en rire, comme si ce qu'il disait ne l'affectait pas, mais ne parvint qu'à pousser un pauvre coassement. Le monde qu'il venait de décrire était effroyable. L'espèce humaine y avait la place peu enviable d'insecte foulé au pied.

— Et l'autre faction ? demanda-t-elle.

— Elle se conforme au traitement, dit-il, les phalanges blanchies sur le garde-corps. De nombreux vampires n'ont pas demandé à devenir des… des monstres. On nous a créés. Forcés à boire le sang de notre créateur, lequel nous a vidés du nôtre, nous laissant pour morts pour qu'ensuite nous nous réveillions *ainsi*. Ce virus ou cette malédiction, qu'importe le nom qu'on lui donne, habite le corps et l'esprit d'un vampire, rampe sous sa peau, l'incite à passer à l'acte. Le pousse à *vouloir* appartenir au premier groupe.

— Mais la compatibilité sanguine a tout changé, n'est-ce pas ?

— Oui.

Cet aveu relança la question qui tenaillait Reyna : pourquoi refusait-il se s'abreuver à son cou ? Il ne correspondait en rien au fauve qu'il venait de décrire. N'en avait-il pas envie ?

— Dans une certaine mesure, reprit-il, ce régime forcé gomme nos instincts. Il nous rend presque humains… nous donne l'impression de l'être. De vivre, nous qui sommes morts depuis tant d'années. Certains s'en réjouissent et apprécient de pouvoir évoluer au milieu des mortels sans que cela fasse de victimes. D'autres, en revanche, voient comme une abomination le fait de vouloir ressembler à une race inférieure.

Une race inférieure. Bigre. Le pensait-il vraiment ?

— Et toi ? À quelle faction tu appartiens ?

Il recroisa son regard. La jeune femme se perdit aussitôt dans ces deux puits de noirceur très séduisants malgré leur aspect uni. Il fit un pas vers elle. Reyna se figea.

— J'ai été changé depuis moins longtemps que la plupart de mes semblables. Je me rappelle ce que c'est qu'être vivant, dit-il en lui caressant le bras pour appuyer son propos, faisant naître la chair de poule. Mais mon plus vif souvenir, c'est l'effet produit chaque fois que j'ai pris une vie humaine. (Il l'empoigna fermement.) J'ai tué de façon brutale, bestiale, et ça m'a plu. Traqué, torturé, poussé mes victimes à la folie en les tuant à petit feu. Pris grand plaisir à commettre des atrocités, Reyna.

— Ça va, j'ai compris, murmura-t-elle.

La jeune femme essaya de se dégager. Il allait finir par lui faire des bleus, à force de serrer.

— Le groupe O négatif des donneurs universels est très peu représenté, contrairement au receveur universel qu'est le groupe AB positif. De ce fait, avant la compatibilité, je buvais presque toujours le sang de victimes non compatibles. Les choses que j'ai faites sont… inqualifiables…

Reyna commençait à être malade à force de l'entendre parler des horreurs qu'il avait pu commettre. Ça ne collait pas avec son Beckham, elle en était certaine. Viscéralement. Il n'était plus ce monstre. Et n'avait certainement jamais voulu l'être.

— Alors quand tu me demandes à quelle faction j'appartiens, je ne sais que répondre. Être mortel c'est être faible, fragile.

Il lui lâcha subitement le bras. La jeune femme plaqua la main sur la zone qui, à coup sûr, devait déjà être violacée.

— Et être un vampire, conclut-il, c'est être un assassin.

— Eh bien moi, je t'imagine mal voulant faire du tort à quelqu'un.

Beckham secoua la tête.

— Qu'est-ce qui te faire dire ça ? lança-t-il en découvrant de force le bras meurtri de Reyna. Je ne t'ai fourni aucune raison de le croire.

— J'ai vu la façon dont Cassandra et Roland jouent avec leurs sujets mortels, se conduisent comme s'ils n'étaient rien. Tu n'es pas comme eux. Si Sophie était mourante, Roland ne lèverait pas le petit doigt pour la sauver. Tandis que toi, tu as risqué gros pour me tirer d'affaire. Et secourir Everett du même coup.

Beckham ouvrit la bouche, certainement pour protester, mais Reyna leva la main et reprit.

— Et je sais que ce n'est pas uniquement pour protéger un investissement, Beck. Tu ne bois pas mon sang et tu pourrais très facilement me trouver une remplaçante. Tu as agi parce que tu tiens à l'humanité… et à moi.

— Crois ce que tu veux.

Il avait décidément l'art de ne pas se mouiller. Mais à quoi bon nier ? Ses actes démontraient sans erreur possible qui il était.

Beckham lui fit signe de remettre l'œil au viseur, mettant un terme à leur conversation. Elle soupira et s'exécuta.

— Trouve le bâtiment Visage.

Elle chercha l'immense gratte-ciel à l'horizon. Le centre-ville était si loin que de nombreux édifices donnaient l'illusion d'être empilés. Mais celui de Visage, démesuré, dépassait tous les autres.

— C'est bon ? demanda-t-elle.

Le beau ténébreux s'était placé juste derrière elle, penché de façon à ce que ses yeux soient à la hauteur de l'appareil. Le buste effleurant presque le dos de Reyna. Son souffle lui agaçant l'oreille. Se courbant un peu plus, il posa la main sur celle de la jeune femme et ajusta lentement l'angle de l'objectif.

— Là. Qu'est-ce que tu vois ?

Elle se reconcentra sur l'œilleton, faisant l'effort d'oublier ce grand corps si près du sien. Le toit du gratte-ciel lui apparut plein champ. Que cherchait-il à lui montrer ? C'était un toit rectangulaire classique, coiffé d'une grande antenne avec phare rouge clignotant.

— Que suis-je censée voir ?

— Le toit, dit-il dans un souffle.

Elle frissonna : les lèvres de Beck lui avaient frôlé l'oreille.

— Mais… c'est un toit tout bête…

— Précisément.

— Je ne…

— Visage a beau avoir l'air tout-puissant, impénétrable, il y a une limite à tout. Ce bâtiment n'est pas d'une hauteur infinie. De loin, dans l'angle voulu, on se rend compte que ce n'est rien qu'un gratte-ciel comme les autres.

Reyna prit deux ou trois photos sans savoir au juste ce qu'il avait voulu dire. Que Visage était vulnérable ? Que *lui-même* était vulnérable ? Il existait un indice dans le propos de Beck… mais rien qui fît sens. Beckham n'était-il pas l'incarnation de la toute-puissance de Visage ?

Son train de pensées dérailla quand elle sentit la bouche du grand escogriffe passer de son oreille à son cou. Elle ferma les yeux et pencha la tête afin qu'il accède plus aisément à sa nuque, puis commença à se frotter contre lui. Remisa l'appareil dans son sac qu'elle laissa choir au sol, aussitôt oublié.

Il lui plaqua les mains sur les hanches et l'attira tout contre lui. Comme envoûtée par ses lèvres, elle ne pensait plus à rien. La tension des dernières semaines s'envola. Plus rien n'existait au monde hormis Beckham.

Sa présence physique était irrésistible. Tout ce qu'il touchait partait en surchauffe. Elle n'eut qu'une envie, l'inciter à aller plus loin. Quitte à le supplier. Sans pour autant le pousser dans ses derniers retranchements : l'image du monstre qu'il disait avoir été avant la compatibilité sanguine lui restait présente à l'esprit. Il ne lui ferait pas de mal. De cela, elle était certaine.

Beckham la fit pivoter, la serra dans ses bras et l'embrassa à pleine bouche. Ici, au sommet d'un immeuble à l'abandon et avec toute la ville à leurs pieds, rien ni personne ne pourrait les empêcher de vivre leur passion. Reyna pria pour que cet instant dure toujours.

Pendue au cou du beau ténébreux, elle l'embrassa avec fougue. C'était si bon qu'elle crut que son cœur allait éclater. Ses mains tremblèrent sous le coup de l'émotion. Son désir enflait, enflait. Il n'était plus question de reculer.

— Reyna, murmura-t-il entre deux baisers.

— Ne t'arrête pas.

Il gronda en sourdine. La jeune femme devina qu'il luttait contre ses démons intérieurs… et prit conscience avec effroi qu'elle espérait les voir gagner. Elle le désirait à en crever. Toutes ses inhibitions étaient levées. Beck l'empoigna par les cuisses, la souleva et l'obligea à lover ses jambes autour de sa taille. Elle hoqueta en voyant naître un sourire diabolique sur son beau visage. Quel bonheur de le voir se montrer entreprenant, lui qui l'avait si souvent repoussée !

Beckham la porta à travers le toit aménagé en jardin. Arrivé à un grand sofa circulaire, il l'y déposa sur le dos avec un soin extrême. L'épiderme en feu malgré la fraîcheur ambiante, Reyna se délecta du bel étalon qui se tenait devant elle. Elle n'osait même pas ciller de peur que ce doux rêve s'estompe puis de s'éveiller dans sa chambre, plus frustrée que jamais.

Elle sentit ses paumes courir jusqu'en haut des cuisses, sur son ventre, ses flancs, et enfin son visage. Les mains puissantes du colosse se refermèrent sur ses joues. C'était lui le maître absolu. La jeune femme s'abandonna.

— Tu me désarmes, petite chose.

Elle sourit.

— Et moi qui croyais être prise dans ta toile.

— Une toile qu'on tisse à deux, murmura-t-il en lui ponctuant le creux de la gorge de doux baisers.

Sourde à l'allusion possible, Reyna pencha la tête en arrière et ferma les yeux. Il continua à l'embrasser, toujours plus bas, puis lui titilla l'intérieur des cuisses du bout des doigts. Des caresses expertes qui la firent chavirer. Déjà mûre à point, elle n'en conçut pas la plus petite gêne.

Quand sa bouche prit le relais des mains, la jeune femme eut toutes les peines du monde à ne pas se cambrer tout contre lui en l'implorant de la culbuter. Ses lèvres atteignirent l'ourlet de la robe noire qu'elle portait. Il souleva l'étoffe au-dessus des hanches, la révélant tout entière à l'exception d'un minuscule triangle de soie… déjà détrempé.

— Tu sens incroyablement bon, grogna-t-il en effleurant la chair nue du bout du nez jusqu'à l'orée de la culotte.

Reyna se crispa, ivre de désir.

— Tu veux que je te goûte ?

— Oui, répondit-elle sans hésiter.

Depuis le temps qu'elle en rêvait !

— La face intérieure de la cuisse cache une artère fabuleuse, tu sais.

Il lui écarta les jambes et fit courir un croc à l'endroit suggéré. Reyna trembla comme une feuille.

— Je peux presque sentir le sang qui bat dans ton corps, si près de la surface…

Elle crut défaillir quand il la mordilla. Qu'il y aille franchement, merde, pour qu'elle puisse enfin surmonter sa peur d'être mordue ! Elle y était prête. Autant qu'on pouvait l'être.

— Beck, gémit-elle.

Il passa les doigts sous la fine étoffe de la culotte qui céda sans effort, puis lui caressa le sillon.

— Les deux choses que je préfère au même endroit. Le rêve.

Après lui avoir écarté les grandes lèvres au maximum, il introduisit deux doigts en elle. Le dos cambré sur le sofa, la jeune femme goûta cette sensation divine. Puis, quand la langue du beau ténébreux entra dans la danse autour du clitoris, Reyna crut qu'elle allait s'embraser. Pour de bon. Ses doigts entamèrent un lent va-et-vient ; les coups de langue se firent plus appuyés.

Reyna planta les ongles dans le sofa, incapable de penser, toute au plaisir qu'elle sentait monter en elle. Beckham la faisant jouir ? Sous la voûte étoilée, au sommet d'un gratte-ciel ? Inconcevable !

Quelques minutes plus tard, alors que son intimité se resserrait presque douloureusement sur les doigts infatigables de son bel amant, elle sut l'orgasme imminent.

— Beck, haleta-t-elle, le timbre rauque. Je… j'en peux plus.

— C'est bien, gronda-t-il en accélérant la cadence. Jouis pour moi.

Elle tressaillit à cet instant précis, jouissant quand ses doigts touchèrent le point sensible. Terrassée par l'art que venait de déployer Beckham, le souffle court, le corps secoué de spasmes, elle crut défaillir tant l'orgasme avait été violent.

— Viens, haleta-t-elle, le bras mollement tendu.

Constatant qu'il ne bougeait pas, elle s'empressa de se redresser et s'attaqua à sa ceinture. Déboutonna le pantalon d'une main assurée et fit coulisser la fermeture Éclair. Puis lui effleura la queue à travers l'étoffe du caleçon. Un sexe dur comme du bois. Elle ne l'en désira que plus : c'était pour elle qu'il bandait comme un cerf. S'enhardissant, elle glissa la main dans le caleçon, remonta le long du membre et caressa le gland. Il réagit par une ruade puis, sans crier gare, se saisit d'elle au niveau du poignet.

— Arrête.

— Hein ? glapit-elle, médusée.

— Reyna, stop.

— Stop ? lança-t-elle comme si ce mot lui était étranger.

— Oui. Arrête. Ça suffit.

Il s'écarta et reboucla son pantalon.

— C'est quoi, ce délire ? Pourquoi tu te rhabilles ?

— Il n'aurait jamais rien dû se passer.

Reyna rajusta sa robe et se leva.

— C'est n'importe quoi. Tu en as envie, je le sais.

— Non. C'est à peine croyable que j'aie failli aller plus loin.

— Failli quoi ? Me laisser te sucer, ou bien me sauter ? Parce que de toute évidence, tu étais partant pour les deux.

— Reyna, grinça-t-il. Assez. Tu as réussi à me faire perdre ma retenue, d'accord, mais il ne faut *pas* que ça se reproduise. Jamais.

— Pourquoi ? Pourquoi te retenir ? Tu me veux, c'est plus flagrant à chaque fois, s'écria-t-elle, éperdue. La machine est lancée, rien ne peut l'arrêter !

Beckham secoua la tête puis croisa son regard.

— Ce n'est pas bien vis-à-vis de Penny.

Entendre prononcer ce nom fit à Reyna l'effet d'une gifle.

— Mais oui, bien sûr, la mystérieuse petite amie qui pointe son nez aux meilleurs moments. Espèce de salaud.

Il ne daigna même pas répondre. Elle prit une profonde inspiration en se démêlant les cheveux.

— Ben voyons, grommela-t-elle en allant récupérer son sac qu'elle épaula.

Beckham la suivait, ce qui ne fit qu'achever de la mettre hors d'elle. La jeune femme se retourna d'un bloc.

— Tu sais quoi, gros malin ? Tu n'en as pas fini avec moi. C'est trop facile de te servir d'elle comme tu le fais ! Il va falloir que tu choisisses : soit tu sors avec elle, soit tu me désires, parce que j'en ai ma claque, de ton petit jeu sadique. Tu souffles le chaud et le froid. Tu me veux. Tu ne me veux plus. Et ne me parle plus du monstre qui est en toi. Celui qui m'intéresse, c'est l'humain qui fait taire ses voix intérieures. Ce que tu viens de me faire subir, ça s'apparente aux tortures que tu dis avoir infligées à tes victimes. Ça va me rendre dingue !

— Je t'avais prévenue que je te briserais, murmura-t-il.

Elle secoua la tête, incrédule.

— Je crois surtout que tu as bien trop peur de l'ancien Beckham pour prendre le plus petit risque. Ce qui est triste, parce que le nouveau Beckham est un type bien.

— Oublie cette histoire d'ancien et de nouveau. Il n'y a que moi. Et tu n'as pas idée de ce que tu dis quand tu affirmes que c'est de la torture.

— Ce que je vois dans tes yeux me porte à croire que je serai bientôt mise au courant.

— Prie pour que ça ne t'arrive jamais.

Chapitre 24

Reyna se retrouva sur les nerfs le lendemain matin, au terme d'une nuit quasi blanche. Elle s'était tournée et retournée dans son lit, à passer en revue tout ce qui s'était passé entre elle et Beckham, jusqu'à être à deux doigts de hurler.

Pourquoi faisait-elle une fixette sur lui ?

En rage après son « gentil mécène », elle ne cessait de repenser à la soirée de la veille. Il s'était montré si… réel. Sincère. Franc envers elle. Ses barrières étaient tombées, ils avaient vécu des instants merveilleux puis, patatras !

Plus rien.

Rien que ce mur de nouveau dressé entre eux. Un pas en avant, trois en arrière. C'était à devenir folle. Il n'était plus question qu'elle tolère pareils délires. Sa nuit d'insomnie avait au moins servi à forger cette certitude. Beckham était avec Penny. Il était exclu qu'elle couche avec un salopard qui trompait sa petite amie.

Même si, bien sûr, elle n'avait aucun droit sur lui.

Cette conclusion la tira hors du lit. Reyna passa sa tenue passe-partout et disciplina ses cheveux en queue-de-cheval. Munie de son appareil photo, elle sortit de la chambre puis gagna l'ascenseur sans un regard pour l'appartement-terrasse.

Sitôt au rez-de-chaussée, elle sortit par l'entrée principale. Everett sourit en la voyant approcher de son guichet.

— La Town Car ?

— Non merci. Je vais marcher un peu. Si jamais on me cherche, tu peux dire que j'avais besoin de prendre l'air et que je ne serai pas longue.

Il haussa les sourcils.

— Tu t'attends à ce qu'on cherche après toi ?

— Non, répondit-elle du tac au tac en coulant un regard irrité vers le hall.

— Fais attention à toi.

— C'est le matin !

— Je sais, mais tu attires les ennuis, dit-il, mi plaisantant, mi sérieux.

— Pas faux. OK, j'éviterai les endroits sombres.

— Cool.

— Au fait, dit-elle en s'approchant de lui, tu en sais plus, sur l'endroit qu'on a vu ensemble ?

Aussi incroyable que cela paraisse, leur découverte fortuite d'une banque de sang clandestine ne remontait qu'à deux ou trois jours. Elle n'en savait pas plus et se demandait par quel bout lancer une enquête. Publier les clichés pris sur place aurait pu permettre d'avancer, mais comme Beckham faisait déjà toute une histoire de ses photos plus banales, c'était probablement une mauvaise idée de rendre celles-ci publiques.

— Non. (Le jeune homme jeta un coup d'œil inquiet alentour avant de poursuivre.) Mieux vaut qu'on laisse tomber, à mon avis. Jamais on ne réussira à y retourner sans se faire choper. C'était un coup de pot.

Elle hocha la tête tout en pressentant qu'il *fallait* faire quelque chose.

— Tu dois avoir raison… mais rien n'empêche d'essayer, dit-elle en lui décochant un clin d'œil.

Il éclata de rire.

— Tu aimes le risque, décidément ! Ça ne t'a pas suffi, qu'on ait failli se faire pincer ?

— Sauf qu'à présent, on sait à quoi s'attendre.

— Je ne sais pas trop, hésita-t-il. Possible…

Elle afficha un large sourire.

— Ça m'a tout l'air d'un « oui ».

— Possible. Pas oui.

— Entendu. Je trouve un créneau et je te rappelle.

— Je n'ai pas encore accepté, Reyna, clarifia-t-il alors qu'elle s'éloignait déjà.

— Ça viendra, ça viendra.

Il soupira.

— Tu as raison. Tout ce que tu voudras, ma belle.

Reyna fit mine de ne pas voir le regard qu'il lui lançait. Elle aimait bien Everett, mais pas plus. Un triangle amoureux bien pourri lui suffisait, pas la peine de le transformer en carré ! L'idée, c'était de se *débarrasser* d'un côté. Pas d'en ajouter un.

— À un de ces jours, dit-elle en le saluant avant de tourner l'angle de rue.

Un jardin public s'étendait en vis-à-vis de l'immeuble où elle logeait. Elle n'y était allée qu'une seule fois : ce n'était pas l'endroit rêvé pour les photos qu'elle prenait. Situé dans un quartier huppé, le parc était nickel et bien entretenu. Les SDF étaient chassés des bancs publics par les policiers zélés qui y patrouillaient sans cesse. Le lieu était ensoleillé, gai et sûr.

À mille lieues, en somme, de son état d'esprit.

Peu importait. L'essentiel était de ne pas rester assise toute la journée chez Beckham. Le souvenir de ses lèvres sur son corps était trop vivace. S'attarder là-haut, c'était à coup sûr finir par débouler dans la partie de l'appartement réservée à son patron et exiger qu'il s'explique. Ce faisant, elle n'aurait cure de pénétrer en zone interdite, même en sachant que s'en prendre ainsi à Beckham ne résoudrait rien.

— Et merde.

Toujours pas moyen d'arrêter de penser à lui. Alors que c'était dans ce but précis qu'elle était sortie…

Elle sortit son appareil du sac et commença à prendre des photos. Fleurs en boutons, couple d'amoureux sur un banc, plan d'eau artificiel au bord duquel étaient amarrées des barques munies de rames en bois. La jeune femme poussa un profond soupir et tenta de prendre plaisir à ce qu'elle faisait. Moins riche en émotions que ses clichés habituels, cette séance photo l'aida néanmoins à retrouver son calme.

Au détour d'une allée, Reyna crut distinguer une forme noire en périphérie de son champ de vision. Elle se retourna : personne. Cette section du parc était bien éclairée, mais presque déserte en ce début de matinée. Elle reprit sa marche et obliqua en direction de la prairie où les nounous laissaient les enfants courir et jouer ensemble. Presque arrivée, elle entendit des pas.

Quelqu'un la suivait.

Le cœur battant, elle força l'allure, trottinant presque, en se félicitant d'être en Converse : il aurait été difficile de presser le pas avec les escarpins ridicules de son dressing. Ses pieds la portèrent en lisière du jardin public où elle risqua un coup d'œil dans son dos. Et découvrit qui lui filait le train.

Reyna ralentit et fit volte-face : l'allée était déserte. Les bras croisés, elle se campa fermement sur le gravier.

— Je t'ai vu, Beckham ! Une heure tranquille, c'est trop te demander ?

Il sortit du couvert et s'approcha d'elle. La jeune femme sentit la colère bouillonner. Quel culot ! Elle n'avait pas besoin d'un ange gardien ici. Et peu importait qu'il soit vraiment à se damner, vêtu d'un jean sombre et d'une chemise noire à manches longues et à col ouvert. C'était la première fois qu'elle le voyait sans costume. Cette tenue lui allait aussi bien. Tout aurait été beaucoup plus simple s'il était quelconque. Reyna grinça des dents sous le coup de la frustration.

— Tu es sortie sans escorte.

— En effet. Il y a sûrement une raison, tu ne crois pas ? Cherche un peu !

— Je n'en doute pas, mais rien n'excuse que tu prennes le plus petit risque.

— J'ai l'air en danger immédiat ? dit-elle en écartant les bras pour embrasser le jardin public d'un geste ample. Le seul qui me harcèle, c'est toi !

Beckham fit la sourde oreille.

— Je me suis demandé où tu voulais aller comme ça, toute seule.

— Sérieux ? Loin de toi, gros malin ! Mais même ça m'est refusé !

Reyna détesta s'entendre râler ainsi, mais il lui avait fait mal. Après ce qui s'était passé la veille au soir, il aurait mérité une gifle. Quel culot de l'avoir suivie jusqu'ici !

— En effet. Tu travailles toujours pour moi, Reyna.

Elle leva les yeux au ciel.

— Tu as signé un papier, je suis payée et logée. Je ne vois aucun travail là-dedans. Et si tu es vraiment mon employeur, je devrais porter plainte pour harcèlement sexuel, qu'en dis-tu ?

— Enfin, Reyna, tu n'y penses pas…

Sans paraître véritablement blessé par ses paroles, il venait de fournir une réponse qui ne lui ressemblait guère. *Puisse-t-il en baver autant que moi*, se prit-elle à espérer.

— J'ai besoin de prendre mes distances, insista la jeune femme.

— Je refuse de te laisser seule dehors.

— Alors, envoie quelqu'un d'autre. Je t'ai assez vu.

Elle déglutit et lui tourna le dos, ne supportant plus de se sentir si petite par rapport à lui. Ils avaient passé un moment extraordinaire ensemble… puis il avait tout gâché. Chaque fois qu'elle le regardait en face, désormais, elle se remémorait la gifle reçue en pleine figure quand il avait mentionné Pénélope.

— Je ne te présenterai pas mes excuses concernant hier soir, dit-il.

Reyna secoua la tête et commença à s'éloigner. Peine perdue : il la rattrapa en trois enjambées.

— Arrête de me suivre.

— Et toi, arrête ce cinéma.

Elle le fusilla du regard.

— Tu viens de me dire que tu n'allais pas t'excuser. À quel propos ? Pour m'avoir larguée, ou pour avoir failli me sauter avant de freiner des quatre fers sous prétexte que tu as une petite amie ? cracha-t-elle.

— Pour tout ça.

— Génial. Va donc retrouver ta précieuse petite *Penny*, siffla-t-elle en insistant sur le diminutif. C'est bien elle que tu vas voir chaque fois que tu disparais, non ?

Beckham se garda de répondre. Inutile, au demeurant, puisqu'elle connaissait la réponse.

— Va te faire foutre. Tu me dégoûtes.

— Le bon sens te revient enfin.

— Le bon sens ? s'exclama-t-elle. C'est ça que tu veux ? Me dégoûter ?

Il eut un haussement d'épaules nonchalant.

— Tu parais surtout jalouse de Penny, il me semble.

La stupéfaction laissa Reyna bouche bée. Quel mufle !

Le feu aux joues, elle digéra ce qu'il venait de dire. Beckham avait vu juste, elle était jalouse de Pénélope… mais ce n'était pas tout. Elle était furieuse de constater à quel point la cause de sa colère était flagrante. La jeune femme eut très envie de le frapper, mais se retint : c'était une très, très mauvaise idée. Au lieu de quoi elle fit un pas vers lui et lui jeta un regard noir.

— Tout ça te plaît, hein ? Tu aimes l'odeur de mon sexe. Son goût. Tu me désires. Tu en veux davantage, dit-elle en lui caressant le torse. Que dirait ta Pénélope, si elle découvrait à quel point tu rêves de me sauter ?

Beckham réagit en lui saisissant le poignet.

— Cela suffit, Reyna.

— Des clous ! Ça t'excite, de nous avoir l'une et l'autre. Tu aimes tout contrôler, régner sur ton petit monde, mon grand.

Il lui lâcha le bras d'un geste brusque et s'éloigna d'elle. La jeune femme comprit à cet instant qu'elle avait mis dans le mille. Il grogna dans sa barbe puis secoua la tête.

— J'ai toujours aimé ça, le pouvoir. C'est la dernière chose que je m'autorise à désirer.

Reyna laissa fuser un rire sans joie.

— Le fait que tu aies réussi à te dominer ne signifie pas pour autant que tu n'as pas envie de moi, mon grand. Ça saute aux yeux. Tout ton corps le crie. Je suis jalouse de Pénélope, tu as raison, mais toi, tu m'envies parce que je ne cache rien de ce que je ressens. Contrairement à toi, qui le fais jour après jour.

Reyna secoua la tête en s'élançant de nouveau dans les allées du parc. Pourquoi fallait-il que ce diable d'homme la rende folle à lier ? Allait-il enfin lui foutre la paix et cesser de la suivre ? Elle ne craignait rien. S'il lui collait le train, c'était uniquement pour la faire tourner en bourrique.

Quelques minutes plus tard, la jeune femme sentit qu'il la talonnait toujours.

— Miséricorde, s'exclama-t-elle, tu as juré de me rendre folle, ou quoi ?

— Tu n'as pas mangé.

— Joli changement de sujet, mais merci, je n'ai pas faim.

— Je connais un resto super tout près d'ici.

Elle arqua un sourcil.

— J'ai l'air d'apprécier les mêmes nourritures que toi ?

— J'y allais souvent avant ma transformation.

— Ton info doit dater, marmonna-t-elle.

— Pas tant que ça, fit-il valoir en affichant un sourire en coin.

Elle le fusilla du regard.

— Arrête de jouer au type sympa.

— Reyna, tu fais partie de ma vie, désormais. Quand bien même je ne l'ai pas voulu. C'est par obligation professionnelle que je t'ai acceptée auprès de moi. Tu es toujours à fleur de peau. Es-tu seulement capable de faire autrement ? Je l'ignore. Si tu t'endurcissais un peu, tu souffrirais moins.

— La façon dont je gère mes émotions ne regarde que moi. N'essaie pas de me déposséder de mon humanité, d'accord ?

— Si j'essayais, tu serais vite au courant, rétorqua-t-il en montrant les crocs, ce qui fit reculer Reyna. J'essaie seulement de faire en sorte que tu ne meures pas de faim.

— Contrairement à toi ? dit-elle en tendant le cou de façon provocante, certaine qu'il allait rester sans réaction.

— Pourquoi persistes-tu à me narguer, petite chose ?

Elle haussa les épaules.

— Pour ce que ça change…

Le vampire loucha sur le cou de la jeune femme puis s'empressa de regarder ailleurs. Il paraissait plus pâle que d'habitude. Était-il affamé pour se comporter ainsi ? En temps normal, quand il était près de sa gorge, il savait se contenir. Or la façon qu'il avait de se fourrer les poings dans les poches et de se détourner d'elle témoignait d'une fébrilité nouvelle. Aussi, malgré son envie de continuer à l'asticoter, jugea-t-elle plus sage de n'en rien faire. Leurs prises de bec l'éprouvaient beaucoup et il était vain d'espérer le faire changer d'avis.

— D'accord, abdiqua-t-elle. Où est ce fameux resto ?

Tandis qu'ils arpentaient le parc, Reyna garda son appareil à la main et prit quelques clichés. Elle profita même de ce qu'il était perdu dans ses pensées pour lui tirer le portrait.

— Ça alors. Tu apparais sur l'image. Moi qui croyais qu'il fallait une âme pour ça…

C'était uniquement pour le narguer : elle savait à quoi s'en tenir pour avoir déjà pris des vampires en photo. Mais jamais d'aussi près… et jamais d'aussi glorieux spécimens que Beckham.

— Toutes ces légendes à propos des vampires sont idiotes, tu sais. Qu'il s'agisse des reflets, de l'effet du soleil ou des pieux dans le cœur.

— Ah bon ? s'étonna-t-elle. Même les pieux, ça ne marche pas ?

— Tu crois sérieusement qu'il est si facile de tuer l'un des nôtres ?

— Parce que d'après toi, c'est facile d'enfoncer un bout de bois dans le cœur de quelqu'un ?

— *Très.*

— Ah ! N'en parlons plus, alors…

Ils arrivèrent en vue d'un petit établissement situé dans le parc. Les clients faisaient la queue pour qu'on leur désigne une table, mais dès que le personnel aperçut Beckham, on les conduisit vers une place à l'écart. Avait-il réservé… ou savaient-ils qui il était ?

Aussitôt installée, Reyna jeta un coup d'œil à la carte. Elle commanda un sandwich et une boisson puis reporta son attention sur Beckham en tapant du pied pour manifester son impatience. C'était typiquement le genre de situation qui la mettait sur les nerfs. Son mécène était facile à vivre en apparence, et pourtant, tout était compliqué entre eux, qu'il s'agisse de la relation professionnelle ou privée.

Elle s'efforçait de retrouver son calme quand une voix la tira de ses réflexions.

— Pouvons-nous vous tenir compagnie ? lança Roland.

Il se présenta à leur table, suivi de Cassandra, Sophie et Félix, comme s'il s'était attendu à les trouver ici. Beckham se raidit.

— Bien sûr. J'ignorais que vous veniez ici pour déjeuner.

Cassandra passa la main dans les cheveux de son sujet à la manière d'une maîtresse flattant son chien.

— On adooore venir ici, minauda-t-elle, et aujourd'hui, on s'est dit qu'on allait déjeuner tôt.

Le personnel déplaça rapidement la table voisine de façon à ce que tout le groupe puisse s'installer. Reyna resta bien droite dans sa chaise. Sans bouger. Fâchée après Beckham, elle n'était pas idiote au point de le montrer à ses collègues. Aucun d'eux ne lui inspirait confiance : ni les vampires ni Sophie, qu'elle trouvait limite dingue. Quant à Félix, il était tellement épris de Cassandra qu'il paraissait vain de s'intéresser à lui.

Reyna resta muette tandis que Beckham parlait boulot avec ses homologues. Elle avait avalé la moitié de son sandwich quand la conversation se reporta brusquement sur elle.

—Alors, très chère, excitée par la perspective de vendredi soir ?

—Je... pardon ? Il y a un truc prévu ?

Roland regarda tour à tour Beckham et sa compagne.

—Enfin, tu sais bien. Ta première soirée au Caveau.

Elle arqua un sourcil.

—Le Caveau ? Qu'est-ce que c'est ?

—Beckham, tu comptais lui faire la surprise ? Je n'ai pas fait de gaffe, j'espère.

Roland se recala dans son siège en riant à demi, comme s'il s'agissait d'un genre de blague entre eux.

—Non, répondit Beckham.

Il n'en dit pas plus et refusa de croiser le regard de Reyna.

—Dans ce cas, reprit Roland, il faut nous dire pourquoi tu n'as pas révélé ce délicieux secret à ta jolie créature. Cassandra emmène Félix. J'emmène ma Sophie. Ça promet beaucoup.

—J'avais prévu d'y aller avec Penny, déclara Beckham.

Reyna inspira à fond. Sans connaître la nature exacte du Caveau, elle n'en revenait pas qu'il lui ait caché l'existence de cette soirée. Si tout le monde y allait, sa propre absence ne risquait-elle pas de faire bizarre ? Ce micmac lui donna la nausée. Il comptait y emmener Pénélope... Quelle idiote elle était ! Toute cette histoire virait à la farce sinistre.

Cassandra gloussa tout en faisant courir l'index le long du cou de Félix. Reyna fut prise d'un frisson en voyant défiler l'image de ses crocs plantés dans la nuque du malheureux.

—C'est plus fun d'y aller avec son sujet, Beckham.

—Elle a raison. Pénélope connaît déjà, tu devrais faire découvrir notre monde à ta Reyna. Ce sera sa première fois. En outre, il n'y aura plus d'autre occasion avant un bon moment. Elle veut voir ça, tu ne crois pas ? conclut Roland en reportant son attention sur la jeune femme.

Une boule d'angoisse dans la gorge, Reyna répondit néanmoins avec sincérité.

— Oui.

Beckham lui coula un regard noir.

— Tout est déjà organisé.

— Qu'à cela ne tienne, révise tes plans ! La petite Reyna est si jeune, si innocente… Assister à sa réaction promet d'être *délectable*, tu ne crois pas ?

— Délectable, répéta Cassandra en ronronnant dans le cou de Félix.

— En plus, elle rêve d'y aller.

— C'est vrai, abonda l'intéressée.

Bien qu'elle n'ait pas la moindre idée de ce qui l'attendait audit Caveau.

— Je vois, répondit Beckham d'une voix sèche. Entendu. Je change mes plans pour la soirée de vendredi.

Il lui lança un regard qui signifiait *Tu n'as pas idée de ce que tu viens d'accepter*.

Elle lui répondit par un sourire perfide.

CHAPITRE 25

— C'est quoi, ce fameux Caveau ? demanda Reyna dès qu'ils quittèrent le restaurant.

— Tu verras.

— Tu n'as pas l'intention de me le dire ?

— Non.

Reyna se mordit la lèvre inférieure. À la façon dont les autres vampires en avaient parlé lors du déjeuner, l'endroit avait l'air excitant et flippant à la fois. Dans quel nouveau pétrin s'était-elle fourrée ? Et pourquoi diable Beckham refusait-il de la mettre au courant ?

De retour à l'appartement, alors que Beckham se dirigeait vers ses quartiers, elle reprit la parole.

— Tu ne vas rien me dire du tout ? Même pas comment je suis censée m'habiller ? Où ça se trouve, ce qui va s'y passer ?

— Tu as convenu d'y aller. Après avoir conspiré dans ce sens. À toi d'en subir les conséquences, petite chose. Tu suivras mes instructions quand je te les communiquerai. Tout le reste sera décidé pour toi.

— Je suis apte à suivre des instructions, merci. Y compris à *jouir* sur ordre, ajouta-t-elle à mi-voix.

Beckham haussa un sourcil pour tout commentaire. Reyna était habituée à ce type de non-réaction qui la hérissait à chaque fois. Il disparut tout l'après-midi, la laissant seule à gamberger sur les récents développements et sur ce qui pouvait bien l'attendre.

Histoire de se changer les idées, elle envoya un SMS à Everett.

OK ce week-end pour le truc dont on a parlé ? Prise vendredi. Samedi, ça te va ?

Il répondit presque immédiatement.

Mauvaise idée. Et si on se fait choper ?

Un point pour lui : Reyna ignorait quelle serait la sanction si d'aventure elle se faisait pincer à fouiner dans une banque de sang clandestine. Une sanction sévère, à n'en point douter…

Évitons de nous faire prendre, alors.

Plus facile à dire qu'à faire.

La dernière fois, la pièce n'était pas gardée et la foule, en bas, en éruption. Provoquer un truc dans le genre, ça paraît l'idéal.

Et comment tu comptes t'y prendre ?

Bonne question. Reyna n'avait pas la réponse. Sa seule certitude : une envie furieuse d'y retourner pour en savoir plus.

Je ne sais pas.

Voyons-nous ce week-end pour en parler.

La jeune femme haussa les épaules. N'ayant rien de prévu hormis cette histoire de Caveau le vendredi soir, ça paraissait jouable.

Samedi soir ?

Ça roule. On se voit après mon boulot.

La journée du vendredi se déroula avec une lenteur infinie. Reyna, recluse dans sa chambre, attendit que ce truc au Caveau daigne se décanter. Patienter en vue d'une soirée dont elle ignorait tout la rendit incroyablement anxieuse. Sur Internet, le mot-clé Caveau révéla une longue liste de sites sans intérêt. Rien, en tout cas, qui justifie un tel niveau de secret.

Vers vingt-trois heures, deux femmes déboulèrent dans sa chambre : le traditionnel tandem coiffeuse-maquilleuse. Qui ne pipèrent mot quand elle tenta d'engager la conversation. Soit Beckham leur avait enjoint de ne rien dire, soit elles ne savaient rien de la soirée. Ce qui ne les empêcha pas de la transformer en créature méconnaissable, sorte de diablesse sexy au maquillage fuligineux. La coiffeuse avait tissé un chignon savant d'où cascadaient quelques mèches noires joliment torsadées.

Quand elle sortit de la salle de bains, elle vit qu'un petit sac blanc avait été posé sur son lit. Un coup d'œil à l'intérieur lui fit écarquiller les yeux : de toutes les choses que Beckham aurait pu suggérer, la dernière à laquelle elle s'attendait était de la lingerie coquine. Avec… rien pour couvrir !

Après avoir effleuré la soie et la dentelle, elle ôta la robe qu'elle portait. Une autre femme arriva dans l'instant pour l'aider à ajuster le bustier noir et rouge corseté. L'habilleuse tira sur les lacets jusqu'à ce que Reyna suffoque. Le bas de sa tenue consistait en un caleçon d'homme froncé noir, en bas de soie arrivant à mi-cuisse, reliés au corset par des rubans, et en bottes noires à talons. Elle se sentit ridicule… et en même temps plus sexy que jamais.

— Où est ma robe ? demanda-t-elle.

L'habilleuse lui tendit un kimono de soie noire si court qu'il ne lui couvrirait même pas les fesses.

— Et voilà.

— Un instant… il n'y a pas de robe ?

— C'est tout ce qui a été fourni.

Reyna enfila le kimono miniature qu'elle tenta de refermer sur sa tenue provocante. Effet produit : pas grand-chose sur presque rien.

Dans quoi s'était-elle fourrée ? Elle était vêtue comme une *vraie* putain.

La jeune femme fit taire ses appréhensions. Elle s'était débrouillée pour être invitée au Caveau. Il n'était pas question de se dégonfler sous prétexte que sa tenue du jour était encore plus scandaleuse que les précédentes. Beckham l'avait déjà vue presque nue, après tout. Ça ne serait pas si terrible…

Quand elle quitta sa chambre, Beckham la détailla et elle laissa s'entrouvrir son kimono. Il lorgna sur ses formes. La jeune femme respira à fond en le voyant esquisser un rictus. Il avait beau s'exhorter à rester impassible, Reyna eut la certitude que sa tenue lui faisait de l'effet. Toujours en rogne après lui, elle n'en apprécia pas moins de se sentir désirée.

— Reste près de moi, dit-il en s'approchant. Tout le monde va vouloir poser les mains sur toi.

— Tout le monde ?

Nouveau sourire en coin du beau ténébreux.

— Oh que oui ! Tout le monde.

— Même toi ?

Ses yeux s'assombrirent ; il détourna le regard.

— Ne me quitte pas d'une semelle. Tu n'as pas idée de ce qui t'attend.

À sa mine, Reyna jugea vain de lui demander des explications : il ne dirait rien, c'était couru. Il s'amusait à la laisser sur des charbons ardents.

Aussi concentra-t-elle son attention sur Beckham afin de graver cet instant dans sa mémoire. La tête penchée de côté, sanglé dans un costume noir avec chemise noire à col ouvert, il était entièrement vêtu de noir… et à croquer. Comment ne pas songer à lui sauter dessus quand il était si attirant ?

Au lieu de la Town Car habituelle les attendait une immense limousine noire. Reyna sentit ses yeux pétiller. Elle n'était jamais montée dans un engin pareil, cela s'apparentait à un rêve inaccessible. Le chauffeur ouvrit la portière. Elle se coula sur la banquette arrière, aussitôt suivie par Beckham.

— Il reste un accessoire à ta tenue, lui dit-il alors que la limousine s'élançait.

— Ah bon ? réagit-elle, intriguée.

L'air sournois dans l'habitacle mal éclairé, Beckham sortit de sa poche un large ruban noir.

— On t'a déjà bandé les yeux ?

La jeune femme secoua la tête, la gorge nouée.

— C'est indispensable ?

— La sécurité du Caveau est très stricte. Seul un cercle très restreint connaît son adresse exacte. Simple précaution. (Il décrivit un cercle avec son index dressé.) Tourne-toi.

Le cœur battant à tout rompre, elle obtempéra lentement. Quitte à se haïr de le désirer si fort. Au diable sa propre colère et la bêtise de Beck ! Sa seule envie était de se sentir vivante entre ses bras.

Il lui banda les yeux. Tout vira au noir tandis qu'il faisait un nœud bien serré derrière son crâne. Puis il fit courir sa main dans le dos de la jeune femme.

— Comment est-ce ?

— Je ne vois rien.

Elle serra les cuisses. Ainsi privée de la vue, tous ses autres sens étaient exacerbés. L'odeur musquée de son eau de toilette, le léger contact de sa main contre la peau nue, la distance infime qui les séparait… sans oublier son idée fixe, abolir ladite distance.

Beckham, hélas, cessa de lui effleurer le dos et se tint à l'écart. Reyna eut froid et se sentit vide. Il n'était cependant pas question qu'elle prenne la moindre initiative. Pas après ce qui s'était passé sur le toit. Sa nervosité s'accrut à chaque virage. Où diantre l'emmenait-il ? Trente longues minutes plus tard, le véhicule plongea sous terre.

Puis s'immobilisa enfin.

Reyna était prête à ôter le bandeau elle-même. Désorientée depuis une bonne demi-heure, elle s'estimait parfaitement incapable de trahir l'emplacement du Caveau.

Beckham se pencha vers elle et dénoua l'étoffe. Reyna, un instant éblouie par la lumière, se retrouva à contempler ses yeux noirs.

— Nous y sommes.

— Où, au juste ?

Il secoua la tête.

— Mieux vaut que tu me laisses parler, d'accord ?

— OK, répondit-elle d'une petite voix.

— J'ai quelque chose pour toi.

— Quoi ? Encore ?

Beck sortit un étui noir de sa poche de veste et le lui tendit. Elle l'accepta, médusée. Un étui à bijou ! Qui aurait pu se douter qu'elle se voie un jour offrir quoi que ce soit qui mérite un tel écrin de velours ?

L'étui ouvert, elle découvrit un bracelet en argent absolument magnifique, serti de diamants. Avec une plaque où étaient gravé *Anderson, O-*. Reyna, bouche bée, n'en revint pas. Un bracelet incrusté de *diamants* ? Beck était riche, d'accord, mais de là à claquer autant de fric pour elle...

Le beau ténébreux le lui attacha au poignet. Le métal était froid contre sa peau.

— Ne l'enlève surtout pas à l'intérieur.

— Pourquoi ?

— Parce qu'il atteste que tu es avec moi. Il te protégera.

— De quoi ?

Qu'est-ce qui le poussait sans arrêt à s'inquiéter pour sa sécurité ?

— De tout.

Nouvelle non-réponse, mais au moins, Reyna avait confiance dans sa capacité à veiller sur elle. Qu'il lui ait été offert ou non à cause de ce qui l'attendait au Caveau, la jeune femme était ravie de sentir ce bijou fabuleux sur sa peau. Et plus encore que l'objet signifiait qu'elle était avec lui... même si, d'une certaine manière, il témoignait surtout qu'elle était sa *chose*.

— Tu es prête ?

— On va dire ça.

Beckham actionna la portière puis l'aida à s'extraire de la limousine. Une porte, qui se fondait dans la paroi de béton, s'ouvrit à leur approche. Ils s'engagèrent dans une galerie plongée dans une quasi-obscurité. En point de mire : une antichambre... et une porte de coffre-fort géante. Le beau ténébreux utilisa un passe magnétique blanc sur un boîtier, à côté du sas, puis une main féminine leur tendit deux cartes similaires.

— Soyez les bienvenus au Caveau, minauda l'hôtesse debout sur le seuil.

— Qu'est-ce que c'est ? demanda Reyna en désignant les cartes.

— Nos fiches de participation. Tu n'en auras pas besoin.

— Pourquoi ça ? voulut savoir la jeune femme en arquant un sourcil.

— Parce que tu ne vas *pas* participer, gronda-t-il.

— Participer à quoi ?

— Tu le sauras bientôt.

Elle le défia du regard.

— Et s'il me prend l'envie de participer ?

Beck l'empoigna par l'avant-bras et l'attira contre lui. Presque à le toucher.

— Ce bracelet indique que tu m'appartiens, petite chose. Moi seul ai le droit de t'approcher. Gare à ceux qui s'y risqueraient. Maintenant, cesse de discuter et entrons.

Reyna hocha la tête en dépit de son appréhension. Ce qu'il venait de dire n'avait ni queue ni tête : fiche de participation, bracelet d'appartenance… Elle se crispa, résolue à se jeter dans l'inconnu.

L'énorme volant de la porte fit plusieurs tours avant de s'enfoncer. Le battant massif joua sur ses gonds. Transportée dans un autre monde, Reyna hoqueta sous le coup de la surprise.

— Un… club libertin, murmura-t-elle.

Chapitre 26

— Un bordel, plutôt, corrigea Beckham.

Reyna, abasourdie, regarda alentour. La déco se déclinait dans les tons rouge, violet et noir. Une salle immense où se remarquaient d'emblée de nombreux divans festonnés de coussins. Des tables étaient dressées ; maints convives avaient déjà pris place dans des sièges luxueux. Tout l'ensemble était tourné vers un podium central, où trônait un grand lit tendu de blanc.

La jeune femme s'arracha à la contemplation de la scène et s'intéressa aux convives. Plusieurs couples se dirigeaient vers des alcôves où devaient se passer des choses assez faciles à imaginer. Des serveurs au torse nu, seulement vêtus d'un caleçon noir moulant, portaient un plateau chargé de cocktails… et d'un petit compte-gouttes rempli d'un liquide rouge sang. Mieux valait ne pas savoir ce qu'il renfermait. Des femmes entièrement nues étaient allongées sur des tables, au milieu des victuailles. Le piquant de cette mise en scène n'échappa pas à Reyna.

Les convives étaient tous des vampires tirés à quatre épingles, traînant dans leur sillage des vivants tenus en laisse. La débauche totale. Reyna, bien qu'habillée au diapason des femmes présentes, sentit qu'elle détonnait. À bien y regarder, d'ailleurs, beaucoup étaient moins couvertes qu'elle. Mais le plus frappant, c'était la toute-puissance que ces monstres dégageaient. Les vampires régnaient sans partage ; les mortels n'étaient que des objets de désir. La jeune femme frissonna.

— C'est toi qui as voulu venir, lui rappela Beck.

— Eh bien j'y suis !

Il se pencha vers elle et lui murmura à l'oreille :

— Enlève ton kimono.

Elle se garda d'objecter ; l'ambiance qui régnait dans la salle ne s'y prêtait pas. Aussi ravala-t-elle sa gêne et laissa-t-elle choir le kimono en le regardant dans les yeux. Il la détailla. Elle remarqua qu'il tremblait légèrement.

— J'ai besoin d'un verre, dit-il.

Reyna le suivit en s'efforçant de ne pas loucher sur les scènes graveleuses qui se déroulaient sur leur passage. Ils prirent place au fond de la salle. La jeune femme avança son siège jusqu'à ce que la table fasse écran à l'essentiel de sa presque nudité.

Beckham s'installa à côté d'elle. Un serveur s'approcha. Reyna prit un verre d'eau, elle souhaitait garder les idées claires, mais son mécène opta pour un scotch.

— Une goutte, M. Anderson ? demanda le loufiat.

— Non, répondit-il en secouant la tête avec vigueur.

L'homme acquiesça, lui tendit son verre puis s'éclipsa.

— Une goutte de *quoi* ? demanda-t-elle.

Beck soupira.

— Un jour ou l'autre, je t'obligerai à arrêter de poser des questions.

— M'étonnerait.

— Une goutte de sang, bien sûr.

— Quel type ?

Le regard qu'il lui lança suffit à ce qu'elle comprenne.

— Donc… les vampires qui sont ici boivent du sang non compatible, conclut-elle, horrifiée.

— Une malheureuse goutte. Rien qui risque de faire du grabuge… ou en tout cas, pas plus de grabuge que ce qu'ils envisagent déjà.

Reyna digérait cette information quand Roland, Cassandra, Sophie et Félix se joignirent à eux. Batiste était en costume. Cassandra, pour sa part, portait une robe longue en dentelle noire ajourée juste ce qu'il fallait pour révéler davantage que les dessous de Reyna. Félix était en caleçon noir et collier incrusté d'or. Il portait déjà des marques de morsure dans le cou et arborait son éternelle tête de camé. Sophie, enfin, était pleine d'assurance dans sa lingerie d'un blanc virginal qui formait contraste avec l'ambiance sombre.

— Heureux de te voir, Beckham, lança Roland avec un signe de tête.

Reyna eut froid dans le dos en remarquant l'aspect rougeâtre de sa boisson. Un Roland féroce, c'était le pompon.

Batiste la déshabilla lentement du regard. Se sentant brusquement aussi nue que les filles allongées sur les tables, la jeune femme s'agita, mal à l'aise.

— Ravi que tu aies pu venir, Reyna, ajouta le monstre.

Elle regarda ailleurs et garda la bouche close. Le souvenir de ce qu'il lui avait dit pendant le bal lui revint et la rendit malade. *On se reverra, ma chérie. Compte sur moi.*

L'éclairage clignota à deux reprises, indiquant à tous qu'il était temps de s'asseoir. Sophie prit place à côté de Reyna qui soupira d'aise : Roland ne pourrait pas l'atteindre. Il lui flanquait la trouille, et le fait qu'il ait bu une goutte de sang n'arrangeait rien.

Une femme à forte poitrine en lingerie noire et long kimono soyeux monta sur la scène.

— Bonsoir mesdames, messieurs et détraqués de tout poil, proclama-t-elle, les bras tendus vers la foule, en arpentant l'estrade. Je suis Dee, la Matrone du Caveau.

Vous voici tous enfermés dans mon univers de luxure. Vous connaissez les règles : personne n'entre, personne ne sort.

Elle décocha un clin d'œil à son public tout en continuant à arpenter le podium.

— Ce soir, reprit-elle, je vous ai mitonné un spectacle de premier choix. Une créature délectable, toute de blanc vêtue, flanquée de ses étalons fougueux et d'un couple de… goûteurs. Préparez-vous à être envoûtés ! Que la fête commence !

Dee désigna le lit d'un geste théâtral puis quitta la scène. Reyna se pencha en voyant s'avancer à genoux une jeune fille en robe blanche qui tremblait comme une feuille. Vivante image de l'agneau sacrificiel. Vers qui tous les regards convergeaient.

Témoin de l'effroi manifeste de la jeune fille, Reyna se découvrit impuissante.

Elle prit son mécène par la main en s'attendant à ce qu'il se dégage, mais Beckham referma son immense battoir sur sa petite menotte.

— Où m'as-tu emmenée ? murmura-t-elle.

Le regard de Beck était brûlant de désir. En se tournant vers lui, elle vit qu'il louchait sur sa gorge offerte. Et se léchait les babines avec un appétit nouveau. Sa main libre erra sur le dossier de chaise de sa compagne de sang, puis il se pencha pour lui parler au creux de l'oreille.

— À l'endroit exact où tu souhaitais venir.

— Le Caveau est un… bordel de sang ?

— Précisément, répondit Beckham, la bouche tout près de son cou.

Reyna était à la fois terrifiée et… intriguée par la notion de bordel de sang. La jeune femme sur la scène, toujours tremblante, s'était relevée et paraissait peu consentante, mais n'essayait pas pour autant de fuir ou de hurler. De qui s'agissait-il ? D'une prostituée ?

Elle poussa un soupir en songeant à ce mot. En quoi sa propre situation différait-elle ? Hormis le fait de vivre en appartement-terrasse et de se vendre à un seul client, elle n'était en définitive qu'une vulgaire putain. Constat accablant, mais qu'y faire ? Elle s'estima heureuse d'être à sa place et non sur scène. Reyna se demanda combien de filles pouvaient travailler dans un bordel au lieu de chez Visage. Puis son effroi monta d'un cran supplémentaire : Visage *possédait* un bordel… Plus rien n'était impossible.

Il était difficile de se concentrer sur l'autre fille avec Beckham qui continuait à loucher sur sa gorge, ses crocs à quelques centimètres de l'artère. Elle ne l'encourageait en rien… mais ne faisait pas davantage pour le décourager. Le repousser ? L'environnement immédiat… et ce que lui dictait son corps… l'en empêchaient.

Elle tenta néanmoins de s'intéresser à la scène.

Deux hommes sortirent des coulisses et rejoignirent la fille. Le premier dégagea les mèches qui lui barraient la figure. Elle n'était pas aussi gamine que ce que Reyna avait cru d'emblée. Plus de vingt ans, en tout cas. Le type sur sa droite, tignasse noire coupée court, l'embrassa sur la bouche en paraissant hésiter. L'autre, un blond aux cheveux longs, arracha la fille à son comparse et l'embrassa avec fougue. Puis il la força à s'agenouiller, sortit une queue énorme de son caleçon et poussa l'engin contre les lèvres de la fille.

Après des gémissements sonores, elle ouvrit la bouche et prit le sexe entier en elle. Quelques secondes de fellation plus tard, le blond lui prit la tête à deux mains et la pénétra en soudard jusqu'à la faire suffoquer. La malheureuse se plia en deux et toussa comme une possédée.

L'autre type parut la prendre en pitié et la souleva dans ses bras. Puis il la porta jusqu'au lit et l'y allongea avec douceur, les jambes tournées vers le public. Lui arracha son string blanc qu'il lança en l'air avec emphase, tomba à genoux et entreprit de la lécher jusqu'à ce qu'elle pousse des cris violents.

Reyna serra les cuisses sous la table. C'était la première fois qu'elle assistait à un truc pareil, et pour… dégradant que cela soit, la fille semblait y prendre un vif plaisir. Les deux types aussi étaient excités à mort, c'était flagrant. Tout comme la moitié du public au bas mot. Reyna elle-même eut chaud partout à l'idée de remettre ça avec Beckham, et la perspective de le faire en public ne faisait qu'exacerber son désir.

—Reyna, lui grogna Beck à l'oreille, tu es tout excitée.

—Je… pas du tout, protesta-t-elle à voix basse.

Il lui lâcha la main, glissa l'avant-bras sous la table et lui écarta les cuisses. Personne ne pouvait voir ce qu'il faisait, ce qui n'empêcha pas Reyna de rougir comme une pivoine. Il plaqua la paume contre la culotte en dentelle noire.

—Je te *sens*, insista-t-il. Tu es sûre ?

—Vois par toi-même, le mit-elle au défi.

Beck passa sous l'étoffe et commença à lui caresser la fente, déjà moite et hypersensible. La jeune femme se mordit la lèvre pour ne pas gémir. Puis il glissa deux doigts dans son intimité et entama un savant va-et-vient.

Reyna, penchée sur la table, ouvrit la bouche. Dieu du ciel !

Personne ne prêtait attention à eux. Pour autant, Beckham était en train de la *branler* dans un club où des gens baisaient sur scène.

Elle reporta son attention sur le podium… tout était bon pour s'épargner un orgasme bruyant. Le type était monté sur le lit et besognait la fille. Le blond, pendant ce temps, distribuait des coups de trique sur la figure de la femme allongée. Sans crier gare, il lui enfourna le sexe dans la bouche.

Les doigts fureteurs de Beckham firent trembler Reyna, contrainte de fermer les yeux. Ses crocs lui éraflèrent le cou.

— Rouvre les yeux, ordonna-t-il. Il ne faut pas rater ça.

Elle s'exécuta au moment où deux vampires, un de chaque sexe, entraient sur scène avec grâce. L'homme portait un pantalon de smoking noir ; la femme un justaucorps en élasthanne noire et des bottes en cuir à talons. Elle poussa le blond de côté. Celui-ci recula un peu et commença à s'astiquer.

La femme vampire se pencha, un doux sourire aux lèvres… et planta brusquement ses crocs dans la gorge de la fille. L'humaine hurla dans un silence quasi religieux, avant d'embrayer sur des gémissements d'extase.

Ses hauts cris firent éjaculer le brun en elle, que le vampire mâle s'empressa de remplacer. Il leva les jambes de la fille vers le ciel et la mordit à son tour, au creux de la cuisse, soit pile à l'endroit indiqué par Beckham lors de cette fameuse nuit.

Reyna, le cœur battant à tout rompre, sut sa jouissance imminente. Elle se retenait à grand-peine : le pouce de Beck lui torturait délicieusement le clitoris.

— Arrête de rendre ça si difficile, gronda-t-il.

— Quoi donc ? gémit-elle en posant la main sur son érection.

Il cessa un instant de remuer en elle. Reyna lui empoigna le sexe sans qu'il s'y oppose.

— Rester loin de toi.

— Tu me veux, mon grand. Je suis à toi, intima-t-elle. Choisis-moi.

Reyna lui comprima la queue au moment précis où la fille, sur scène, poussait un nouveau cri d'orfraie. Le vampire s'affairait entre ses cuisses alors que le sang qui s'écoulait de ses plaies traçait des sillons sombres sur sa peau laiteuse et la lingerie blanche. La femme vampire lui léchait la poitrine ; l'autre homme se glissa derrière elle et se mit à la baiser.

Ses digues cédèrent quand Beckham grogna « Reyna ». Elle perdit les pédales, terrassée par un plaisir ravageur. Pencha la tête en arrière et dut fermer les yeux. Foutredieu ! C'était divin. Le corps secoué de spasmes, elle attendit d'avoir retrouvé son souffle avant de rouvrir les paupières.

L'orage passé et Beck ayant cessé de la stimuler, la jeune femme glissa un doigt dans sa vulve détrempée et lui fourra l'index sous le nez.

— Tu es content du tour que tu m'as joué ? Eh bien régale-toi, exigea-t-elle en lui glissant le doigt dans la bouche, qu'il se mit à téter goulûment. C'est ton œuvre.

— Quel fumet, dit-il dès qu'il en eut terminé.

— Tu l'as dit, mon grand. Et tu sais exactement ce que je veux.

Beckham et Reyna restèrent les yeux dans les yeux tandis que les « artistes », sur scène, en terminaient. Les secondes intenses s'égrenèrent… puis le beau ténébreux se tourna vers l'estrade. La jeune femme, dépitée, prit acte de cette nouvelle non-réponse. Elle *savait* qu'il la désirait pourtant. Il venait d'en faire la preuve avant de la rejeter. Son refus de la choisir persistait.

Madame Dee remonta sur scène sous un tonnerre d'applaudissements.

— Merci à vous, dit-elle en embrassant les participants d'un geste ample. Et merci à vous, cher public. À vos fiches de participation, tout le monde. Amusez-vous !

— Bigre, fit Roland en se tournant vers le couple. C'était quelque chose, ce spectacle ! Vous l'avez apprécié, on dirait.

Reyna détourna les yeux en priant pour ne pas trop rougir. Son vœu le plus cher : disparaître avec Beck, pour qu'ils puissent s'expliquer ou tirer un bon coup. Dans son état, tout lui était égal. Elle le désirait si fort qu'elle se sentait prête à chasser tout le monde de la scène pour s'y faire sauter en public.

— Suis-moi, trésor, lança Cassandra à Félix. Il y a quelqu'un que je *meurs* de te présenter.

Le couple se fondit dans la foule. Reyna se retrouva seule avec Beckham, Roland et Sophie. Cette dernière, en dépit d'une impatience manifeste, paraissait avoir compris qu'ici, les vampires contrôlaient tout.

— Ah, qui voilà ! dit Roland en se levant. Je me demandais si tu allais pouvoir venir, en fin de compte.

Reyna s'arracha à la contemplation de Beck pour découvrir la personne à laquelle Batiste venait de s'adresser… et resta bouche bée. C'était quoi, cette merde ?

— Penny, déclara Beck, l'air aussi surpris que Reyna.

Pénélope était belle à se damner. Évidemment. Ramenés sur une épaule, ses longs cheveux formaient des vagues au volume parfait. Elle portait un bustier noir, une jupe moulante assortie et des bas résille. Rien d'aussi révélateur que les autres humaines présentes, certes, mais elle jouait dans une catégorie à part en tant que fille du maire.

— Désolée d'avoir raté le spectacle, répondit la nouvelle arrivante.

Elle posa les yeux sur Beckham et Reyna vit de l'inquiétude dans son regard. Pourquoi diable ? se demanda la jeune femme. Quoi qu'il en soit, cette expression préoccupée laissa rapidement la place à un air malicieux quand Pénélope les contempla l'un à côté de l'autre.

— Que fais-tu ici ? voulut savoir Beck.

La fille du maire haussa les épaules.

— Roland m'a confié que tu souhaitais que je vienne, minauda-t-elle en contournant la table dans sa direction.

Reyna en eut l'estomac retourné. Comment tolérer de la voir s'installer et faire son petit numéro ? Beckham venait de la faire jouir… et il allait se retrouver avec Pénélope… dans un club libertin ?

Le beau ténébreux eut beau lui lancer un regard appuyé, Penny sourit et lui effleura l'épaule, l'air mutin.

— Je suis toujours invitée, non ?

De l'autre main, elle caressa son épaule dénudée en remontant jusqu'à la naissance du cou. Elle le narguait. Reyna vit la fille du maire lui jeter un coup d'œil à la dérobée. Pénélope était en train de gagner, c'était évident. Ce qui se passait sous les yeux de la jeune femme jetait aux orties les événements des derniers jours. Il lui préférait Penny. Logique, certes… mais Reyna en eut le cœur brisé.

— Bien sûr, finit par concéder Beckham.

La coupe était pleine. Toujours la même rengaine ! Reyna se releva en hâte.

— Prenez ma place, offrit-elle, la gorge nouée. Je n'en ai plus besoin.

— Reyna, tenta Beckham, suppliant presque.

La jeune femme fit la sourde oreille.

— Pas la peine, trancha Pénélope en s'installant sans manières sur les genoux de Beckham.

Elle le regarda dans les yeux, passa un bras derrière son cou et se mit à glousser.

— Tu as l'air affamé, mon cœur. (Elle tendit le cou vers lui.) Tiens, régale-toi.

Reyna n'en revint pas de l'entendre prononcer les mêmes mots qu'elle, l'instant précédent. Le cœur au bord des lèvres, elle craignit de se mettre à vomir.

Beckham hésita une fraction de seconde puis planta ses crocs. Reyna, pétrifiée, le vit s'abreuver au cou de Pénélope. La tête rejetée en arrière et les yeux clos, elle semblait au septième ciel.

Beckham buvant le sang de Pénélope. Pas croyable. La seule chose qu'il s'était toujours refusé de faire à Reyna. Elle qui avait trouvé tellement érotique cette mise en scène de prédation publique, et qui se faisait un film à l'idée de Beck lui plantant les crocs dans le cou… ou ailleurs. Tout ça s'était envolé en un clin d'œil. Elle se sentit ridicule, sa vue se brouilla sous l'effet des larmes, il fallait qu'elle parte. À tout prix. Le plus loin possible.

Aussi prit-elle la tangente, sans un regard en arrière et au mépris de sa propre sécurité.

Chapitre 27

Reyna fila en trébuchant vers la sortie de la grande salle du bordel. Les yeux noyés de larmes, elle n'y voyait pas grand-chose et bousculait les gens au passage. Son seul vœu : s'isoler. Ses nerfs étaient sur le point de lâcher, il n'était pas question de péter les plombs en public.

Seul hic : les moindres recoins étaient occupés. Le Caveau était un labyrinthe qui refusait de la laisser sortir. Sa seule ressource consistait à se déplacer à contre-courant de la foule. Au bout de quelques minutes d'errance, elle déboucha dans un long couloir jalonné de portes et presque désert.

La jeune femme essuya ses larmes en s'efforçant de ne pas ruiner son maquillage puis s'engagea dans la galerie en quête d'une salle vide. Première porte et mauvaise pioche : un type s'affairait à prendre une fille en levrette. Reyna poussa un petit cri de surprise et s'empressa de refermer.

Elle trottina sur quelques mètres et retenta sa chance. Ce qu'elle découvrit était encore plus dérangeant ; dix personnes, au bas mot, en pleine partouze.

— Tu vois pas que c'est occupé ! vociféra une participante.

— Na… navrée, je ne savais pas, bredouilla Reyna.

Un vampire nu, jusqu'ici occupé à mater, l'agrippa par le poignet.

— Pas si vite, beauté. Tu m'as l'air tout ce qu'il y a de délicieux. Pourquoi ne pas te joindre à nous ? Ce n'est pas la place qui manque…

En proie à un accès de panique, la jeune femme secoua la tête avec véhémence.

— Non… non merci.

— Allez, on va y aller doucement. N'est-ce pas, vous autres ?

Ses yeux trahissaient le fait que « doucement » n'était pas dans ses habitudes. Reyna tenta de se dégager, mais il tenait bon et l'entraîna vers le centre de la pièce.

— Lâchez-moi ! hurla-t-elle. J'ai dit non !

— Tu es au Caveau, dit le vampire en lui reniflant les cheveux. « Non » n'a pas cours ici, poupée.

Reyna blêmit.

— C'est du viol, hoqueta-t-elle.

— Que nenni. En venant ici, tu as donné ton consentement, répondit-il froidement. Je te devine délicieuse, avec tout ce sang qui coule dans tes veines. Ton cœur bat la chamade. Je le sens.

— Laissez-moi partir, je vous en prie…

Sa voix était geignarde, et alors ? Elle *était* aux abois. Rien de tout ça n'aurait dû se produire. Tout ce qu'elle avait souhaité, c'était se retrouver seule pour faire le point de sa relation avec Beckham.

— Voyons quel est ton groupe sanguin… même si ça n'a guère d'importance ici, gloussa le monstre.

Reyna se figea. C'était pile comme Beckham l'avait présenté : ces affreux appartenaient à la première faction, les vampires sans respect aucun pour l'espèce humaine. Qui trouvaient légitime de violer, sucer le sang et tuer à leur guise.

Les ongles du vampire s'enfonçaient dans le poignet. Il baissa les yeux sur le bracelet orné de diamants accroché par Beckham. Lut l'inscription… et la lâcha comme s'il s'était brûlé.

— Beckham Anderson ?

— Oui, dit-elle en reculant.

— Sors d'ici, petite. Ce type est un fou furieux.

Reyna ne se le fit pas dire deux fois. Elle quitta la pièce en trombe sous les quolibets. Courut dans le couloir jusqu'à ce qu'elle soit certaine d'être assez loin puis trouva enfin une pièce inoccupée. Elle s'effondra sur le lit, se recroquevilla en position fœtale et éclata en sanglots.

Après une minute de quasi-hyperventilation, elle s'ébroua et s'obligea à se ressaisir. Craquer à propos de Beckham, de Pénélope, du type qui avait failli la violer, d'accord. Mais ça ne devait pas sortir de cette pièce.

Rien d'étonnant à ce que Beck n'ait pas voulu qu'elle vienne. Il ne se nourrissait même pas d'elle. Peu enclin à la « partager », il ne s'était pas privé de boire au cou de Pénélope devant tout le monde. Quant à savoir ce qu'ils fricotaient en privé…

Beurk ! Mieux valait ne pas y songer.

Reyna était tombée amoureuse de lui. C'était une certitude. Et ce n'était pas uniquement physique : elle avait aperçu des bribes du vrai Beckham. Quand il lui avait parlé du mouvement *Elle*, chaque fois qu'il veillait à sa sécurité, la carte noire qu'il lui avait confiée sans rien exiger en retour, l'appareil photo qu'il lui avait offert quand elle avait eu besoin de s'occuper. Sa flamme, enfin, quand il avait parlé photographie. Tout ça. Beck n'était ni l'homme d'affaires implacable ni le monstre sanguinaire qu'il incarnait aux yeux de tous. Mais un type à cent lieues de ces clichés. Qui, hélas, ne voulait pas d'elle. Son cœur était brisé en mille morceaux.

Excitant au premier abord, le Caveau n'était en réalité qu'un lieu où prospérait une maladie. Qui ne faisait que perpétuer un mode de vie que le traitement par groupes sanguins, paradoxalement, s'efforçait de juguler.

La jeune femme regretta son appareil, elle aurait pu témoigner du véritable côté obscur de la haute société des vampires. Et faire éclater la vérité. Mais bien sûr, c'était exclu. Publier d'éventuels clichés aurait fait courir un risque énorme à Beckham. Or elle le détestait… mais pas au point de le faire souffrir autant qu'elle-même souffrait.

Ce qu'elle souhaitait, c'était retourner auprès de ses frères. Elle avait déjà amassé un petit pécule et se promit de redoubler d'efforts pour dénicher un autre job. Tout paraissait préférable au jeu pervers auquel elle était mêlée.

Elle s'assit sur le lit et prit une profonde inspiration. Oui. Sa décision était prise.

À l'instant même, la porte de son refuge s'ouvrit à la volée. Reyna se levait dans l'intention de signifier à la personne concernée de la laisser seule quand Roland entra et referma derrière lui. La jeune femme se sut piégée dans les grandes largeurs.

— Salut à toi, créature.

Reyna s'efforça de masquer son effroi. Roland n'était pas comme l'autre vampire, qui l'avait laissé filer dès qu'il avait su qu'elle appartenait à Beckham. Lui n'avait peur de rien. Il lui tournait autour depuis des semaines, attendant le moment opportun pour frapper.

— Tu joues au chat et à la souris avec moi, dit-il en s'avançant avec lenteur, les yeux rivés sur sa proie.

— Pas du tout, rétorqua-t-elle en s'efforçant d'y mettre de la conviction.

Peine perdue. La terreur était la plus forte. Comment échapper à Roland dans cette souricière conçue pour ne laisser aucune chance aux victimes ?

Batiste fit « tss-tss » comme s'il s'apprêtait à sermonner une sale gosse.

— Pas de ça avec moi, petite. Cela fait un moment que je t'ai à l'œil. Je savais bien que tu finirais par te retrouver seule.

Il fit trois pas supplémentaires. Reyna recula d'autant, terrorisée par le rictus diabolique qu'il affichait. Le monstre continua d'avancer jusqu'à ce que les genoux de sa proie heurtent le bord du lit. Elle se reçut durement sur les fesses et tenta de reculer sur le matelas.

— Beckham doit être en train de me chercher…

— N'y compte pas, rétorqua Roland avec force. Il est très occupé avec Mlle Sky et ça risque de durer. Comme toujours.

Reyna grimaça en s'entendant dire que sa rivale était seule avec Beck. Le pire étant que c'était la triste vérité. Beckham, trop occupé à s'abreuver au cou de Pénélope, ne l'avait même pas vue déguerpir. Il ne devait pas la chercher. Roland paraissait beaucoup s'amuser de la voir prendre conscience de sa situation.

— Ne t'en fais pas, dit Roland en lui caressant le bras, ce qui lui souleva l'estomac. Je vais te tenir occupée à ma façon.

La jeune femme s'élança vers la porte, mais Roland, vif comme un cobra, la retint par le bras. Elle cria, meurtrie par sa poigne de fer. Il la balança au pied du lit et éclata de rire.

— Tu ne sortiras pas d'ici. Je m'en suis assuré.

Il lui passa la main dans les cheveux puis lui effleura le visage. Reyna serra les dents.

— Où en étions-nous ? Ah oui ! Ne me dis pas que tu n'as pas rêvé de ce moment. Je suis sûr du contraire.

— Jamais de la vie, maugréa-t-elle.

— Tu fantasmes sur *lui* et pas sur moi ? lança-t-il, l'air écœuré. Beckham ne s'intéresse pas vraiment à toi, tu sais. Alors que tu m'amuses beaucoup. Tu mérites que je te dresse, comme on dompte un étalon de haute lignée. Dans ma France natale, débourrer les chevaux était autrefois un métier très lucratif. Compte sur moi pour te briser. Dès ce soir.

Il fondit sur Reyna qui poussa de hauts cris. Comme il l'avait lâchée, elle fonça de plus belle vers l'unique issue et s'escrima sur la serrure. Pas assez vite, hélas. Roland l'empoigna par les cheveux et tira en arrière, lui arrachant plusieurs mèches et ruinant son chignon. Elle hurla de douleur. Traînée de force à travers la pièce, elle perdit l'équilibre, ce qui contraignit son tourmenteur à tirer plus fort.

Batiste la balança sur le matelas et rampa au-dessus d'elle. Reyna, terrifiée par ce qui l'attendait et le cuir chevelu en feu, fondit en larmes.

— Tu trembles, tu pleures et tu sens bon, apprécia-t-il avant de lui lécher les larmes à même les joues. Hmm, je vais me régaler.

Il empoigna son corset et l'arracha d'un geste sec, découvrant la poitrine de sa victime.

— Pitié, non, implora-t-elle. Pitié, pitié. Non, non, non, non…

— Ô que si, tu vas y passer.

Roland se pencha et l'embrassa sur la bouche. Reyna, dégoûtée, pinça les lèvres et refusa de céder.

— Ce petit jeu m'amuse, mais j'ai oublié mes manières ! On m'a appris à ne jamais jouer avec la nourriture.

Il lui tira la tête en arrière, exposant sa gorge. Ses crocs jaillirent. Reyna tressaillit au contact de ses lèvres. C'était la fin. Ce serait sa première morsure de vampire… et probablement la dernière.

Le temps fut suspendu. La porte s'ouvrit, comme au ralenti. Roland tourna la tête vers l'importun qui osait faire irruption ; Reyna aperçut la haute silhouette de Beckham dans l'encadrement. Une ombre meurtrière toute de noir vêtue. Le visage tel un nuage d'orage prêt à éclater.

— Lâche-la, Roland, aboya Beck.

Batiste répondit par un rire sardonique… voire de dément. Et se garda de relâcher Reyna.

— Elle est à *moi*, gronda Beckham.

— Viens la chercher si tu oses.

Le beau ténébreux s'élança comme un fauve tandis que Roland faisait mouvement pour mordre le cou de sa victime. Reyna hurla de plus belle, mais avant que les crocs du monstre se referment sur elle, celui-ci fut soulevé et projeté au loin. Son dos heurta la paroi ; il se retrouva accroupi.

— Tu te battrais pour elle ? demanda Roland.

— Tu ne me laisses pas le choix.

Batiste parut se ranger à cette conclusion. Les deux adversaires s'élancèrent sans attendre, si rapides que leurs silhouettes devinrent floues. Reyna, qui avait eu grand-peine à suivre le duel entre son mécène et le vampire renégat, dans l'impasse, tomba des nues. Ce ballet-là était d'un niveau très supérieur. Entre excellents combattants de même force. Redoutables et terrifiants, Roland et Beckham avaient un passé éloquent qui leur avait valu des postes éminents chez Visage Incorporated. Ils allaient beaucoup trop vite pour elle. Les coups pleuvaient, certains bloqués, le choc des corps contre les murs faisait tomber le plâtre du plafond, le mobilier était réduit en miettes. Un ballet réglé au millimètre… et mortel.

Reyna s'efforça d'échapper à cette mêlée furieuse en se blottissant dans un coin, son corset déchiré serré contre elle. Le rythme ne faiblissait pas, la violence allait même crescendo. Puis, enfin, tout ralentit : Beckham porta un coup parfaitement exécuté à la tempe de Roland, qui s'effondra comme un sac de patates. Par quel miracle ? Mystère. Seul comptait le résultat : Batiste était KO.

La jeune femme sut qu'il n'était pas mort et comprit que Beckham n'allait pas l'achever même si, à cet instant, elle l'espérait un peu.

— Il se passe quoi, là-dedans ? beugla une voix sur le seuil de la salle ravagée.

Reyna n'avait pas remarqué que le combat avait attiré toute une foule. Réfugiée derrière son bustier en lambeaux, elle se rencogna un peu plus. Son seul vœu : partir d'ici. Oublier cette horrible soirée. Beckham rajusta son costume et se campa face à l'intrus, occupé à renvoyer les badauds hors de portée de voix.

— Rien. C'est réglé, déclara Beck.

— Vous connaissez les règles, M. Anderson. Les bagarres sont interdites.

— Je les connais, en effet. M. Batiste prenait possession de ma propriété sans ma permission. J'étais dans mon bon droit en… en l'en empêchant.

Le type le fusilla du regard.

— Entendu, monsieur, mais je vous demande de partir sans délai. Vous vous êtes assez donné en spectacle.

— Personne n'entre, personne ne sort, rappela Beckham.

— La sécurité passe avant tout. Laissez-moi vous conduire à l'issue de secours.

Beckham avait toujours l'air prêt à en découdre et l'autre n'en menait pas large. Mais les règles importaient, visiblement, et Beck venait d'en transgresser une majeure. Pour la sauver. Il se résolut à hocher la tête.

Le beau ténébreux, en se tournant vers elle, constata qu'elle était presque nue et passablement secouée.

— Ma pauvre Reyna.

Il traversa la pièce et l'aida à se relever. Elle le regarda méchamment sans, toutefois, parvenir à cesser de trembler. Beckham ôta sa veste et l'en enveloppa. L'étoffe portait son odeur ; elle s'y blottit. Mais s'écarta quand il voulut poser la main sur ses reins. Il avait livré bataille pour elle, certes, mais ça n'effaçait pas toute l'ardoise. Loin de là.

Elle en avait soupé. Amplement. Beckham Anderson n'avait plus aucun droit sur son corps ou son âme.

— Reyna, plaida-t-il, l'air éprouvé.

La jeune femme lui lança un regard mauvais puis s'éloigna en titubant. Moins de cinq pas plus loin, ses jambes la trahirent, elle se serait écroulée sans l'intervention prompte de Beckham. Cette fois, se dégager fut au-dessus de ses forces : l'effet de l'adrénaline s'estompait. Reyna était épuisée, humiliée, vulnérable et en colère. Très en rogne même. Mais son corps n'en pouvait plus. Elle avait les jambes en coton.

C'était le choc.

Le contrecoup.

Voyant qu'elle n'avançait plus, Beck la prit dans ses bras et sortit en la portant. Totalement vidée, elle n'eut pas la force de crier, d'exiger qu'il la laisse tranquille. De lui dire à quel point sa vie avait été un paradis *avant* de le rencontrer.

Le sbire qui avait demandé à Beckham de partir les orienta vers un couloir qui donnait sur une autre porte. Moins imposante que l'entrée principale du Caveau, mais massive quand même.

— Je vais être obligé de boucler derrière vous.

— Aucun problème. Mon chauffeur va venir nous chercher, assura Beckham.

Le vampire, qui portait toujours Reyna, s'engagea dans un long tunnel sans rien ni personne à perte de vue. La porte du club se referma derrière eux. À double tour. Les laissant dans une obscurité totale.

Chapitre 28

Sitôt la porte close, Beckham la reposa sur ses jambes flageolantes. Elle tituba et dut se cramponner à la paroi. Même à deux doigts de tourner de l'œil, il n'était pas question de continuer à se laisser porter. Le mur était froid ; elle puisa dans ce choc thermique la force pour se ressaisir. Des images la hantaient encore – crocs plantés dans la chair, regards lubriques, corset arraché, parois secouées. Reyna ferma les yeux pour faire refluer la panique.

Elle était dehors.

Hors d'atteinte.

Sauf du type à côté d'elle qui, d'emblée, avait promis de la dompter.

Reyna rouvrit les paupières et s'habitua aux ténèbres. Beckham était devant, les yeux rivés sur le tunnel. La jeune femme remarqua alors que la galerie n'était pas totalement dans le noir : de faibles lumignons se devinaient au plafond, à intervalles irréguliers.

Beckham sortit son téléphone. Ce maudit gadget. L'écran lui éclaira le visage. Elle devina de la peur sur ses traits, alors même qu'ils avaient quitté le Caveau. Que pouvait bien redouter un type comme lui ?

— Et merde ! maugréa-t-il. Pas de réseau.

Reyna râla. Génial. Vraiment super.

— Je n'aurais jamais dû venir…

— Nous voilà enfin d'accord sur quelque chose, dit Beckham, obstiné.

Elle leva les yeux au ciel puis le fusilla du regard.

— Tu as un sacré culot de me sortir une connerie pareille, cracha-t-elle d'une voix dure. Si tu ne voulais pas de moi… si tu préfères *vraiment* Pénélope depuis le début, alors tout est ta faute.

— Je t'avais dit de ne pas venir. C'est toi qui as insisté.

Elle secoua la tête.

— Comme si je pouvais t'obliger à quoi que ce soit… C'est moi l'employée et toi le patron, tu te souviens ? Toi qui donnes les ordres. Pas moi.

— Parfait. Là tout de suite, je t'ordonne de te taire.

— Non, se récria-t-elle, droite comme un i. Je n'ai pas fini. Toute cette histoire est un paquet de merde. J'en ai ma claque. Dire qu'il a fallu que je te voie boire au cou de Pénélope… Quel foutu salaud !

— Reyna, gronda-t-il, menaçant.

— Comment tu peux faire ça ? lança-t-elle, aux abois. Boire son sang, à elle ? Après ce qu'on a vécu sur ce toit… et tout le reste. Pourquoi ?

Les mâchoires crispées, il se détourna.

— C'est compliqué.

— C'est très simple, au contraire. Tu refuses de me mordre, mais elle si ? Ça n'a rien de compliqué. C'est juste dégueulasse.

— Il faut qu'on parte d'ici. Reparlons-en plus tard.

— Des clous ! Parlons-en tout de suite. Et pour commencer, ne me touche plus jamais, tu entends ? Jamais ! Tu es un menteur, un enfoiré et un lâche !

Immense, le regard dur, il lui montra les crocs. Elle tenta de ne pas s'effrayer. Sauf que lorsqu'il voulait apparaître menaçant, il était foutrement crédible.

— J'ai déjà tout entendu, petite chose, mais je ne suis *pas* un lâche.

Reyna lui tint tête.

— Un lâche, c'est un type déchiré entre deux femmes et qui refuse de choisir. Laisse-moi te faciliter la vie, mon grand : je ne te gênerai plus. Je rentre à la maison.

— C'est ça, allons-y. Reprenons quand on sera arrivés à bon port. Pour le moment, il faut qu'on avance, je n'ai pas de signal.

— Non, cria Reyna. Quand je parle de rentrer « à la maison », c'est chez mes frères, au quartier des Entrepôts.

— Quoi ?

Beckham tourna la tête et la dévisagea durement.

— Tu as très bien entendu. J'en ai assez. Je démissionne, insista-t-elle d'une voix ferme. J'en ai ma claque de ton monde horrible, affreux !

Maxillaires crispés et souffle rauque, il cessa de la regarder.

— Nous en reparlerons quand tu seras calmée.

— Je ne changerai pas d'avis.

— On verra.

— Ma décision est prise.

— Là tout de suite, ça m'est égal, Reyna. On s'est fait virer du club pour finir dans un tunnel sombre, après que j'ai foutu en l'air une relation professionnelle *très* importante pour te sauver ! Alors excuse-moi de ne pas avoir envie de t'écouter parler de rentrer chez toi. Tu as fait la preuve que tu valais surtout ton pesant d'emmerdes, éructa-t-il en gesticulant, et ma priorité, c'est de foutre le camp. On décidera de ton sort plus tard. Allons-y, conclut-il, le regard dur.

Il s'élança dans le tunnel. Elle suivit le mouvement, n'ayant pas le choix. En sentant son malaise s'intensifier.

Elle lui avait certes annoncé son envie de partir, mais la réaction que venait d'avoir Beckham l'avait amèrement déçue. Qu'est-ce qui lui prenait, d'ailleurs, de regretter qu'il n'ait pas davantage insisté pour la garder auprès de lui ? Qu'il ait mis Roland KO parce que ce monstre s'apprêtait à la mordre ne comptait pas, Beck n'avait fait que défendre ses intérêts. Il se moquait visiblement qu'elle s'en aille ou non. Pire : il avait dit qu'elle valait son pesant d'emmerdes. Tout en refusant d'expliquer où il en était avec sa précieuse Penny. Intolérable.

Reyna suivit aussi vite que l'y autorisaient ses bottes à talons. Elle avait mal aux pieds, ce foutu tunnel était glacial. Elle ne se plaignit pas pour si peu. Ses petites misères ne le regardaient en rien.

— Tu sens ? demanda Beckham en levant la tête vers le plafond.

Reyna inspira à fond.

— Non, désolée.

— Et merde. Non. Pas déjà…

Le colosse accéléra. La jeune femme allongea le pas, ce qui n'était pas simple, pour tenir le rythme.

— Pas si vite, Beck. Je fatigue et j'ignore où on va.

— Le temps presse, Reyna.

Elle se mit à trottiner en bottes. Peine perdue, il la distançait nettement. Elle n'arrivait plus du tout à suivre.

— Beckham ! hurla-t-elle, à bout de souffle.

Elle le perdit de vue tant il faisait noir. La panique fit grimper son timbre d'une octave.

— Beck !

Il réapparut une minute plus tard, le souffle court, l'air éperdu.

— Elle n'est pas là. Elle n'est pas là !

Reyna, pliée en deux et les mains sur les genoux, soufflait comme un phoque.

— Qui ça ? Où ?

— Penny ! Elle est encore à l'intérieur. Merde, merde et merde ! Ça déraille, fulmina-t-il en faisant les cent pas devant elle sans cesser de pester.

— Je ne pige pas, là. Qu'est-ce qui se passe ?

Elle l'attrapa par le col et le secoua avec toute l'énergie qui lui restait. Il la regarda dans les yeux, l'air paniqué. À l'exact opposé du Beckham froid et zen qu'elle connaissait.

— Ressaisis-toi et dis-moi ce qui cloche.

— Elle n'était pas censée rester coincée à l'intérieur.

— Pourquoi l'est-elle ? Je ne comprends rien…

— Il faut que j'agisse, déclara-t-il, une lueur soudaine dans le regard.

Beckham cueillit Reyna comme il l'aurait fait d'une poupée, sourd à ses protestations, et courut jusqu'à la porte principale. Elle n'avait pas la moindre idée de ce qui se passait. Beck aux abois, c'était plus flippant que tout. Quand ils rejoignirent un groupe agglutiné devant la porte – des chauffeurs humains pour l'essentiel, mais aussi une femme vampire et son compagnon –, Beckham posa Reyna et se fraya un chemin dans la foule. Plusieurs types tapaient vainement sur l'immense vantail. La jeune femme baissa les yeux… et vit qu'une épaisse fumée sourdait sous la porte.

Son cœur s'arrêta. Voilà ce que Beckham avait senti.

De la fumée.

Un incendie.

— Oh non ! s'écria-t-elle avant de porter la main à sa bouche.

La fumée lui entra dans les poumons et la fit tousser. Elle prit conscience, horrifiée, de tous les gens piégés au Caveau sans espoir d'en sortir. Rien d'étonnant à ce que Beckham panique à propos de Pénélope. Reyna avait beau être jalouse et la détester, elle ne souhaitait pas sa mort pour autant.

Elle vit Beckham prendre les choses en main. Il avait un peu repris ses esprits.

— Toi, là. Appelle les secours. Ambulances et pompiers. Fissa.

Le chauffeur parut hésiter.

— Mais… il ne faut pas qu'ils sachent, pour ici. On a des ordres.

Beckham le regarda comme s'il avait affaire à un débile.

— C'est ça ou beaucoup de gens vont mourir. Qu'est-ce qui importe le plus, selon toi ? Allez, grouille-toi d'appeler !

L'homme acquiesça et sortit son téléphone. Reyna s'inquiéta ; les pompiers risquaient d'arriver trop tard. Les fumées ne tueraient pas les vampires, mais pour les flammes, c'était une autre affaire.

Beckham envoya la femme vampire et son compagnon à l'issue qu'ils venaient de quitter pour tenter de la forcer. Reyna s'interrogea : pourquoi personne n'évacuait, par cette porte ou l'autre ? Les deux étaient verrouillées de l'intérieur. Beckham envoya un groupe de chauffeurs au dortoir du bordel. Il laissa le gros de la troupe à l'entrée principale, avec pour mission impossible d'enfoncer une porte inexpugnable, puis fila en direction d'une troisième issue qu'il connaissait.

Reyna lui courut après aussi vite qu'elle put. Elle le rejoignit alors qu'il s'acharnait contre une porte latérale très similaire à celle par laquelle ils étaient sortis.

— Tu n'as rien à faire ici, dit-il en la voyant.

— Je reste auprès de toi.

Cela avait beau sonner comme la volonté de le soutenir moralement dans cette épreuve, la vérité, c'est que Reyna n'avait nulle part où aller.

Il ne dit plus rien. Au terme de quelques minutes d'efforts intenses, le colosse parvint à dégonder la porte. Une épaisse fumée sortait de la brèche pratiquée au sommet du battant. Des cris fusaient de l'autre côté.

— Quoi qu'il arrive, Reyna, ne bouge pas d'ici.

— Qu'est-ce que tu comptes faire ? dit-elle, les yeux arrondis par la peur, les muqueuses irritées par la fumée.

— Retrouver Penny.

— Comment ? rétorqua-t-elle, bouche bée. En traversant les flammes ? Tu risques d'y passer ! Sois raisonnable !

— Penny est là-dedans et je refuse de la laisser mourir, dit-il en continuant à forcer sur la porte.

Ses mains étaient en sang et couvertes de cloques. Pour qu'un vampire morfle à ce point, la chaleur devait être insoutenable.

— Tu as raison, ce n'est pas raisonnable, mais elle n'était pas censée venir ce soir. Il n'est pas question qu'elle meure par ma faute.

La porte finit par céder dans un fracas terrible. Vampires et mortels affluèrent aussitôt, ensanglantés et toussant comme des possédés pour expulser les vapeurs toxiques.

Beckham se fraya un chemin dans cette première vague de fuyards, suivie par Reyna qui le retint par l'avant-bras.

— N'y va pas, s'écria-t-elle.

— Reste dehors, Reyna. Je ne peux pas m'inquiéter pour vous deux à la fois.

— Reviens-moi vite, implora la jeune femme.

Pour furieuse qu'elle avait été contre lui ce soir, le voir avancer au milieu des flammes promettait de la rendre folle. Le brasier lui dévorait le cœur aussi sûrement qu'il allait ronger l'immense carcasse de son mécène.

Sans crier gare, il l'embrassa à pleine bouche. Avec fougue.

— Je te le promets.

Puis il s'enfonça dans les entrailles du bâtiment incendié.

Reyna s'empressa de ressortir au milieu des évacués et se posta dans un coin qui lui permettrait de voir émerger Beckham. Elle n'arrivait pas à croire qu'il risque sa vie pour sauver Pénélope. Et pourtant, cela faisait sens, il éprouvait des sentiments pour elle, mais Reyna voulut croire que ça allait plus loin. Qu'il agissait ainsi par humanité. Un monstre comme Roland aurait décampé sans s'occuper de quiconque. Ou alors, en imaginant qu'il ait ouvert une brèche comme Beck venait de le faire, cela aurait été pour ses copains vampires, pas pour les simples mortels. Beckham avait donné l'ordre d'appeler les secours pour éviter que des gens meurent. Des *gens*, pas des suceurs de sang.

Aussi attendit-elle, la mort dans l'âme... mais Beckham ne ressortait pas.

— C'est plié ! annonça un type. On a fait ce qu'on a pu. Le plafond de la grande salle s'est effondré ; les victimes se comptent par dizaines. Plus personne ne sortira vivant de cet enfer.

— Non ! s'exclama Reyna, au désespoir. Il n'est pas allé là-dedans pour rien...

Ambulances et pompiers arrivèrent dans un concert de sirènes. Puis accoururent des équipes de reporters et des forces de police, qui entreprirent de questionner les survivants. Reyna resta les yeux rivés sur l'entrée latérale du Caveau. Ce n'était pas fini. Beck n'était pas allé au-devant de sa propre mort.

— Madame, vous n'avez rien ? Pouvez-vous nous dire ce qui s'est passé ? lui demanda une journaliste en lui collant un micro sous le nez.

— Foutez-moi la paix, grommela-t-elle en bousculant l'importune.

Cela faisait trop longtemps. Il s'était fourvoyé en allant chercher Pénélope. Beck avait beau être un vampire, ça ne faisait pas de lui un être invincible.

Les larmes roulèrent sur son visage noir de suie, mais elle s'obstina à fixer l'entrée du club. Les yeux rougis, les bronches irritées, elle resta de marbre. Même quand un infirmier vint s'enquérir de son état et qu'un policier tenta de la raisonner.

— Il faut reculer, mademoiselle. Pour laisser l'accès dégagé.

— Non, sanglota-t-elle. Il est encore à l'intérieur. Il m'a promis de revenir.

— Mademoiselle, des pompiers sont entrés pour fouiller les décombres. Dites-nous qui chercher, et dans quelle zone, on leur transmettra.

— Il a promis de revenir, répéta-t-elle comme un mantra.

— S'il vous plaît, laissez-moi vous aider.

Le policier appela deux infirmiers à la rescousse d'un claquement de doigts.

Reyna secoua la tête en récitant sa litanie, encore et encore.

— Il a promis de revenir…

— Personne n'est ressorti vivant depuis un quart d'heure, fit-il valoir en lui effleurant la main, craignant sans doute de la voir défaillir.

— Non. Il va revenir. Il a promis.

— Mademoiselle…

De l'épaisse fumée émergea alors une silhouette en noir, chargée du corps d'une femme menue dont la tête penchait de côté.

— Seigneur… s'exclama l'agent, médusé.

— Beckham !

Reyna bouscula le flic qui tenta vainement de l'empêcher de foncer.

— Tu es revenu.

Beck avait l'air absent, mais dès qu'il vit Reyna, il parut revivre.

— Il faut l'hospitaliser. Tout de suite.

— Des ambulances sont là, le rassura-t-elle.

Comme par magie, deux infirmiers apparurent avec un brancard. Beckham y déposa Pénélope qui fut immédiatement prise en charge. Dès qu'il fut libéré de son fardeau, Reyna lui sauta au cou se moquant du costume couvert de suie.

— Je t'ai cru mort, murmura-t-elle, éperdue. Dieu merci, tu t'en es tiré !

— Dieu ne répond pas à nos prières, rétorqua Beckham d'une voix atone.

— Il exauce les miennes.

Le beau ténébreux lui flatta les cheveux d'un geste absent puis s'approcha des infirmiers qui s'occupaient de Pénélope.

— Il faut qu'on l'emmène à l'hôpital. Vous êtes responsable d'elle ? demanda l'un des soignants.

— Oui, répondit aussitôt Beckham.

— Parfait. Suivez-nous.

Ils filèrent sans attendre vers une ambulance en fendant la foule puis y chargèrent le brancard. Beckham posa la main sur l'épaule de Reyna.

— La voiture va te ramener à l'appartement. Gérard est déjà en route.

— Beck, implora-t-elle.

— Je dois accompagner Pénélope. Rentre chez moi, s'il te plaît... On parlera de ton départ à mon retour.

La gorge nouée, elle détesta ce que son propos impliquait. Partir paraissait la chose à faire... mais son cœur était d'un autre avis.

— Beckham, je t'en prie.

— Parés, lança l'infirmier.

— Rentre, Reyna ! Je m'occupe de Pénélope. Elle a besoin de moi. Contrairement à toi, qui t'es montrée très claire à ce sujet.

Beckham sauta dans l'ambulance ; la portière claqua ; Reyna, médusée, aperçut les yeux noirs de son mécène avant que le véhicule d'urgence l'emporte au loin.

Chapitre 29

Épuisée, Reyna entra dans l'appartement-terrasse désert. Elle ôta ses bottes dans l'entrée. Ses pieds étaient cloqués et endoloris. Son esprit et son cœur, en plus piteux état encore.

Hébétée, elle traversa le living et gagna sa chambre, où elle se débarrassa de ce qui restait de son accoutrement de putain. Puis, sans crainte du ridicule, se pelotonna dans la veste crasseuse de Beckham avant de ramper jusque dans son lit. Le veston sentait la fumée, mais conservait son odeur de mâle, et elle ne se sentait pas prête à y renoncer.

Elle avait envie de hurler *au diable cette merde*, de rassembler son barda et de filer. Mais s'agirait-il d'une décision prise dans l'urgence, qu'elle risquait de regretter par la suite ? En outre, dans son état d'épuisement tant moral que physique, où irait-elle à cette heure indue ?

Elle prit conscience qu'elle avait dû s'assoupir quand la sonnerie de l'ascenseur retentit. Un coup d'œil à la pendule lui apprit qu'elle avait dormi toute la journée. Aussitôt aux aguets, Reyna attendit que Beckham vienne s'expliquer et lui donner des nouvelles. Elle l'entendit errer dans l'appartement… puis plus rien.

Il ne venait pas.

Sans même prendre la peine de voir comment elle allait.

Rien.

Elle aurait tout aussi bien pu partir pour de bon sans qu'il s'en aperçoive. Il devait s'en foutre. C'était la preuve qu'elle-même devrait se moquer de ce que pouvait penser Beckham Anderson. Ce constat, qu'elle n'avait pas fait la veille au soir, la frappa de plein fouet.

Reyna étira ses muscles endoloris et se leva. Ayant déniché un sac noir dans son dressing, elle y fourra ses maigres affaires personnelles. Le sac était plus chic que tout ce qu'elle avait possédé aux Entrepôts, mais c'était ça ou des modèles de couturier. Elle enfila un jean et un tee-shirt, ses Chuck Taylor, puis la casquette de baseball au ras des yeux. Après ça, elle constata qu'il ne restait vraiment pas grand-chose : trois changes complets, quelques produits de toilette et sa carte noire. Elle décida qu'elle viderait en partant ce qui restait sur son compte en banque avant de détruire la carte. Ayant laissé son téléphone sur la commode, elle sortit de sa chambre.

En débouchant dans le living, prête à une explication, elle espéra que Beckham daigne sortir de son antre. Il ne se montra pas.

Reyna, frustrée, s'apprêtait à partir quand elle aperçut son nom écrit sur un bristol, lui-même posé sur une pochette en cuir, sur le plan de travail de la cuisine. Elle l'ouvrit et ses yeux s'arrondirent en découvrant un autre bristol où figurait un mot.

LIBERTÉ

Les sourcils froncés, elle s'en empara et vit qu'il cachait autre chose. Un chèque. Sa bouche s'ouvrit à s'en décrocher la mâchoire en découvrant le montant inscrit de la main de Beckham. Dix millions de dollars.

Reyna n'en crut pas ses yeux. Le cœur serré, la gorge sèche, elle comprit qu'avec un tel pactole, elle n'aurait plus jamais à travailler. Dix millions ! Amplement de quoi mener grand train, bien manger, quitter le trou à rats dans lequel logeaient ses frères, suivre des études supérieures… Vivre, en résumé. Faire tout ce qui lui passait par la tête.

Sauf que cet argent n'était libérateur que pour Beckham. Il signait un chèque, et hop ! bon vent, pas la peine d'en discuter de vive voix.

Elle repoussa la pochette d'une main tremblante. Son fric, il pouvait se le garder, elle ne partirait qu'avec les dollars qu'elle avait gagnés en tant qu'employée. Elle n'était pas une putain qu'on achète. Plutôt *crever* que se sentir redevable. Il fallait qu'elle coupe les ponts proprement.

Après un dernier regard au chèque, Reyna quitta l'appartement avec, pour tout viatique, son sac noir.

Everett n'était pas de service ce soir-là. Elle s'en félicita, tout en étant triste de ne pas pouvoir lui faire ses adieux. Mais c'était aussi bien ainsi, même s'il s'agissait de sa décision la plus pénible de sa vie… plus pénible encore que celle qu'elle avait prise en venant travailler chez Visage.

Elle prit un taxi jusqu'à une banque où elle transféra le solde de son compte sur celui de ses frères. Cet argent lui brûlait les doigts, et le compte que Visage avait ouvert à son intention ne lui servirait plus à rien. Ce fric servirait davantage à Brian et à Drew que dormant sur un compte Visage.

Puis elle prit la route du quartier des Entrepôts. C'était irréel de songer qu'elle rentrait pour de bon. Elle y avait souvent pensé, pour chaque fois se résigner au fait qu'elle ne verrait plus jamais ses frères.

Après avoir payé la course avec la carte noire en se jurant que c'était la dernière fois qu'elle puisait dans l'argent sale de Beckham, elle sortit du véhicule. L'immeuble où vivaient ses frères était sombre et glauque à souhait. Pas un chat dans la rue ; tous les volets clos.

Home sweet home.

Trois volées de marches plus tard, elle se retrouva devant leur porte qu'elle découvrit un peu de guingois, ce qui était nouveau. Prise d'inquiétude, elle frappa une fois.

— Qui c'est ? bougonna Brian. On n'a rien. Essayez ailleurs.

— Brian ? murmura-t-elle, recroquevillée dans le noir.

La porte s'ouvrit à la volée.

— Reyna ? cria Brian, ébahi. Seigneur, c'est bien toi ?

Drew bondit hors du canapé défoncé, se rua sur elle et la prit dans ses bras avec vigueur.

— Qu'est-ce que tu fais là ? On craignait de ne plus jamais te revoir…

C'était tellement en accord avec ses propres pensées qu'elle fondit en sanglots. Des larmes de joie, c'était si bon de les retrouver, et de chagrin pour tout ce qu'elle laissait derrière elle.

— Je suis si heureuse de vous trouver, les garçons, dit-elle entre deux sanglots. Vous m'avez manqué comme vous n'avez pas idée.

— Ravi de te savoir de retour, dit Brian en se joignant à l'accolade. Allez, ne pleure plus. Rentrons.

Il les pressa de réintégrer leur appartement, ferma la porte et mit le verrou. Encore une nouveauté. Elle regarda alentour : la pièce avait l'air vide dans le peu de lumière ambiante. Pas seulement par rapport au luxe insensé qui régnait chez Beckham, mais aussi dans ses souvenirs. La piaule était à nu, comme si les occupants avaient déménagé en ne laissant que le gros mobilier.

— Tu es… en congé ? voulut savoir Brian.

— Non.

Reyna secoua la tête en s'arrachant à ses pensées. Elle hoqueta et sécha ses larmes.

— Non, j'ai tout plaqué. Je n'en pouvais plus.

— On t'a maltraitée ? demanda Drew.

— Tu es blessée ? hasarda l'aîné.

Les deux étaient partis en mode grand frère à fond les ballons, ce qui la fit esquisser un sourire.

— Non.

Comment leur expliquer ? Elle sortait d'un monde très différent de ce qu'ils connaissaient… et pria au passage pour que cela reste ainsi.

— Je n'ai même jamais été mordue.

Brian se rembrunit. C'était compréhensible ; il ne devait pas souhaiter en entendre davantage dans ce registre.

— Mais… qu'est-ce que tu as fait, tout ce temps ? relança Drew.

— Si je te le disais, tu ne me croirais pas.

Drew l'incita à s'asseoir.

— Commence par le commencement. Personne ne s'est… nourri de ton sang ?

Reyna fit non de la tête et lui montra son cou. De près, il était manifeste qu'elle n'avait aucune trace de morsure. Rien. Pas la plus petite cicatrice. On pouvait bien sûr se faire mordre ailleurs, mais c'était la zone la plus classique.

— Qu'est-ce que j'ai fait de mon temps ? reformula-t-elle avec un éclat de rire amer. J'ai pris part à un bal en robe somptueuse, je suis allée en boîte, j'ai fait du shopping dans des boutiques de luxe, j'ai appris la photographie, j'ai surfé sur Internet. Absolument rien de concret.

Brian et Drew échangèrent un regard perplexe.

— Ça sonne comme un conte de fées, déclara Drew.

— Je sais.

— Alors pourquoi tu es partie ? demanda Brian en prenant place à côté d'elle.

Ils faisaient preuve d'une curiosité logique. Elle vit qu'ils étaient heureux de la voir… et espéra qu'ils allaient vouloir d'elle.

—Au début, c'était un vrai conte de fées, reprit-elle en choisissant ses mots, mais ce monde est beaucoup trop dangereux. Indescriptible. Il faut me faire confiance.

—On en reparlera quand tu seras prête à le faire, convint aussitôt Drew.

Le petit frère avait toujours été plus conciliant que son aîné, lequel avait l'air de vouloir lui poser un tas de questions, mais tenait sa langue.

—Merci pour les envois d'argent, au fait.

—Les garçons, je suis vraiment désolée. Je tâcherai de dégotter un autre job pour participer aux frais de la maison.

—On se débrouillera, assura Brian. L'essentiel, c'est que tu sois de retour.

—À propos, dit-elle en désignant le vide ambiant, il s'est passé quoi, ici ?

Les deux garçons baissèrent la tête, visiblement peu enclins à répondre. Brian poussa un soupir et s'y résolut.

—Quand des gars du quartier ont appris que tu nous envoyais de l'argent, ils ont mis l'appart à sac. Ils ont tout pris. On n'a plus rien, Reyna.

La jeune femme resta bouche bée. Tout ce temps, elle avait cru les aider… et n'avait fait qu'empirer les choses.

—Je suis tellement désolée !

—Ce n'est pas ta faute, fit valoir Drew.

—Si, ça l'est.

—Absolument pas ! s'obstina Brian. On travaille double pour compenser. Ça ira.

Reyna se prit la tête entre les mains. Elle s'était efforcée de leur fournir ce qu'ils méritaient depuis toujours, à savoir un train de vie décent, qui leur évite de trimer comme des esclaves à l'usine. Qui leur permette de profiter de l'existence. Et tout était parti en vrille.

Elle se dressa, remontée à bloc.

— J'ai transféré le solde de mon compte sur le vôtre et je vais me mettre en quête d'un autre job dès aujourd'hui.

— Peu importe le fric, Rey. C'est toi qui comptes le plus, dit Drew en lui prenant la main.

Voyant qu'elle ne lâchait pas l'affaire, il ajouta :

— Prends un jour ou deux de repos. On va s'en sortir, t'inquiète.

Reyna hésita puis conclut qu'une pause de quelques jours ne lui ferait pas de mal. Elle avait besoin de temps pour s'habituer au fait d'être revenue à la case départ.

— Alors, qu'est-ce que j'ai raté ? demanda-t-elle à ses deux frères.

Brian rougit immédiatement, comme chaque fois qu'il était gêné. Ce devait être de famille.

— Ça devient sérieux, avec Laura, avoua-t-il.

— Elle le tanne pour une bague de fiançailles, s'esclaffa Drew.

— C'est le cas depuis que vous êtes ensemble, non ?

— Ouais, bien sûr… mais… depuis ton départ…

L'aîné se racla la gorge et détourna le regard.

— Depuis que tu as une personne de moins à charge, compléta-t-elle.

— Laura n'est pas lourde à ce point, se défendit Brian. Il n'empêche. J'économise pour lui offrir une bague.

Reyna baissa les yeux sur ses mains. Son grand frère. Bientôt marié. Bigre ! Elle avait beau se douter que les choses allaient bouger dans ce sens en son absence, c'était quand même sacrément rapide.

— Toutes mes félicitations. Il n'est que temps, j'imagine.

— Je n'arrête pas de le lui répéter, dit Drew en décochant un coup de coude à son aîné.

— Et toi ? demanda Reyna. Il y a une femme dans ta vie, ou tu envisages toujours de finir vieux garçon ?

L'intéressé haussa les épaules.

— Je n'ai personne, Rey. Rien que toi. Et je suis ravi que tu sois de retour. Tout le reste peut attendre.

Elle passa un bras autour de sa taille et se colla à lui. C'était trop cool de se retrouver en famille, aimée par ses deux frères si faciles à vivre. Ce qui, hélas, n'atténuait pas totalement la douleur d'avoir rompu avec Beckham. S'était-il seulement rendu compte qu'elle était partie sans prendre le chèque ? Qu'allait-il se dire… Que c'était tout bénéfice ?

Reyna s'efforça de ne plus y penser, ça ne menait à rien. Le passé était le passé et les décisions qu'elle avait dû prendre lui paraissaient toutes valides.

Ils échangèrent jusqu'au milieu de la nuit, puis les frangins décidèrent qu'il était temps de dormir pour ne pas trop se décaler. Le lendemain étant jour de congé, ils allaient le passer à glander comme au bon vieux temps.

Au matin, Reyna prépara le petit déjeuner et fut heureuse de ne pas être seule à en profiter. Ils firent ensuite le tour de ce quartier lépreux. Contente de se retrouver en terrain familier, Reyna regretta cependant le parc impeccable où elle avait pris Beckham en photo. Ce qui lui fit regretter d'avoir laissé son appareil.

Elle craqua ensuite pour un déjeuner au resto voisin, ouvert depuis toujours, qui n'avait rien de folichon. Ils passèrent l'après-midi à jouer à des jeux de société, puis Drew leur lut à voix haute l'un de ses romans de SF préférés. Une journée épatante, en somme, même si Beckham lui manquait. Elle eut beau s'en vouloir à mort d'être cœur d'artichaut, rien n'y fit, elle se coucha ce soir-là en déplorant de le savoir si loin.

Le lendemain matin, reprenant les bonnes habitudes, elle se leva super tôt pour accompagner ses frères à l'usine. Elle les suivit après un coup d'œil attristé à l'appartement. Le temps était radieux ; Reyna, pour sa part, avait le cœur lourd.

Arrivés devant l'usine, ses frères lui firent l'accolade et promirent de rentrer sitôt leur journée finie. Elle les regarda s'éloigner avec des sentiments mêlés : heureuse d'avoir retrouvé sa vie de famille, et en même temps, plus seule et démunie que jamais en les voyant disparaître dans le ventre de l'usine.

Avant, au moins, Reyna avait eu Visage comme dernier recours possible. Ses pistes d'embauche épuisées, il lui restait l'option de devenir compagne de sang. Cette perspective l'avait hérissée non par haine des vampires, mais par peur de se jeter dans l'inconnu. Sans oublier sa phobie des seringues et l'idée peu ragoûtante de devenir une… source de protéines sur pieds. Cet inconnu n'en était plus un et cette carrière-là lui était fermée. Définitivement.

Avec un soupir, elle reprit le chemin du domicile familial. Et s'entendit héler par son prénom alors qu'elle n'avait pas fait dix mètres. Ça faisait drôle de se retrouver dans un quartier où tout le monde la connaissait. Dans le centre, Reyna aurait pu marcher des heures sans croiser personne hormis de parfaits inconnus.

Et voilà qu'elle tombait nez à nez sur la dernière personne qu'elle souhaitait voir.

Steven.

— Salut, dit-elle avec une nonchalance feinte.

Après leur précédente entrevue, elle mourait d'envie de l'étaler à coups de poing, mais Steven était beaucoup plus grand qu'elle et, cette fois, ses frères n'étaient pas là pour la tirer d'affaire.

— La petite Reyna Carpenter ! dit-il avec chaleur. De retour après sa carrière de pute de sang.

Reyna leva les yeux au ciel.

— Qu'est-ce que tu me veux ?

En le voyant sourire, elle se demanda comment elle avait pu le trouver séduisant. Il n'était rien par rapport à Beckham.

— Les vampires se sont lassés de ton sang ? Ou d'autre chose ? glissa-t-il en louchant sur ses formes.

— Je sors d'un week-end éprouvant alors fiche-moi la paix, d'accord ?

Rien de ce qu'il avait avancé n'était vrai, mais ça n'apaisait pas pour autant sa blessure d'amour-propre.

— Éclatons-nous comme au bon vieux temps, Reyna.

— Non merci. Ta façon de t'éclater, assouvis-la avec une autre.

Elle voulut s'éloigner. Il la saisit par le poignet.

— Ne me dis pas que tu préfères la queue d'un vampire à la mienne, poupée…

— Et si c'était le cas ? cracha-t-elle.

Steven darda sur elle un regard mauvais puis fit les yeux ronds et se garda de répondre.

— Qu'y a-t-il ? s'enquit Reyna en suivant son regard.

— Ton carrosse t'attend.

Elle n'en crut pas ses yeux en voyant la Town Car noire qu'elle connaissait bien ralentir devant l'entrée de l'usine. Elle roulait toujours quand la portière arrière s'ouvrit. Beckham sortit d'un bond et courut vers Reyna.

Était-ce un rêve ? Une hallucination ? Elle cilla à deux reprises puis fut tentée de se pincer. Elle dormait certainement. Sauf que Steven n'avait pas lâché son bras, et que dans ses rêves, elle n'avait jamais rendu justice à la beauté renversante de Beckham Anderson.

Chapitre 30

— Beckham ? Qu'est-ce que tu fais ici ?

— Il vient récupérer sa putain, cracha Steven.

Plutôt que de la lâcher, il la poussa vers Beckham comme s'il lui offrait un trophée. Ce dernier la quitta des yeux et posa le regard sur Steven qui fit un pas en arrière, prenant soudain conscience d'avoir affaire à un type immense doté de la force et de la vitesse d'un vampire.

— C'est ton ex ? demanda Beckham.

— Oui, dit Reyna à mi-voix.

Beckham jaillit et saisit Steven par le col. Puis il le souleva sans effort jusqu'à ce que leurs deux têtes soient à niveau.

— Si j'apprends que tu recommences à la harceler, elle ou l'un de ses proches, je te tue de mes mains. C'est une promesse, pas une menace.

Sans attendre de réponse, Beck l'envoya bouler comme s'il ne pesait rien. Steven s'écrasa sur le dos, trois mètres plus loin. Il se releva comme il put. L'air terrifié.

Pour l'avoir vu combattre, Reyna comprit que le beau ténébreux y était allé avec des gants. Steven n'avait plus qu'une chose à faire : s'avouer vaincu et tourner les talons. Il n'avait pas l'ombre d'une chance.

— Salopard de suceur de sang ! beugla Steven. Vous êtes tous les mêmes ! On aura votre peau, un jour ou l'autre !

— Pas aujourd'hui, en tout cas.

Steven le fusilla du regard puis s'éclipsa. Reyna poussa un soupir de soulagement. Son ex était un type méprisable et une grande gueule. Pour autant, elle aurait détesté le voir mourir.

Dès qu'il fut hors de vue, Beckham reporta son attention sur Reyna.

— Qu'est-ce que tu fais ici ? répéta-t-elle.

— Tu es partie sans ta prime.

— Ouais, répondit la jeune femme, faute de mieux, en haussant les épaules.

— Pourquoi ? Cette somme suffisait à t'assurer un avenir dans la sécurité, hors du besoin.

— Parce que je ne veux pas de ta charité !

— Ça n'a rien à voir.

— Bien sûr que si. Tu as voulu m'acheter, mais c'est raté, mon grand. Je travaillerai pour m'offrir une vie décente. Comme tout un chacun. Je refuse de me sentir redevable.

Beckham la dévisagea, perplexe.

— Il ne s'agit pas de t'acheter. C'est *toi* qui as parlé de partir. De reprendre ta liberté.

— À d'autres ! Ton gros chèque, c'était surtout une façon de tirer un trait sur moi. Tu as sauvé Penny. Je comprends ça : elle était en danger et elle compte beaucoup pour toi. Et là-dessus, tu fais comme si je n'existais plus. J'ai saisi le message et je suis partie.

— J'ai cru que tu avais besoin d'un peu d'espace.

Reyna détourna les yeux avant de répondre.

— J'étais en colère. Après tout ce qui s'était passé cette nuit-là, j'étais en rogne et j'avais très peur. Je ne savais plus trop ce que je voulais. Une réponse, surtout. J'ai deviné quand tu l'as choisie.

— Reyna, il fallait que je prenne soin d'elle.

— Je sais. Elle était blessée. Mais toi, tu n'étais pas obligé d'être aussi cruel envers moi. À t'entendre, j'ai affirmé que je n'avais pas besoin de toi, sauf que tu m'as tellement souvent sauvé la vie de fois. Dans ton monde, je ne peux pas m'en tirer seule, c'est évident. *Pourquoi* continuerais-je à y vivre ? Mon monde est tout aussi terrifiant que le tien, sauf que j'en connais les règles. Tu m'as brisé le cœur, Beckham. Je n'en peux plus. C'est trop dur.

Il tendit le bras et prit la main de la jeune femme. Elle le regarda dans les yeux et y vit quelque chose d'inédit : une vulnérabilité qu'il ne lui avait jamais montrée.

— Reviens-moi.

— Hein ? s'écria-t-elle, abasourdie.

— Reviens vivre chez moi. Avec moi.

— À quoi bon ? Pour que tu puisses continuer à me souffler le chaud et le froid ?

— Non, Reyna, parce que c'est là qu'est ta place.

La gorge serrée, elle chercha des yeux une trace de duplicité sur ses traits aristocratiques. L'espoir qui renaissait en elle était suspendu à la question suivante.

— Et… et Pénélope ?

Il poussa un soupir appuyé.

— Les médias me surnomment le Saint et elle la Martyre, tant elle apparaît morte sur les images qui ont été prises quand je sortais du brasier. (Ce souvenir douloureux fit grimacer Reyna.) Penny a tout un côté du visage brûlé à vif. Le reste du corps n'a pas été épargné non plus par les flammes. Pour soulagée qu'elle puisse être d'avoir survécu, dans son triste état, je ne peux pas lui dire ce que je ressens.

— Et… qu'est-ce que tu ressens au juste ? osa Reyna.

Elle déglutit avec peine, tout près de défaillir après avoir attendu si longtemps ce qui risquait de suivre.

— Je veux que tu reviennes. J'ai *besoin* de toi, petite chose.

— J'ai du mal à comprendre, Beckham. Qu'est-ce que ça signifie ? dit-elle, désireuse de l'entendre jouer cartes sur table.

— J'ai cru que tu voulais partir et pris le parti de t'accorder ce que tu souhaitais. En m'estimant capable d'encaisser le choc. Sauf qu'après ton départ… j'ai pris conscience que c'était au-dessus de mes forces. Je ne peux pas vivre sans toi, Reyna. Je ne veux pas de Pénélope, je n'ai jamais voulu d'elle. C'est toi que je veux. Toi à qui je veux révéler tous mes secrets. (Il posa la main sur sa joue.) Je veux être celui que tu as vu sur le toit.

— Vrai de vrai ?

Elle buvait du petit lait, c'était presque trop beau… au point que le doute s'immisça dans son esprit.

— Pourquoi ce brusque revirement ? Parce que j'ai renoncé à ton fric, parce que je suis partie sans un au-revoir ?

— Parce que suis perdu sans toi, Reyna. J'ai cru pouvoir vivre sans toi. À tort. Reviens-moi, je t'en supplie.

Les douces lèvres de Beckham se posèrent un court instant sur celles de Reyna. Quand leur baiser prit fin, elle se tourna dans la direction de chez ses frères.

Pourrait-elle y retrouver le bonheur ? Allait-elle regretter éternellement l'être qui se trouvait devant elle ? Sa place n'était peut-être plus ici, aux Entrepôts, mais auprès de Beckham. Qui s'était *enfin* décidé à la choisir.

— C'est d'accord, murmura-t-elle.

Son cœur battait la chamade, des papillons lui dansaient devant les yeux. Quand elle avait quitté l'appartement de Beckham, elle n'avait pas imaginé une seconde qu'il puisse lui demander de revenir. Elle avait espéré qu'il l'empêche de sortir de sa vie, mais c'était aussi vain qu'attendre qu'il pleuve dans le désert.

Un bruit de cavalcade, derrière eux, l'arracha à ses rêveries. Beckham était déjà en posture défensive. Reyna lui plaqua la main sur le bras en prenant conscience que les arrivants étaient ses frères.

— Tout va bien, lui assura-t-elle.

— Qu'est-ce que tu fous avec notre sœur ? beugla Brian en toisant Beckham comme s'il pensait avoir une chance de lui flanquer une raclée.

— Ouais, bas les pattes ! renchérit Drew.

— On se calme, tempéra Reyna en s'interposant.

Les bagarres, elle en avait eu son compte dernièrement. Rudoyer Steven était une chose, mais là, il s'agissait de Brian et de Drew.

— Qu'est-ce que vous faites là ? demanda-t-elle.

— On vient voir ce qui se passe, répondit l'aîné de la fratrie, Steven nous a prévenus qu'un type s'en prenait à toi.

Reyna secoua la tête. L'enfoiré…

— Ben voyons. C'est lui qui me faisait chier, pas Beckham.

Ses deux frères et Beck se toisèrent, ce qu'elle jugea parfaitement ridicule, mais comme il était vain d'espérer corriger leur comportement de mâles, elle les laissa un instant rouler des mécaniques.

— Beckham, je te présente mes frères, Brian et Drew. Les garçons, je vous présente Beckham. Le… la personne chez qui je résidais en ville.

Le mot « vampire » ne passait pas, étrangement, alors que ses frangins savaient déjà qu'il en était un. Pour autant, le qualifier de vampire faisait bizarre à la jeune femme. Peut-être parce qu'à ses yeux, c'était Beck tout court.

Le colosse tendit la main.

— Ravi de faire votre connaissance. Je sais combien vous avez manqué à Reyna.

Brian accepta la main tendue après un regard hésitant. Reyna savait qu'il n'avait rien contre les vampires. Contrairement à Steven ou aux amis d'Everett, ses frères ne nourrissaient aucun préjugé de ce type. Ils s'inquiétaient pour elle, point final.

—Enchanté. Je suis Brian, et voici Drew.

Drew, à son tour, serra la main de Beck. Une poignée de main plus chaleureuse, accompagnée d'un sourire. C'était dans sa nature : il était moins parano que son aîné.

—Nous sommes heureux que Reyna soit rentrée à la maison, dit-il.

—Et comment, renchérit Brian, plus accusateur. Elle nous a dit qu'elle en avait bavé, en ville.

—Brian, murmura Reyna.

Beckham la regarda en affichant une expression neutre.

—C'est le cas, en effet. Et j'espère y remédier.

Elle sourit et détourna les yeux, certaine que ses frères allaient se douter de ce qui se passait et, en même temps, incapable de demeurer impassible. Il l'avait choisie, *elle* ! Comment ne pas exulter ?

—Et comment vous comptez vous y prendre, vu qu'elle va demeurer au quartier des Entrepôts ? voulut savoir Brian, les bras croisés sur la poitrine. Et qu'est-ce qui vous amène par ici, d'ailleurs ?

Reyna décida de jouer franc jeu.

—Les garçons, je retourne vivre chez lui.

—Quoi ? éructa Drew, l'air meurtri, alors que Brian paraissait surtout furieux.

—Non, pas question ! grinça l'aîné. Ça fait deux nuits que je t'entends pleurer dans ton lit. Y retourner, c'est la cata assurée. Ton chez-toi est ici. Pas là-bas.

— Je ne te laisserai pas décider à ma place, rétorqua Reyna. J'ai très envie de rester avec vous, les garçons… mais ma place est auprès de Beckham.

— Ça veut dire… que tu ne nous as pas tout dit, accusa Drew.

— C'est vrai, avoua-t-elle, écarlate.

Beckham, mal à l'aise, se racla la gorge avant d'intervenir.

— Je vous laisse en famille quelques minutes. J'attends dans la voiture.

— Entendu, soupira-t-elle en hochant la tête.

Beck s'éloigna, la laissant seule avec ses frangins. Elle se tourna vivement vers eux.

— C'était très mal élevé !

— « Mal élevé » ? s'indigna Drew. Enfin, Rey, tu es amoureuse d'un vampire ! On n'a rien contre eux, d'accord, mais tu as perdu la tête, ou quoi ?

— Je ne suis *pas* amoureuse, répliqua-t-elle en priant pour que l'intéressé n'ait pas entendu.

Elle n'avait pas encore pris le temps de réfléchir à ce qu'elle ressentait. Par peur de s'aventurer sur un terrain où son cœur risquait gros. Brian se renfrogna un peu plus.

— Tu as bien réfléchi, Rey, ou tu te précipites parce qu'il est venu te chercher ?

— Cette histoire vous fait flipper, j'en suis consciente, et c'est d'ailleurs pour ça que j'ai postulé chez Visage sans vous en parler. Je ne suis plus une gamine ! Il faut arrêter de me traiter comme si j'avais douze ans. Je me sens apte à prendre les bonnes décisions… et Beckham en est une.

— Et ça va donner quoi, à long terme ? rebondit Brian. Il va boire ton sang, te sauter, et puis quoi ? Tu envisages de devenir immortelle ? De te transformer en vampire et de dire adieu à ta famille ? C'est ça l'idée, Rey ?

Reyna blêmit et évita son regard.

— Je n'en sais rien, d'accord ? Je n'en sais rien. C'est ma seule alternative ?

— Les vampires sont immortels, au cas où tu l'aurais oublié. Quand tu auras cinquante ans, il n'aura pas vieilli d'un jour. Idem à quatre-vingts. Puis tu mourras et lui vivra. C'est comme ça et pas autrement.

— OK, OK, j'ai pigé, Brian. Je suis au courant. En quoi ça m'oblige à me décider aujourd'hui, tu peux me le dire ? Toi, ça fait cinq ans que tu vois Laura, et tu ne l'as toujours pas demandée en mariage. Tandis que je connais Beckham depuis moins d'un mois. Accorde-moi un an ou deux, comme aux gens *normaux*, que je sache à quoi m'en tenir.

Drew poussa un soupir et lui reprit la main. Elle vit qu'il était très ému et s'en voulut à mort.

— Tu nous as déjà abandonnés une fois, Rey. Ne recommence pas, je t'en prie.

— Je sais, et je reviendrai vous voir aussi souvent que possible, c'est promis. Ça marchera, cette fois. Je ne serai pas absente indéfiniment. Mais si je ne retourne pas avec lui, je m'en voudrai à vie. C'est peut-être ce que vous voulez, mais j'en suis incapable.

— Reyna, héla Beckham depuis la voiture.

— Rien qu'une minute, répondit-elle, une main levée.

Elle adressa un regard implorant à ses frères.

— Dites-moi que vous m'aimez et souhaitez mon bonheur. Que vous n'approuviez pas mon choix est une chose, je vous demande seulement de le respecter.

Drew soupira et lui tomba dans les bras.

— Tu vas tellement nous manquer, Rey.

— Vous aussi, vous allez me manquer.

— Allez, Brian, quoi.

L'aîné écouta son frère et se joignit à l'accolade. Quand celle-ci s'acheva, Brian, toujours contrarié, parvint à lui sourire.

— Tu seras toujours la bienvenue si jamais ça ne marche pas. Promets-nous de revenir.

— C'est promis. Aussi souvent que possible.

Ils la suivirent jusqu'à la Lincoln de Beckham et lui serrèrent la main.

— Prenez bien soin de notre petite sœur, dit Brian.

— J'y compte fermement, assura Beck.

Ils échangèrent un signe d'assentiment tacite. Puis Beck et Reyna montèrent dans la voiture qui démarra. La jeune femme adressa un dernier regard à ses frères alors qu'elle quittait, une fois de plus, le quartier des Entrepôts.

Chapitre 31

Lorsque ses frères furent enfin hors de vue, la jeune femme se cala dans la banquette et ôta sa casquette, libérant ses longs cheveux bruns.

— Tu as capté ce qu'on s'est dit ? demanda-t-elle.

Il lui répondit par un regard appuyé ; elle hocha la tête.

— Évidemment. Tu as tout entendu.

— Ils t'aiment, fit valoir Beckham.

— Oui, bien sûr. Ce sont mes frères.

— Tu aurais pu rester avec eux.

Elle secoua la tête.

— Tu sais aussi bien que moi que ce n'est pas vrai.

— Brian et Drew voulaient que tu restes.

— Et une partie de moi a envie d'être avec eux, admit-elle. Mais je veux voir où tout ça nous mène, Beck. C'est un chemin difficile qui nous attend. Je suis prête à l'affronter... avec toi.

Il lui tendit la main ; ils entremêlèrent leurs doigts. Reyna poussa un soupir d'aise. Tout n'était pas rose en ce bas monde, certes, mais l'instant était trop merveilleux pour ne pas l'apprécier pleinement.

Beckham la regardait dans les yeux sans dire un mot. Et sans un regard pour son foutu téléphone. Reyna avait tellement l'habitude de le voir scotché à son écran qu'elle ne sut que penser.

— Rien d'urgent à régler ? demanda-t-elle.

— Non.

— Pas de SMS à rédiger ? De mail auquel il faut répondre ? De tableau à consulter ?

Il se fendit d'un sourire en coin.

— Non.

— Après ce qui s'est passé, je t'imaginais très occupé…

— En effet, reconnut-il.

— Je ne m'en plains pas, note bien, mais en temps normal, tu ne quittes pas ton téléphone des yeux.

C'était presque déconcertant, d'être l'unique objet de son attention.

— Tu ne t'es jamais doutée que c'était à cause de toi, que j'étais rivé sur mon téléphone ?

Reyna s'éclaircit la gorge et regarda ailleurs.

— Ma foi… je me disais surtout que tu devais avoir d'autres raisons. Que tu étais… débordé ?

Il partit d'un rire clair qu'elle n'avait jamais entendu.

— C'est sûr, je suis très occupé. En permanence. Mais quand tu es à côté de moi dans la voiture, je suis incapable de me concentrer. Je n'arrive à rien. La seule idée qui me vienne, c'est celle-ci, dit-il avant de l'embrasser avec passion.

Elle faillit lui sauter sur les genoux tant ce baiser lui faisait de l'effet. Peu importait qu'elle soit en jean et tee-shirt miteux et lui en costume hors de prix. Son seul désir : éprouver le grain de sa peau… et sentir pour la première fois qu'il était à *elle*. Qu'il était long, ce trajet de retour ! Elle allait enfin pouvoir lui arracher son fichu costard et découvrir ce qu'il y avait dessous.

— Reyna, gronda-t-il.

Il lui mordilla la lèvre et tirailla celle-ci entre ses crocs. La jeune femme cambra le dos et colla le bassin à celui du beau ténébreux.

— Hon-hon ? gémit-elle.

— Il faut qu'on parle. J'ai des choses à te dire, pressa-t-il, les mains baladeuses.

— Plus tard.

La mise au point pouvait attendre. Beck lui avait assuré qu'il allait dire à Pénélope qu'il lui préférait Reyna, c'était tout ce qui comptait. Il l'avait choisie. Elle. Parviendrait-elle à patienter jusqu'à l'appartement pour lui sauter dessus ?

— Reyna, je t'en prie, grogna-t-il en se battant pour dénouer sa cravate.

Elle lui intima le silence avec un baiser, l'aida à ôter sa cravate puis s'attaqua aux petits boutons de la chemise. Il cessa de protester. Toute résistance était futile, ses barrières étaient tombées. Il souleva son tee-shirt et l'en dévêtit. Reyna portait un soutien-gorge en dentelle fine. Le colosse lui empoigna les seins et passa un doigt sous l'étoffe pour lui caresser un téton.

Elle gémit et prit appui sur son torse de lutteur, en proie à une montée de plaisir. Fit rouler ses hanches sur lui dans sa hâte de voir enfin se concrétiser la passion qui couvait en eux. Elle s'escrima sur sa ceinture, la déboucla, puis déboutonna son pantalon.

— Beck, prends-moi tout de suite, implora-t-elle dans un souffle. Je me fous de savoir où on est. Je te veux.

Il poussa un grondement guttural avant de la faire basculer sur la banquette. Malgré sa grande carcasse qui tenait difficilement dans l'espace exigu, il se coucha sur elle et la caressa sous toutes les coutures. Reyna rejeta la tête en arrière. Son bel étalon, chaud comme la braise, l'embrassa dans le cou. Elle crocha les jambes autour de sa taille et l'attira tout contre elle.

Dans le silence qui suivit, le bourdonnement de son téléphone s'entendit nettement.

— Ne réponds pas, ordonna-t-elle en lui caressant le menton.

— Laisse-moi l'éteindre.

Il plongea la main dans sa poche intérieure de manteau et en sortit son portable qui vibrait toujours. Puis fronça les sourcils après un coup d'œil à l'écran.

— Hum…

— Hum cool ou pas cool ? demanda-t-elle, impatiente.

— C'est Roland.

Ce nom fit l'effet d'une douche froide à Reyna. Après ce qui s'était passé au Caveau, le simple fait de penser à ce monstre la faisait frissonner de dégoût.

— Je dois prendre cet appel.

Il se fendit d'un regard contrit et se redressa. Reyna comprit qu'il n'avait pas plus envie qu'elle de parler à Roland… surtout dans pareilles circonstances.

La récré est finie.

Elle se rassit à son tour et récupéra son tee-shirt.

— Allô ? grogna Beck.

Il écouta Roland. Une bonne minute.

— Entendu. Aujourd'hui ? (Coup d'œil à sa montre.) C'est dans trente minutes.

Roland, de toute évidence, venait d'annoncer à Beckham un truc désagréable : les traits de ce dernier s'assombrissaient de seconde en seconde. Le Beck enjoué et sexy qui venait de l'emballer sur la banquette arrière s'était envolé.

— Je comprends.

Il raccrocha, plus qu'agacé, et pressa le bouton qui permettait de s'adresser au chauffeur.

— Changement de cap. Direction l'hôtel de ville.

— Bien compris, monsieur.

— Qu'est-ce qui se passe ? voulut savoir Reyna.

Son mécène lissa son costume avec soin, se reboutonna et refit son nœud de cravate, ce qui le calma assez pour répondre d'une voix égale.

— Il n'a pas précisé. En restant exprès dans le flou. Je sais juste qu'il faut que j'aille à l'hôtel de ville, histoire de ne pas rater ce qui va s'y passer.

Reyna, la gorge serrée, détesta cette perspective.

— Pourquoi ai-je l'impression qu'on entre dans son jeu ?

— Parce que c'est le cas, admit-il avec réticence. Je vois mal comment faire autrement, hélas.

L'hôtel de ville... Reyna s'en voulut d'aller sur ce terrain, mais sauf erreur, c'était là qu'habitait le maire. Et sa famille.

— Tu crois qu'il y a un rapport avec Pénélope ?

Beckham secoua la tête.

— M'étonnerait. Je l'aurais su, si son état s'était aggravé. Or il était stable quand je suis parti. Non, ça avait l'air... plus personnel.

Reyna fronça les sourcils.

— Comment ça, personnel ?

— Il m'a demandé de venir avec toi.

— Qu'est-ce qu'il mijote ?

Elle ne voulait pas voir Roland. S'il fallait un jour en passer par là, elle ne se défilerait pas. Un jour lointain, si possible... mais pas dans moins d'une heure !

— J'imagine qu'on le saura une fois sur place, dit-il en lui prenant la main qu'il embrassa tendrement. Ne t'inquiète pas. Je ne laisserai rien de fâcheux t'arriver.

Alors qu'il leur restait un kilomètre et demi à parcourir avant l'hôtel de ville, la Lincoln se retrouva dans un embouteillage monstre. Les trottoirs étaient noirs de monde à perte de vue.

— C'est quoi ce cirque ? demanda Reyna en se déhanchant pour tâcher d'apercevoir l'origine du blocage.

— Aucune idée. Il va falloir qu'on finisse à pied.

Beckham indiqua la marche à suivre au chauffeur, puis ils sortirent de la Town Car au beau milieu d'un carrefour engorgé. Ils trottinèrent jusqu'au trottoir en croisant d'autres piétons, qui slalomaient comme eux entre les bagnoles à l'arrêt. Reyna se félicita de ne pas porter de hauts talons ridicules. Sans ses Chuck adorées, elle n'aurait pas pu suivre le rythme imposé par Beckham. Elle traînait malgré tout dans son sillage.

Il l'attendit, et dix minutes plus tard, ils se retrouvèrent devant l'hôtel de ville, où était massée une foule énorme. Reyna s'adressa à un couple en grande conversation.

— Excusez-moi… Il se passe quoi, au juste ?

La femme toisa Beckham, qui dépassait tout le monde alentour, en paraissant hésiter à partager ce qu'elle savait. Son enthousiasme finit par avoir le dessus.

— C'est le maire, il va faire sa fameuse annonce ! Les lignes vont enfin bouger ! Après cet incendie horrible et toutes ces morts inutiles, on n'a qu'une hâte : que le maire passe ce décret.

— Quel décret ? relança Reyna, médusée.

Elle ne s'était absentée que deux jours ! Comment la situation avait-elle pu évoluer si vite ? Qu'avaient pu déclarer les médias pour provoquer une telle liesse populaire ?

— L'égalité entre vivants et vampires, pardi !

— Bien sûr, rebondit Reyna.

Elle leva la tête vers Beckham tandis que le couple disparaissait dans la foule.

— Je n'aime pas ça. Un truc cloche, je le sens…

Il acquiesça.

— Je ressens la même chose.

— Tu n'étais au courant de rien ?

— Non. Et c'est bien ça qui m'inquiète.

Reyna et Beckham s'approchèrent du bâtiment municipal. Une scène avait été érigée devant, avec pupitre et rangées de sièges. En dépit du gabarit imposant de Beckham, ils furent bientôt bloqués par la foule compacte. La jeune femme ne voyait rien. Loin comme ils l'étaient, elle aurait fait deux mètres que ça n'aurait rien changé. Mais Beckham, lui, ne ratait rien grâce à sa taille et à sa vue amplifiée.

La foule bruissait d'impatience. Tout le monde était très excité par ce que le maire s'apprêtait à annoncer, même si des avis très divers s'exprimaient à ce sujet. Reyna, pour sa part, pressentait qu'il n'y avait rien de bon à attendre.

Un groupe monta sur l'estrade en file indienne et prit place sur les sièges. Puis un homme seul s'approcha du pupitre. La foule fit le silence.

— Soyez les bienvenus ! lança l'orateur, sa voix amplifiée par des haut-parleurs.

— Harrington est assis à la gauche de celui qui a la parole, murmura Beck à Reyna.

— C'est en lien avec Visage, selon toi ?

Il resta bouche cousue. Ne rien savoir le rendait dingue, c'était criant. En tant que vice-président, il aurait dû être tenu au courant, surtout si l'annonce avait quelque chose à voir avec Visage.

— Reste tout près de moi, pressa-t-il en l'attirant à lui et en la prenant par la main. Avec cette foule, il ne faut pas qu'on se sépare.

— Merci à tous d'être ici cet après-midi, reprit l'orateur. J'ai l'honneur et le plaisir de vous présenter le maire Sky.

Alors que le maire s'approchait du micro, la foule applaudit à tout rompre. Très apprécié par ses administrés, il avait été élu puis réélu à maintes reprises. Reyna, pour sa part, portait un regard sévère sur ses mandats. Pour triste que soit la situation de Pénélope, elle et son père roulaient sur l'or dans une ville où les pauvres crevaient littéralement de faim. Vivre auprès de Beckham lui avait ouvert les yeux sur le gouffre béant entre nantis et miséreux. Si elle avait eu la main, Reyna l'aurait éjecté de la scène politique d'un claquement de doigts. Et ce, même en l'absence d'alternative valable.

Le maire attendit que l'ovation prit fin avant de prendre la parole.

— Soyez les bienvenus ! lança-t-il de sa voix puissante. Les circonstances dans lesquelles je me tiens aujourd'hui devant vous sont à la fois tragiques et troublantes. Un terrible incendie a endeuillé la ville ce week-end. J'ai consacré mon temps à échanger avec les familles des victimes du brasier souterrain dans lequel ma propre fille a été grièvement blessée. C'est le cœur lourd que le conseil municipal a dû prendre des mesures drastiques en ces heures difficiles.

Il ménagea une pause pour faire monter le suspense. Reyna retint son souffle. Qu'allait-il annoncer ?

— À compter de ce jour, toute activité contraire à la loi sera sévèrement réprimée, que l'auteur soit humain ou vampire. Beaucoup ont laissé l'animosité qui continue d'exister entre nos deux communautés les conduire à la violence. Quelles que soient les mesures déjà prises pour enrayer cette violence, la courbe des victimes et des destructions est tristement éloquente. Le récent incendie n'est qu'une tragédie parmi tant d'autres. Ma propre fille a brûlé vive !

Reyna serra la main de Beck en entendant parler de Pénélope. Ses traits étaient tirés. Elle aurait tant voulu pouvoir dissiper ses angoisses…

— Tant de victimes parmi nos semblables, nos amis, nos proches ! Nous devons faire cause commune contre ce fléau. Là réside notre but ultime. Et ç'est tout l'objet de la nouvelle législation. Aujourd'hui, je vous présente un plan d'action pour remédier à cette vague criminelle. Il est de notre devoir de prendre le problème à bras-le-corps. Aujourd'hui s'ouvre une nouvelle ère !

Beckham et Reyna échangèrent un regard. Les yeux noirs du colosse ne révélaient rien de ses pensées, mais une loi édictée dans l'urgence ne présageait rien de bon. La jeune femme doutait en outre qu'elle puisse être d'une quelconque utilité.

— Le conseil vient de voter un arrêté anticriminalité que j'ai signé pour répondre à la récente augmentation des victimes dans notre bonne ville. Les mesures suivantes sont à effet immédiat :

« Primo, la ville a décidé de lancer le recensement dès demain matin sur plusieurs points d'accueil répartis géographiquement, dont l'hôtel de ville.

— Quoi ? glapit Reyna, abasourdie. Je croyais que ça ne devait pas démarrer avant plusieurs mois…

— On dirait qu'ils sont pressés de démarrer, répondit sombrement Beckham.

— Nous sommes heureux et fiers d'être la première ville du pays à porter ce nouveau programme, reprit le maire. Chacun de vous sera orienté vers un point d'accueil où il sera tenu de procéder au test d'ici à un mois. Nous tenons à ce que cette phase se déroule dans les plus brefs délais, afin de fournir au gouvernement fédéral des résultats complets qui permettront de créer une base de données de crise à l'échelle nationale. Les récalcitrants tomberont sous le coup d'une lourde contravention.

La foule bruissa. Cette participation forcée rendait certains spectateurs furieux. D'autres ne comprenaient pas la nécessité d'une base de données de groupes sanguins. D'autres encore se faisaient l'écho du sentiment de Reyna à l'égard de ce recensement. Ça ne pouvait signifier qu'une chose : que le gouvernement était à la botte de Visage Incorporated.

— En outre, tous les points de recensement fourniront ceci, poursuivit Sky en brandissant un fin bracelet. Fabriqués par la municipalité, ces bracelets contiennent les paramètres d'identification de chaque individu. Les policiers seront tous équipés de lecteurs pour un contrôle plus efficace.

Le brouhaha s'intensifia. Il existait déjà une carte d'identité que l'on n'était pas tenu d'avoir sur soi, et voilà que le flicage s'intensifiait avec ces bracelets obligatoires ? Quelle serait l'étape suivante ?

— Ce bracelet devra être porté à tout moment. Il garantit que le porteur figure dans le registre national et est à jour vis-à-vis du test sanguin. Tous ceux qui circuleront sans bracelet d'identification après le délai imposé seront arrêtés et sanctionnés. Ces nouveaux moyens vont nous aider à lutter contre le crime. Notre mission n'est-elle pas de faire en sorte que tous puissent vivre en sécurité dans cette belle ville ?

Reyna se rendit compte qu'elle tremblait. Comment osaient-ils ? Pour qui se prenaient ces fumiers ? Voter une législation aussi restrictive sans avoir pris le pouls de la population… Quelle honte ! Ouverte à l'idée de changement, la jeune femme y était hostile quand il prenait un tour funeste.

Le maire poursuivit, sourd au malaise grandissant.

— Je déclare pour finir l'instauration d'un couvre-feu dans les limites de l'agglomération.

— Quoi ? s'exclama-t-elle à l'unisson de la foule. Un couvre-feu ?

— Reyna, gronda Beckham en l'attirant à lui. Filons d'ici. Ça va mal finir.

— Non, je reste ! On a notre mot à dire, il faut leur faire comprendre que c'est mal ! Qu'ils ne peuvent pas faire ça.

— Si, ils peuvent, et ils ne vont pas s'en priver. Partons avant d'être pris entre deux feux.

— Si plus de gens prenaient ce risque, des lois débiles comme celle que le maire propose ne passeraient jamais.

— Bien d'accord avec toi. Sauf qu'en ce moment, ma priorité, c'est qu'on échappe à une bousculade fatale.

— D'accord.

Il paraissait exclu de le faire changer d'avis, et encore moins d'infléchir la ligne des autorités. Elle y tenait, pourtant. De tout son être.

Le maire continuait à pérorer tandis que Beckham, la tenant d'une main ferme, tentait de se frayer un chemin dans la foule compacte.

— Seuls les travailleurs de nuit pourront circuler après le couvre-feu, sous condition de présenter un sauf-conduit. J'ai beau détester l'idée de boucler la ville après minuit, cette mesure est nécessaire le temps de rétablir l'ordre.

— Liberté. Liberté. Liberté ! se mit à scander l'assistance.

Un brusque mouvement de foule poussa tout le monde vers l'estrade. Leurs mains se séparèrent.

— Beckham ! hurla-t-elle au milieu de la mêlée furieuse.

Chapitre 32

Reyna chercha Beckham des yeux. Peine perdue : la foule l'emportait. Il n'était nulle part en vue. Disparu. Incroyable. Elle aurait dû l'écouter, ils avaient trop tardé à partir.

— Voilà bien la preuve que ces mesures sont nécessaires ! tonna le maire.

Des coups de feu claquèrent, tout s'emballa brusquement. Les gens se mirent à hurler, à courir, à se marcher dessus. Certains tentèrent de prendre la tribune d'assaut, mais le cordon de police tint bon. Tous ceux qui étaient sur scène furent exfiltrés dès les premières détonations.

Au milieu de ce chaos indescriptible, Reyna ne pensait qu'à Beckham et continuait à le chercher désespérément. Il était si grand qu'elle aurait dû l'apercevoir ! Hélas, il restait hors de vue. Elle regarda par-dessus son épaule tandis que la foule la poussait en avant.

Soulevée du sol, elle fit la bascule et se reçut durement sur les mains et les genoux. Plusieurs personnes la piétinèrent dans leur empressement d'occuper le peu d'espace libéré. Un coup de pied en pleine tête lui fit voir trente-six chandelles. Elle cria, tenta de se relever, mais la foule continuait à la repousser contre l'asphalte. Aussi se roula-t-elle en boule afin de se faire aussi petite que possible.

Les larmes aux yeux, des élancements dans la tête, elle resta prostrée sur le bitume crasseux. Ce qui lui arrivait était incroyable. Sans téléphone, elle n'avait aucun moyen de contacter Beckham… et en était à se demander si elle allait sortir vivante de cette émeute. Les gens n'arrêtaient pas de la piétiner. Comment s'extirper de ce piège mortel ?

Un bras tendu surgit du néant et l'agrippa par l'épaule. La rude traction exercée fit grogner Reyna, qui se retrouva nez à nez avec une femme vampire.

— Tu sens divinement bon, gronda l'inconnue.

Elle toucha le front de Reyna du bout de l'index. La jeune femme grimaça de douleur et comprit qu'elle devait saigner.

— Lâchez-moi, plaida-t-elle en tentant de se dégager.

L'immortelle, sourde à sa supplique, porta le doigt poisseux à sa bouche. Une lueur affamée naquit dans son regard. Elle montra les crocs.

— Ça ne va pas faire mal du tout.

— Vous êtes folle !

Reyna voulut la repousser. Autant essayer de déplacer une montagne.

— Reste tranquille, grinça la femme vampire.

— Lâche-la immédiatement, ordonna une voix de basse dans le dos de Reyna.

Elle soupira d'aise. C'était Beckham.

— Elle est à *moi*, gronda-t-il.

L'inconnue jeta un coup d'œil par-dessus l'épaule de Reyna et consentit à la lâcher. Même au beau milieu d'une foule déchaînée, se battre avec un cadre supérieur de Visage risquait d'attirer l'attention. Sans parler du fait qu'elle n'avait pas l'ombre d'une chance.

— D'accord, elle est à toi. Dommage, elle a un goût dément.

Beckham la fusilla du regard.

— Tu l'as goûtée ?

—Juste une goutte, rétorqua l'inconnue en se fendant d'un clin d'œil.

—Dégage avant que je t'arrache la tête.

L'immortelle écarquilla les yeux puis disparut dans la foule.

—Reyna, quel bonheur de te voir sauve.

Beckham la serra tout contre lui. Le cœur de la jeune femme battait très fort. En cet instant, elle était toute au bonheur d'avoir échappé *in extremis* à un sort funeste.

Quand il mit fin à l'étreinte, il étudia sa coupure au front.

—C'est superficiel. Met ça dessus, dit-il en lui tendant un mouchoir.

Il en avait un sur lui, évidemment. Elle le porta à sa tête.

—Tu m'as retrouvée, murmura-t-elle.

—Je te retrouverai toujours.

Il l'embrassa au sommet du crâne puis la reprit par la main.

—Partons d'ici. Une mauvaise rencontre, ça suffira.

L'étreignant d'une main ferme, il fendit la foule, épaule en avant. Il leur fallut un temps fou pour enfin atteindre un pâté de maisons où la foule se faisait moins dense. Reyna avait un mal de crâne pas possible, ses fringues étaient toutes chiffonnées, une manche était en lambeaux. C'était moindre mal.

—Par ici, dit Beckham en repiquant vers le centre-ville.

—Comment tu m'as retrouvée ?

—À l'odeur. Celle de ton sang.

—Oh !

Elle contempla le sang séché qui maculait le mouchoir. Sa plaie avait déjà cessé de saigner. Une petite coupure, en vérité… qui avait cependant suffi à la femme vampire pour être alléchée. Et Beckham aussi pouvait suivre son sang à la trace.

— Tiens, dit-elle en rendant son mouchoir à Beckham.

Il fronça les sourcils et empocha le carré d'étoffe.

— Il va falloir le brûler.

— Le brûler ? répéta-t-elle, interdite. Beckham, il se passe quoi, là ? Cette femme a eu la même réaction que le renégat de la boîte de nuit. Tu m'as pourtant affirmé que l'odeur de mon sang n'avait rien de spécial. Qu'en est-il réellement ?

Le beau ténébreux garda le silence pendant deux ou trois minutes, au point qu'elle se demanda s'il allait répondre. Elle était habituée à ce qu'il fasse la sourde oreille. C'était trop beau, cette histoire de partager tous ses secrets avec elle. C'eût été trop demander. Sans compter qu'il devait en avoir un paquet en réserve, de cachotteries.

— Oui, finit-il par avouer. L'odeur de ton sang est… je ne sais pas. Difficile à décrire. Sucrée et acidulée, tout à la fois. Puissante. Enivrante. Elle fait envie.

— Donc en gros, je sens le steak saignant ?

Beckham laissa fuser un rire clair. Admirable.

— C'est l'idée, oui, mais en cent fois plus appétissant.

— Et c'est… hors du commun ? Je veux dire, tous les sangs sentent bon, non ? Cela dit, tout ce que mangent les mortels n'a pas la même odeur. J'ignore comment ça marche pour vous autres…

— Chaque sang est différent. Certains sont fades, d'autres forts. Parfois souillés par la drogue, l'alcool, la maladie, la mort… chaque mortel a sa propre signature olfactive, distincte des phéromones qu'il dégage. Quant à toi… (Le regard qu'il posa sur elle était celui d'un affamé.) Tu sens divinement bon, c'est vrai. Un bouquet unique. À se damner. Raison pour laquelle il faut brûler ce mouchoir et te nettoyer. Pour éviter qu'on puisse te suivre à la trace. Tous ceux qui te renifleront auront envie de te croquer.

— Mais pas toi ? demanda-t-elle en songeant à toutes les fois où il l'avait reniflée sans en profiter.

Il inhala à fond.

— Je n'ose imaginer à quel point tu dois avoir bon goût.

Reyna tenta vainement de ne pas sourire.

— Tu pourrais le savoir, mon grand… si tu voulais.

— Ne me tente pas, Reyna. Mon empire sur moi-même est très limité.

— Ben voyons, s'esclaffa-t-elle.

— Je ne compte plus les vies que j'ai prises en perdant les pédales ou en refusant de m'arrêter.

— Ce sont deux choses très différentes. Avant le traitement… tu ne voulais pas arrêter. La bête qui est en toi gouvernait tout. Mais désormais, ton self-control est absolu, laisse-moi te le dire. Jamais tu ne te laisserais aller. Je parie même que ce n'est plus arrivé depuis que le programme est en place.

Il haussa les épaules.

— Je préfère ne pas courir le risque. C'est plus facile.

— Tu en prends pourtant un avec moi, mais j'ai confiance, je sais que tu ne vas pas perdre le contrôle.

Il ne répondit rien. C'était inutile : elle n'avait pas peur, jamais il ne lui ferait de mal. Au contraire, il faisait tout pour la protéger. Si jamais il buvait de son sang, elle était certaine qu'il saurait se contenir.

Totalement désorientée, Reyna le vit s'arrêter devant une vitrine couverte de planches, à l'angle d'une rue quelconque.

— Entre là-dedans.

— Où ça ? demanda-t-elle en embrassant le bâtiment du regard.

Il ouvrit un portail noir et lui fit signe d'entrer. Un étage plus haut, ils se retrouvèrent dans un studio non aménagé, seulement doté d'un matelas à même le sol et d'un coffre-fort posé dans un angle. Beckham poussa Reyna vers la salle de bains tandis qu'il mettait la main sur un briquet dans l'un des tiroirs du coin-cuisine. Il s'en servit pour mettre le feu au mouchoir qu'il jeta dans une poubelle métallique.

Reyna le regarda, les yeux ronds, en se demandant s'il avait l'habitude de faire des trucs pareils tant ses gestes étaient précis.

— On est où ?

— Dans une piaule sûre, dit-il en haussant les épaules.

— Sûre pour qui ?

— Pour toi.

Beck fourragea dans le meuble de toilette situé au-dessus du lavabo. Ayant trouvé ce qu'il y cherchait, il lui pencha la tête en arrière. Elle contempla ses yeux d'onyx, toute au plaisir de cet instant d'intimité. Il nettoya la plaie à gestes précis et doux, sans aucun mouvement parasite, soucieux de ne pas la faire souffrir.

Quand il eut terminé, ses yeux croisèrent ceux de Reyna. Le courant passa un bref instant : c'était le vrai Beckham Anderson. Son homme.

La parenthèse dans ce studio « sûr » ne dura que cinq minutes tout au plus, ils se retrouvèrent dans la rue, mais ces cinq minutes-là avaient tout changé.

Un court trajet en taxi plus tard, Reyna et Beckham furent côte à côte devant l'immense gratte-ciel qui servait de QG à Visage Incorporated. Ils traversèrent le hall de marbre poli, croisèrent des quidams en costume impeccable, franchirent cette dinguerie de scanner intégral en un temps record. Le lieu était déjà terrifiant en soi. Si l'on ajoutait à cela que la jeune femme s'apprêtait à retrouver le plus puissant vampire de la multinationale, il y avait vraiment de quoi flipper à mort. Reyna garda néanmoins la tête haute. Sans quitter Beckham d'une semelle.

— À quoi il faut s'attendre ? lança Reyna dès qu'ils furent seuls.

— Eh bien, il faut que je sache pourquoi personne ne m'a informé. Et que je voie Roland : ce salaud-là m'a mené en bateau. Il était au courant et devait se douter de la façon dont la foule allait réagir.

— Je ne comprends pas ce qu'il cherche. Vous êtes censés être dans le même camp, non ?

Elle haïssait Roland mais ne le prenait pas pour un imbécile. Cassandra était dingue. Batiste, lui, était rusé. C'était lui qui avait fait en sorte que Pénélope soit présente, la nuit de l'incendie. Dans l'espoir d'isoler Reyna. Dans la même veine, il avait dû compter sur la foule pour la séparer de Beckham. Et il manquait certainement des pièces au puzzle…

— C'est personnel, selon moi. Il m'en veut à cause de la rouste que je lui ai passée au Caveau… et probablement aussi parce que tu l'as éconduit, quelque chose comme ça.

Ils pénétrèrent dans la cabine d'ascenseur. Les portes se refermèrent.

— Une chose est sûre, en tout cas : ce fumier ne l'a pas volé, assura-t-elle.

Beckham se tourna vers Reyna et lui posa les mains sur les joues.

— Je suis d'accord avec toi, tu t'en doutes, mais il va falloir que tu te tiennes à carreau. Sans réagir à quelque provocation que ce soit. Roland veut régler ses comptes, et toi, tu dois garder la tête froide. Quoi qu'il arrive. Il va tout faire pour te pousser à bout.

— Beck, pour avancer, il faut surtout qu'on crève l'abcès, tu ne crois pas ?

— Ce n'est pas comme ça que ça marche. C'est politique. Il faut me faire confiance. Je peux compter sur toi ?

Ses yeux noirs étaient implorants, mais que souhaitait-il ? Qu'elle accepte ou refuse ? Il était visiblement en lutte avec lui-même.

— Bien sûr que je te fais confiance.

Il hocha la tête, l'embrassa sur la bouche puis prit un peu de champ juste avant l'ouverture des portes. Reyna inspira à fond et y puisa la force morale nécessaire pour avancer. Elle en était capable.

Ils franchirent la double porte vitrée ; une réceptionniste les attendait.

— Bonsoir, M. Anderson.

— Je viens voir M. Harrington, déclara Beck. Il est ici ?

— Oui monsieur. Il vient juste de revenir au bureau. Laissez-moi l'appeler.

La femme décrocha son combiné et pressa un bouton.

— M. Harrington ? M. Anderson souhaite vous voir. (Elle patienta un instant, un sourire timide aux lèvres.) Entendu. Merci monsieur. Il vous reçoit immédiatement, dit-elle après avoir raccroché.

— Merci, répondit Beckham, courtois, même s'il avait le sentiment de se précipiter dans un piège.

Reyna le suivit dans l'immense bureau d'angle du grand patron. Droit dans la fosse aux lions. Assis derrière un bureau massif, le frêle et livide chef des vampires et P-DG de Visage accueillit Beckham avec un sourire qui aurait pu passer pour rassurant… si Cassandra et Roland n'étaient pas installés à côté de lui.

La jeune femme s'immobilisa, peu désireuse de s'approcher de l'intimidant trio. Beckham se plaça deux foulées devant elle tandis qu'elle s'efforçait de se faire oublier.

— Salut à toi, Beckham, lança Harrington.

— Bonsoir Harrington.

Le vieux vampire pianota sur son bureau et se pencha légèrement en avant.

— Heureux de te voir. Comment se porte ta chère Pénélope ?

— Son état est stable, mais elle ne sera plus jamais la même. Les chirurgiens commenceront à travailler sur son visage dès que possible. Son père a déjà assuré qu'il ferait tout le nécessaire.

— Quel malheur, déplora Harrington.

— Oui, un grand malheur, abonda Cassandra. Un si joli visage…

Beckham tiqua. Au ton employé, on aurait pu croire qu'ils préféraient quand leur nourriture était présentable.

— C'est très regrettable, en effet, mais réjouissons-nous qu'elle ait survécu.

— Sans aucun doute.

Roland n'avait toujours pas dit un mot. Reyna, qui sentait peser sur elle son regard de fauve, s'obstina à l'ignorer. Comme si son attitude détestable glissait sur elle.

— Au moins Reyna est-elle indemne, déclara-t-il à cet instant.

— Oui. Par chance, nous étions déjà dehors quand l'incendie s'est déclaré, rétorqua Beckham en le dévisageant durement.

— « Indemne » m'apparaît inapproprié, intervint Cassandra de sa voix flûtée en reniflant, le nez en l'air. On jurerait qu'elle vient de se rouler par terre… Et qu'est-ce que c'est que cette dégaine ?

—Nous étions au milieu de la foule, devant l'hôtel de ville, fit valoir Beck en guise d'explication.

Reyna aurait dû se douter que sa tenue allait susciter un commentaire : les cadres de Visage étaient très à cheval sur la toilette des sujets permanents, qu'ils considéraient comme des poupées. Cette discussion commençait à lui taper sur les nerfs. Beckham, au moins, n'essayait pas de se justifier. Il fournissait une explication. Rien de plus.

—Formidable, se félicita Roland. Tu as pu y assister.

Beckham resta de marbre.

—Brillante performance. J'ai eu plaisir à entendre que nous arrivions enfin à faire bouger l'administration.

Reyna pesta intérieurement. C'était cela, qu'il entendait par de la politique ? Il venait d'exprimer une opinion à l'exact opposé des siennes ! Elle ignorait certes ce que pensait Beckham de cette affaire, mais n'arrivait pas à croire qu'il puisse dire amen au discours du maire : sur le moment, il n'avait pas eu l'air d'accord *du tout*.

—Je t'avais bien dit qu'il apprécierait, déclara Harrington à Batiste.

—Bien sûr, rebondit Beckham. C'est pile ce que nous envisagions. Cet incendie a au moins eu le mérite de faire avancer les choses.

—En effet, convint le grand patron. Hélas, maintenant que nous sommes tous réunis, j'ai un sujet désagréable à aborder.

—Désagréable en quoi ?

—Te sachant très occupé au chevet de Pénélope ce week-end, nous avons décidé de ne pas t'inclure dans les préparatifs de l'annonce, mais sache, ami Beckham, que tu as toute ma confiance.

—Ça tombe sous le sens, rétorqua Anderson, crispé.

— Cela étant, reprit Harrington, il reste le problème Reyna.

— Moi ? réagit-elle, médusée.

Beckham la fusilla du regard. Elle se le tint pour dit.

— En quoi Reyna pose-t-elle problème ?

— Montre-lui, ordonna le P-DG.

Roland se baissa et récupéra un appareil photo dans un sac.

— Peux-tu nous expliquer ceci ?

— C'est mon appareil ! s'exclama-t-elle.

C'était parti tout seul. Comment se l'étaient-ils procuré ?

— Tiens donc, elle avoue, piaffa Roland de sa voix traînante.

— Avouer quoi ? rétorqua la jeune femme.

Beckham lui plaqua une main sur le bras.

— De quoi est-elle accusée, au juste ?

— C'est évident, non ? lança Roland, qui fit le tour du bureau en brandissant toujours l'appareil de Reyna. D'appartenir à *Elle*.

— Quoi ? s'insurgea-t-elle.

Ils la prenaient pour une rebelle. Que pouvait contenir la carte mémoire de son appareil pour qu'ils croient cela ? À quand remontait la dernière fois qu'elle l'avait eu en main ? Le week-end avait été… mouvementé, pour le moins, elle n'avait pas téléchargé ses clichés depuis… le toit ? Non, le jardin public.

Merdasse ! Batiste avait dû lui faucher son appareil au resto. C'était la seule explication. Elle était certaine d'avoir effacé toutes les images qui figuraient sur le blog. Rien d'incriminant ne restait sur la carte. Ce qui ne l'empêchait pas d'être terrifiée.

— Elle tuyaute les rebelles depuis le premier jour. C'est une taupe.

— C'est du délire ! protesta Reyna.

— Je souscris, la soutint Beckham. Je suis avec elle tout le temps. Y compris quand elle sort faire des photos. Quelles sont les images qui vous font penser qu'elle appartient à *Elle* ?

— Les clichés en eux-mêmes ne l'incriminent pas, énonça Roland en choisissant ses mots. En revanche, le style des images correspond à celles d'un site web que nous surveillons.

— Celui qui fait des vagues dans les médias ? demanda Beckham. *Perspective* ?

— Oui, répondit Batiste.

— Ça correspond, dis-tu. Tu as des clichés identiques à produire ?

— Du point de vue stylistique, oui.

— Conneries ! explosa Reyna, incapable de se retenir.

Ses photos, publiées à son insu sur un site, ne faisaient pas d'elle une rebelle. On pouvait exprimer son opinion sans être membre actif du mouvement *Elle*, non ?

— Mes images m'appartiennent. Elles ne figurent sur aucun site, mentit-elle. Sans preuve que je suis l'autrice de celles publiées en ligne, vos accusations ne tiennent pas debout.

Roland lui jeta un regard noir, mais ce fut Cassandra, plus furieuse encore, qui prit la parole en se levant.

— Tais-toi ! Comment oses-tu nous parler ainsi ?

— Cassie, du calme, tempéra Beckham.

— Nos preuves ne s'arrêtent pas là, reprit-elle. Félix a confirmé qu'elle appartient au mouvement. Il sait de quoi il parle : lui aussi en est membre.

Reyna resta bouche bée. Félix, leur témoin-vedette ? Grotesque ! Il était difficile d'imaginer rebelle plus pitoyable : la seule fois où il n'avait pas eu l'air d'un toxico, c'était quand il lui avait été présenté.

Beckham, parfaitement immobile, se garda de poser les yeux sur elle.

— Et où est Félix ? Pourquoi ne témoigne-t-il pas devant nous ?

Cassandra baissa les yeux.

— Il n'est plus avec nous.

— Il a péri dans l'incendie, confirma Harrington.

Un hoquet échappa à Reyna. Félix, victime des flammes ? Elle l'avait peu connu, certes, mais c'était tout de même tragique.

— Et quand t'a-t-il fait cette révélation ? voulut savoir Beckham.

— Juste avant de mourir.

— Je vois... Il faut donc qu'on croie un mort sur parole ?

— Quelle preuve supplémentaire te faudra-t-il avant que tu comprennes qu'elle est notre ennemie ? gronda Roland.

Beckham, écœuré, secoua la tête. Écœuré et en pétard. C'était flagrant. Il flairait le coup fourré. Roland, fâché et jaloux, avait manœuvré pour faire disparaître Reyna. Peut-être envisageait-il de la revendiquer comme trophée ? Non... c'était hors de question.

— Et en doutant de la loyauté de Reyna, vous doutez aussi de la *mienne* ? gronda-t-il.

— J'ai dit et je répète que tu as toute ma confiance, Beckham, assura Harrington.

Le vieux vampire faisait tout pour que Beckham le crut, mais un éclat dur et féroce, dans son regard laissait à penser qu'il était prêt à tous les tuer si nécessaire.

— Depuis des années, martela Beckham, je me plie en quatre pour défendre les intérêts de Visage. Je fus l'un de ses plus ardents défenseurs quand la société a démarré. Je n'ai pas ménagé mes efforts, lors des premiers essais tumultueux de compatibilité sanguine. Et tout ça pour quoi ? Je me porte garant de Reyna. Depuis quand ma parole est-elle remise en question ?

— Elle ne l'est pas, se défendit le P-DG. Tu es comme mon fils, tu le sais bien. Ta loyauté n'est pas en cause. Mais les preuves sont patentes, et je refuse de prendre le plus petit risque.

Beckham se fendit d'un rire amer.

— Des preuves patentes, une poignée de photos qui ressemblent à celles d'un site dont personne n'est sûr qu'il soit celui d'un sympathisant du mouvement *Elle*, et encore moins d'un membre actif de l'organisation ? Sans la moindre image incriminante, alors que j'étais présent quand elles ont été prises ? Ah ! j'oubliais, il y a aussi le témoignage d'un mort que Cassandra s'est très certainement amusée à tuer pour le fun.

La femme vampire eut beau mimer l'indignation, Reyna vit qu'il avait touché un point sensible.

— N'essaie pas de nier, gronda Beckham. On sait tous que ce n'est pas la première fois.

Cassandra haussa les épaules et se rassit, l'air penaude.

— Ces prétendues preuves n'en sont pas. Jouons cartes sur table, d'accord ? Roland m'en veut de l'avoir empêché de s'en prendre à Reyna au Caveau. Et de l'avoir battu à son propre petit jeu. Il a pensé pouvoir m'atteindre via Reyna. En te manipulant, *toi*, Harrington. Puisque nous en sommes à balancer des accusations, passons à son dossier.

Les yeux de Roland lançaient des éclairs. La diatribe de Beckham lui avait fait perdre des points.

— Je n'aurais jamais agi sans la conviction profonde qu'elle est notre ennemie.

— Menteur, scélérat ! éructa Beckham. Tu as tout fait pour coucher avec elle et boire son sang, avoue-le, mais elle n'est pas ton sujet permanent. Reyna n'est pas ta chose ! C'est un être humain, et elle est *à moi* !

Le silence se fit après cette sortie. Reyna sentait son cœur battre la chamade. Il venait de prendre son parti devant tout le monde.

— Est-ce la vérité, Roland ? finit par demander Harrington. (Silence éloquent de l'intéressé.) Je ne veux pas de conflit au sein de mes cadres dirigeants. Nous devrions nous féliciter du résultat obtenu aujourd'hui, pas nous disputer à propos d'une simple mortelle. Faute de preuves plus accablantes, je m'en tiendrai au jugement de Beckham, comme toujours. Mon seul souhait est de dénicher un sujet compatible et de retrouver mes forces. Alors seulement, nous pourrons passer à la suite de nos projets.

Harrington posa sur Reyna un regard de tueur qu'elle eut grand-peine à soutenir. Beckham venait certes de lui sauver la mise… mais la peur lui tenaillait le ventre.

Chapitre 33

Reyna et Beckham sortirent du bureau du grand patron. La jeune femme avait récupéré son appareil des mains d'un Roland morose qui, manifestement, ne comptait pas lâcher l'affaire après ce premier round perdu.

Ils prirent l'ascenseur et quittèrent le bâtiment sans dire un mot. Reyna serrait l'appareil photo contre son cœur quand apparut la voiture de son mécène. Elle y entra la première, suivie par Beckham. La Lincoln démarra en suivant l'itinéraire désormais familier qui conduisait chez Beck. Reyna poussa un gros soupir.

— C'était horrible, murmura-t-elle.

Beckham, tendu comme un arc, hocha la tête.

— Estimons-nous heureux, ça aurait pu être bien pire.

Elle se rangea à cet avis. La confiance de Harrington envers Beckham était telle qu'il les avait laissé filer. Cela étant, il allait certainement les faire surveiller de près. C'en était fini de ses escapades nocturnes… d'autant qu'il faudrait tenir compte du couvre-feu.

Reyna sentit l'adrénaline refluer. La course folle jusqu'à l'hôtel de ville ; l'expérience de mort imminente ; les accusations chez Visage ; c'en était trop, elle était rincée. L'unique bonne nouvelle était que Beckham l'avait choisie et qu'ils rentraient chez lui ensemble… en couple. Ce qui compensait presque tout le reste.

Une fois à l'appartement-terrasse, la jeune femme s'accorda enfin un instant de réflexion. Elle n'était plus ici comme employée ni ne représentait un investissement : il la voulait à ses côtés. Dans sa vie. Eh bien voilà, ça y était. *Quid* de la suite ?

— Comment tu te sens ? s'inquiéta Beckham.

— Secouée, admit-elle, mais ça va.

— Je suis sincèrement désolé pour ce que Roland vient de te faire subir. En ouvrant les yeux dès le départ, j'aurais pu percer à jour ses manigances.

— Non, c'est ma faute. Je ne t'ai pas dit que Roland me harcelait, et rien ne serait arrivé si je ne l'avais pas laissé me voler mon appareil. (Elle soupira et se frotta les yeux.) C'est pas croyable… Ce salaud me l'a soufflé sous le nez. Au resto.

— Tu étais fâchée après moi. Ce n'est pas ta faute, plaida-t-il, c'est lui qui a tout fait pour t'incriminer.

— En tout cas, je ferais mieux de faire disparaître le site web. C'est trop risqué.

La perspective de tout effacer la rendait malade. Elle avait consacré tant de temps et d'énergie à cette entreprise ! Les photos seraient toujours sur son disque dur, mais ça n'était pas la même chose. Ses clichés n'auraient plus de vie propre.

— Non, répondit-il du tac au tac avant de lui caresser la joue. Si tu le supprimes maintenant, ils sauront que tu en es l'autrice. Ne faisons rien qui soit susceptible de leur mettre la puce à l'oreille. Tes images ne risquent rien où elles sont. J'ai programmé le site de façon à ce qu'il soit impénétrable.

— Oh ! D'accord. Tu as raison.

— J'apprécie le message que véhiculent tes photos, tu sais ?

Ses yeux noirs en disaient plus qu'un long discours. Elle cessa de gigoter et se perdit dans leur profondeur abyssale.

— Tu apprécies ? Vraiment ? murmura-t-elle.

— J'aime ce que tu essaies de faire passer. Qu'il existe des gens, ici même, qui ont besoin d'aide. Que vivre d'égal à égal est possible. Il faut qu'on s'attaque aux vrais problèmes. L'insensibilité des plus riches aux douleurs des plus pauvres, pour commencer. C'est aussi ce que j'ai essayé de montrer dans mes travaux, dit-il en désignant les photos encadrées qui décoraient les murs de l'appartement. Je n'ai pu accrocher que celles-ci, mais je te crois capable de ressentir ce qu'elles transmettent.

— C'est… c'est ton œuvre ? dit-elle, abasourdie. Je les admire depuis mon arrivée.

— J'ai vu. C'est ce qui m'a donné l'idée de t'offrir un appareil. Personne ne les remarque. J'ai compris que tu avais l'œil.

— Merci. Tes photos sont vraiment super.

— Ça me fait plaisir que tu les apprécies.

Beckham l'examina avec soin tandis qu'elle portait un œil neuf sur les clichés en s'efforçant d'en percer le sens. À quoi pensait-il quand il avait photographié ces paysages ? Qui était la femme à la terrasse de café ?

— Reyna, tu sais que je suis d'accord avec toi, n'est-ce pas ?

— À quel propos ?

Elle se tourna vers lui. Il avait l'air sérieux comme un pape.

— À propos de tout. C'est de ça que je voulais te parler dans la voiture. Je te suis sur toute la ligne. La façon dont les gens devraient être traités. La direction que prend le monde. La nécessité d'en faire plus pour corriger les problèmes, sans attendre qu'ils se règlent tout seuls.

Reyna sourit. C'était génial d'entendre enfin une voix amie. Qui affirmait comme elle que c'était mal, que neuf personnes sur dix vivent dans la misère. Alors que la dixième contrôle tout.

— Fais gaffe, s'amusa-t-elle. On pourrait t'accuser d'appartenir à *Elle*.

— J'en suis conscient. C'est pourquoi je me montre très prudent.

Reyna ménagea un silence. Puis :

— Une seconde… qu'est-ce que tu essaies de me dire, là ?

Le regard sans équivoque qu'il lui lança la laissa bouche bée. Qu'insinuait-il ? Aurait-elle compris de travers ? Pas possible… ça n'avait ni queue ni tête. Il fallait pourtant qu'elle sache.

— Tu es… un rebelle ?

— Oui.

La jeune femme sentit son monde basculer. Tout ce qu'elle avait cru savoir jusqu'ici sur Beckham… n'était qu'un écran de fumée. Il appartenait à *Elle*. Il était en désaccord avec ce qu'il faisait chez Visage. Comment était-ce possible ? Une double vie pareille ? Et avec quel brio !

Jamais elle ne se serait doutée que Beckham Anderson avait un lien avec ceux qui s'opposaient à la croissance infinie de Visage Incorporated.

— Co-comment ? bafouilla-t-elle.

Beckham lui fit signe de prendre place dans le canapé et entama son récit.

— L'année dernière, j'ai décidé que je ne pouvais pas rester assis à rien faire pendant que le monde prenait la tournure qu'il prend. C'est destructeur. Pour les mortels comme pour les vampires. Si Visage prend les rênes, asservit les humains, et que les vampires retournent à l'état de bêtes fauves… C'est quoi, la suite ? Que restera-t-il ? La fin des vivants entraînera celle des vampires. L'équilibre est possible, il faut juste qu'on trouve le moyen d'y parvenir. Aussi ai-je commencé à aider. En secret.

C'était beaucoup pour Reyna, qui eut du mal à tout digérer.

— Mais… tu viens de mettre ta réputation en jeu pour moi, dans le bureau de Harrington. Ça n'était pas risqué ?

— Non, je suis insoupçonnable, je l'ai fait en connaissance de cause. Seule une poignée de membres du mouvement *Elle* sont au courant. Et toi, désormais.

— Pourquoi me le dire, alors ?

Il sourit en coin.

— Plus de secrets entre nous, tu te souviens ?

— C'est juste, dit-elle, fâchée d'avoir presque oublié. Alors dis-moi… comment es-tu entré en rébellion ?

— Via Penny, en fait.

— Pénélope… est une rebelle ? s'étonna Reyna.

Beckham grimaça.

— Oui, en effet. Ainsi que ma couverture depuis tout ce temps.

Cette fois, Reyna faillit tomber de son siège.

— Tu n'as jamais été avec Pénélope ?

— Non, avoua-t-il, penaud. Mais il fallait que je sauve les apparences. C'est grâce à elle que j'ai pu assister aux réunions. Et j'ai bien peur qu'ils veuillent que ça continue ainsi.

— Une… une seconde. Tu n'es donc pas en couple avec Pénélope ?

Beckham se pencha vers elle et déposa un doux baiser sur ses lèvres.

— Non. C'est évident, non ? C'est toi que je veux.

Cette déclaration donna le tournis à Reyna. Ça faisait vraiment beaucoup d'informations à la fois… Beckham et

Penny n'étaient pas ensemble et, là-dessus, il la voulait, elle. Rien qu'elle. La jeune femme haleta, les yeux ronds.

— Prends ton temps. Tu n'as pas à me répondre tout de suite. J'ai vécu longtemps, tu sais, mais jamais je n'ai ressenti ce que je ressens pour toi.

— Oh ! Beck… J'ai quitté ma famille pour te suivre, dit-elle dans un soupir. Bien sûr que je veux être à toi.

Il se fendit d'un sourire éclatant, radieux. Solaire. Toutes ces semaines, il avait douté des sentiments qu'elle éprouvait pour lui, quand bien même c'était Reyna qui avait pris les devants à plusieurs reprises. La jeune femme, de son côté, était restée sourde aux élans de son cœur tant que Beckham l'avait rejetée. C'en était fini des faux-semblants, désormais, le bonheur était à portée de main.

Leurs bouches se trouvèrent. Le besoin de l'autre était viscéral. Il l'embrassait sans retenue aucune, cette fois, ce baiser-là fut sauvage. Enivrant. Reyna était comblée. Beckham était à elle, il était grand temps qu'il assimile cette donnée… et elle sut comment s'y prendre.

Il parut avoir eu la même idée, car il la prit dans ses bras et traversa la pièce à grandes enjambées. Reyna, dans un coin de sa tête, comprit qu'il s'apprêtait à la conduire dans son antre. Au cœur de la zone qui lui était jusqu'alors interdite.

Son cœur s'emballa en songeant à toutes les barrières qui étaient tombées en un jour. Il avait dit vrai sur le toit : vampire et homme ne faisaient qu'un. Reyna avait douté de lui et voilà qu'il lui livrait son secret le mieux gardé ! Un secret qui lui causa un choc, mais aussi de l'excitation.

Beckham poussa la porte de sa chambre. Reyna n'en crut pas ses yeux : en fait de piaule, il s'agissait plutôt d'une aile entière. Des baies vitrées à profusion et un design, de toute évidence, réalisé sur mesure. À gauche, une pièce-bureau, une salle de bains immense et un grand dressing où on devinait un vaste assortiment de costumes de bonne coupe, chemises et cravates assorties. La chambre elle-même jouissait d'une terrasse avec vue spectaculaire sur la ville. Et, en son centre… le clou du spectacle… un lit colossal tout de blanc tendu.

— Ouah ! s'exclama-t-elle, le souffle court.

Beckham la déposa sur le matelas et lui caressa les hanches.

— Bienvenue dans mon sanctuaire.

— Pourquoi ne laisses-tu jamais personne entrer ici ?

Il lui souleva son tee-shirt, l'embrassa sur le ventre puis plus haut en même temps qu'il la dévêtait complètement.

— Parce que j'aime mon intimité.

— Dit l'homme qui dort devant une baie vitrée.

— Au dernier étage, sans vis-à-vis.

— Très juste. C'est très beau, en tout cas.

Il se pencha et l'embrassa.

— Tu es chez toi.

Ce baiser-là fut explosif. Tout un mois de tension sexuelle accumulée, déferlant d'un coup. Reyna eut grand-peine à ne pas le presser tant il lui tardait de le sentir près d'elle. De revendiquer ce bel étalon. Le savoir n'était pas assez. Il fallait le ressentir de tout son être, faire fusionner leurs âmes.

Jamais elle n'avait éprouvé quelque chose d'aussi fort. D'aussi viscéral. Elle avait tant souffert à l'idée de ne plus le revoir ! Et plus encore à l'idée qu'il ne veuille pas d'elle. C'était du passé, désormais. Leurs deux bouches étaient soudées. Le monde tournait enfin rond.

Reyna s'escrima sur sa veste, c'était difficile tant il était large d'épaules, elle tomba par terre dans un bruissement d'étoffe froissée. Il se redressa, arracha sa cravate puis tira violemment sur sa chemise. Les boutons arrachés rebondirent sur le mur ; son impatience était manifeste. La jeune femme lui effleura le torse du bout des ongles.

Son corps était parfait. Hâlé, musclé, dur. Un physique de dieu de l'Olympe. De tous les types du quartier des Entrepôts qu'elle avait connus, aucun n'arrivait à la cheville de Beckham Anderson.

— Ça fait si longtemps que j'en rêve, articula-t-il en déboutonnant son jean qu'il fit ensuite glisser le long de ses jambes. Tu n'as pas idée des tourments que j'ai endurés, quand je t'ai découverte en sous-vêtements.

Il se baissa pour l'embrasser au niveau du mollet. Lui souleva la jambe qu'il posa en appui sur son épaule tandis que sa bouche avide remontait le long de la cuisse. Dès qu'il lui effleura la culotte, Reyna s'agita, prête à se refaire lécher, mais Beckham n'en fit rien et lui embrassa l'autre jambe.

— Beck, gémit-elle. Tu n'as pas été le seul à trouver ça pénible. J'ai plusieurs fois failli me jeter sur toi.

— Oh oui ! je me souviens.

Il la ramena vers lui jusqu'à ce que son cul se retrouve au bord du matelas puis plongea la tête dans son entrejambe.

— De ça, en particulier, dit-il en soufflant de l'air chaud sur sa culotte puis en donnant des coups de langue le long de l'artère de la cuisse.

Elle gémit plus fort, pas certaine de pouvoir attendre plus longtemps.

— Goûte-moi. Je sais que tu en meurs d'envie.

Beckham se crispa ; elle trouva son regard.

— J'ai confiance en toi.

— Pas moi.

— Je t'en prie, supplia-t-elle, prête à tout pour parvenir à ses fins.

Reyna sentit une très légère piqûre sur la face intérieure de la cuisse et les endorphines affluèrent. Elle frissonna.

Sa circulation sanguine s'activa, le plaisir fut total. Étendue sur le matelas, les yeux rivés au plafond, les mains rugueuses du colosse contre sa peau, elle n'eut plus qu'une idée en tête : qu'il vienne en elle. Son cerveau s'embruma et, paradoxalement, tout s'éclaircit avec une netteté nouvelle.

Beckham se retira vivement. Il prit ses distances, le souffle court, paraissant partagé entre l'envie de la dévorer et de prendre ses jambes à son cou.

— C'était divin, murmura-t-elle.

— Reyna, je… je ne p… peux pas, bafouilla-t-il. C'est trop dangereux.

La jeune femme flottait dans un océan de désir. Tout lui paraissait parfait. La morsure n'avait duré qu'une poignée de secondes, mais quel pied ! Puis elle reprit ses esprits. L'effet euphorisant des endorphines s'estompait déjà.

Dieu du ciel ! Rien d'étonnant à ce que les gens deviennent accros…

— C'est toujours aussi merveilleux ? s'enquit-elle à mi-voix.

Il respira à fond.

— Non. C'est plus fort quand on y met du sentiment.

Elle se redressa sur les coudes et lui sourit.

— Approche.

— Trop risqué.

— Eh bien, ne me mords plus.

— Et si je n'arrive pas à me retenir ?

— Tu y arriveras, mon grand. Allons-y en douceur.

Il s'approcha.

— En douceur ? Ce n'est pas du tout ce que j'ai en tête.

Beck l'embrassa avec une passion à laquelle elle répondit. Leurs bouches scellées, la jeune femme s'allongea sur le dos et l'empoigna par les épaules pour l'obliger à rester collé à elle. Il s'exécuta ; Reyna se frotta à son immense carcasse.

Il restait très peu d'étoffe entre leurs deux épidermes, elle tira avec vigueur sur son caleçon, Beckham saisit le message et s'empressa de l'ôter tandis qu'elle fit de même avec sa culotte.

Lui écartant les cuisses au maximum, il passa les doigts dans sa fente détrempée et entreprit de lui masser le petit bouton. Elle soupira, la tête rejetée en arrière. Tout son système nerveux, déjà hypersensible, était en surchauffe après la morsure à la cuisse. Son corps réagissait au quart de tour, son bel amant allait la rendre folle.

Soudain, le gland de Beck prit la place de ses doigts, elle se cambra en poussant pour qu'il la pénètre. Puis elle voulut s'agripper à ses bras… mais il avait une autre idée en tête. Beckham la saisit par les poignets et l'obligea à tendre les bras vers le haut, puis sa queue s'enfonça en elle. Reyna poussa un cri, dilatée au maximum.

Elle rouvrit les yeux et contempla ses deux puits de noirceur. Il n'hésitait plus. Virilité incarnée. Bestial, il prenait ce qui lui revenait de droit. C'était gravé sur ses traits de mâle.

À moi.

Puis il commença le va-et-vient. Dedans, dehors. De plus en plus vite. Violemment secouée, le cœur sur le point d'éclater, Reyna ne lui demanda pas d'arrêter. C'était féroce. Brutal. Leurs deux corps s'entrechoquaient. La température grimpait en flèche, l'orgasme était déjà tout proche.

Beckham la baisait sans retenue et elle adorait ça. Chaque seconde davantage. De soubresaut en soubresaut, son cœur et son âme menaçaient de déborder.

Il prit appui sur les avant-bras et l'embrassa avec fougue. Reyna pria pour que cet instant dure toujours, mais la jouissance était désormais imminente. Et quand elle l'entendit grogner et sentit sa tête lui peser dans le cou, elle sut que lui aussi n'allait pas tarder à venir.

— Oh oui ! s'écria-t-elle, le sexe contracté autour de sa queue, secouée de spasmes violents. Foudroyée par l'orgasme.

Une sensation nouvelle naquit alors. Un picotement. Puis deux. Dans le cou.

Beckham tressaillit en elle tandis qu'il éjaculait, mais ses lèvres restaient collées à son cou. Cette fois, ce ne fut pas une simple inondation, mais une avalanche, un ouragan. Un assaut brutal qui doucha l'orgasme qu'elle venait d'éprouver. Les endorphines prirent le relais. Ses terminaisons nerveuses s'engourdirent. L'adrénaline eut beau couler à flots dans ses veines pour la rendre plus forte, cela ne suffisait pas.

Elle était partante. Partante pour qu'il s'abreuve. Partante pour cette extase infinie. Happée par le courant, au point d'oublier qu'elle risquait la noyade.

Puis ce fut comme si… comme si Beckham s'enfonçait encore dans sa gorge. Un nouveau picotement la tira brusquement de son hébétude. Il n'arrêtait pas. Merde ! Il n'arrêtait pas ! Il avait prévenu que cela lui serait difficile. Qu'il lui faudrait lutter. Pourquoi l'avait-elle incité à la mordre ? Elle était d'accord… mais pas ainsi.

— Beckham !

Après avoir hurlé, elle lui gifla l'épaule de toutes ses forces. Sans effet. Cria son nom encore et encore, tenta de le secouer. Combien de sang avait-il déjà bu ? S'il insistait, il allait la tuer, c'était certain.

Elle se débattit puis vociféra à pleins poumons. Un cri si perçant qu'il leva la tête pour l'observer. Ses yeux étaient noirs et vides. Du sang s'écoulait de ses crocs, lui maculant le menton et le torse. Elle contemplait un prédateur, une bête fauve. Ce spectacle la terrifia au-delà de ce qu'elle aurait cru possible.

Reyna prit ses distances, tomba au pied du lit. Ramassa ses frusques et commença à se rhabiller machinalement.

Elle n'avait pas seulement la tête dans du coton, mais délirait à bloc. Sans parvenir à formuler la moindre pensée cohérente. Sa seule certitude : Beck avait failli la tuer. Sans son cri d'orfraie, elle serait déjà morte.

Il parut revenir à lui en la voyant se rhabiller en toute hâte.

— Reyna ? gronda-t-il, le timbre dangereusement caverneux.

La malheureuse tremblait des pieds à la tête.

— Tu as failli me tuer.

— Je ne…

— Je te faisais confiance, murmura-t-elle, le souffle court.

Elle voulut le croire à cet instant, croire que le monstre était parti, que son Beckham était de retour. Qu'il s'agissait d'une simple erreur, que tout irait bien à l'avenir. Mais comment oublier qu'il s'était nourri d'elle, comme on se repaît… d'une proie. Il l'avait considérée comme de la nourriture. Elle s'était pourtant juré qu'il saurait s'arrêter. À tort. Il avait fallu qu'elle hurle pour le ramener à la raison… et, même alors, le monstre restait là. Tout proche.

Chapitre 34

Reyna sortit en titubant de la chambre de Beckham et se dirigea vers l'ascenseur. Sans plan précis en tête : seule la terreur la poussait à aller de l'avant. Elle tremblait. Son corps lui faisait mal à chaque mouvement. Elle aurait pu dormir plusieurs jours d'affilée, mais le besoin de fuir, aussi loin que possible, était plus fort que la fatigue.

Les portes de la cabine se refermaient quand le visage de Beckham apparut. Il passa la main à temps dans l'embrasure. Les portes se rouvrirent. Elle cria en le découvrant totalement nu, couvert de sang, l'air féroce. Implacable.

— Beckham, par pitié…

— Je ne voulais pas te faire mal. Il faut que tu me croies.

— Je ne sais plus, dit-elle, prise de frissons. Tu n'arrêtais plus. Tu aurais pu me tuer.

— C'était un accident. Pardonne-moi, Reyna, grogna-t-il en s'approchant.

Elle alla se recroqueviller contre la paroi de l'ascenseur.

— Tu avais raison. Tu es un monstre.

Beckham, frappé par ce mot, cessa de faire obstacle aux portes de la cabine. Celles-ci se refermèrent sur son air blessé ; elle entendit son poing cogner contre la paroi métallique. Sentant son cœur s'emballer, elle dut prendre appui sur la rambarde pour rester debout.

Sitôt au rez-de-chaussée, Reyna s'élança d'un pas mal assuré jusqu'à ce qu'elle ait franchi les portes coulissantes donnant sur la rue. Elle avait vaguement conscience de se donner en spectacle, mais n'en avait cure.

Alors qu'elle sortait sous la lumière du jour, la morsure du soleil lui mit les larmes aux yeux. Sa priorité : trouver refuge quelque part, faire le point… et surtout ne plus bouger. Le moindre mouvement lui était intolérable, tout son corps lui criait de ralentir, mais son cerveau était d'un avis contraire. Elle en eut mal à la tête.

— Reyna ! s'exclama Everett.

Tournée d'un bloc vers cette voix amie, elle trébucha dans sa direction.

— Everett…

Il la rattrapa sans peine.

— Ça va, toi ?

— Bof… si on veut, marmonna-t-elle.

— Tu saignes !

Il lui effleura le cou. Elle grimaça et prit conscience qu'elle saignait toujours. Le visage d'Everett s'assombrit à mesure qu'il comprenait.

— C'est lui qui t'a fait ça ?

— Oh ! murmura-t-elle.

Reyna plaqua la main sur sa gorge puis la contempla : elle était rouge de sang.

— Oui, c'est lui.

— Je ne t'ai jamais vue dans cet état, dit-il à voix basse, l'air inquiet. Tu es toute pâle… Ça t'arrive souvent ?

Elle haussa les épaules et tangua dangereusement.

— J'en sais rien.

Cette réponse fit froncer les sourcils à Everett, qui laissa filer.

— Tu es complètement dans les vapes… Où tu comptais aller ?

Nouveau haussement d'épaules.

— Loin d'ici. Faut que je réfléchisse…

— Ça promet d'être difficile, shootée comme tu l'es. Combien il t'a pompé ?

— Plus qu'il aurait dû, répondit-elle en gloussant malgré elle.

— Écoute, tu as besoin de faire un brin de toilette et de te poser quelque part, le temps que ça te passe. Viens avec moi. Mon service se termine, je peux partir tout de suite.

Everett passa un bras secourable autour de sa taille et l'aida à clopiner jusqu'à sa Mustang. Puis il courut prévenir son chef qu'il lui fallait partir un peu plus tôt que prévu, et ils filèrent. Rallier son appartement fut l'affaire de quelques minutes. Reyna avait la tête qui lui tombait sur la poitrine le temps qu'ils arrivent. Elle luttait pour garder les yeux ouverts. Sa cervelle tournait au ralenti, comme si son crâne s'était rempli de sauce blanche.

La porte de chez Everett à peine ouverte, Reyna s'effondra telle une poupée de chiffon. Elle ouvrit la bouche pour parler, mais se sentit partir.

— Ne t'en fais pas, fit une voix étouffée par le malaise grandissant. Je suis là.

Puis tout vira au noir.

Reyna, hébétée, reprit conscience. Tâtonna autour d'elle. Trouva un tissu rugueux. Ouvrit les yeux et se redressa en position assise avec un grognement. Où diable pouvait-elle être ? Il faisait nuit dehors, la pièce elle-même était dans l'obscurité. Seule certitude : ce n'était pas le palace de Beckham.

La tête entre les mains, elle s'efforça de rembobiner le film des événements. Tout était flou. Rien ne lui revenait. Où était-elle ?

— Tu es réveillée ? demanda Everett en entrant dans la pièce.

Son salon. Le canapé. Elle leva les yeux vers lui et soupira. Au moins se trouvait-elle en lieu sûr.

— Il s'est passé quoi ?

— Je comptais sur toi pour me le dire.

Reyna secoua la tête.

— Je n'en sais rien… Pourquoi suis-je ici ?

Everett fronça les sourcils.

— Je t'ai vue sortir de l'immeuble complètement stone et en sang après t'être fait mordre par un vampire. J'ai nettoyé et pansé la plaie quand tu es tombée dans les pommes.

Elle hoqueta et se palpa le cou. Au contact du bandage, les images lui revinrent peu à peu. La course folle, l'accusation dans les locaux de Visage, Beckham avouant qu'il était un rebelle et que Penny lui servait de couverture, puis le sexe, la morsure…

La morsure.

— Il m'a mordue, murmura-t-elle.

— J'avais cru comprendre.

— Il a pété les plombs alors qu'on…

Elle n'en dit pas plus, le feu aux joues. Faire l'amour avec Beckham avait été une expérience inoubliable. Le simple fait de repenser à leurs deux corps peau contre peau lui fit chaud partout.

— D'accord, dit Everett en détournant les yeux. Il fait ça tout le temps, non ? N'est-ce pas la base de ton job ? Je croyais que c'était sans risque pour les employés de Visage…

Reyna baissa les yeux sur le canapé beige sale et soupira.

— C'était la première fois.

— Quoi ? Que vous baisiez ?

Elle secoua la tête.

— Non. Enfin… si, ça aussi. Mais c'était la première fois qu'il me mordait. (Petit rire amer.) Ou plutôt la deuxième, techniquement parlant.

— Mais… ça fait un mois que tu vis chez lui.

— Je sais.

— Qu'est-ce que tu as foutu, tout ce temps ?

— Rien, dit-elle en haussant les épaules. Aujourd'hui fut… mon premier jour.

Cela lui fit bizarre d'avouer que Beckham ne l'avait jamais « consommée ». Seuls ses frères étaient au courant. Elle ne s'en était pas vantée, songeant que son mécène devait préférer tenir la chose secrète. Reyna en était venue à se dire qu'il s'alimentait auprès de Pénélope… ne serait-ce que de temps à autre, quand il était vraiment affamé. Comme lorsqu'il l'avait mordue au Caveau.

— Pourquoi ne l'a-t-il jamais fait ? Vous êtes bien du même groupe sanguin ?

— Oui. O négatif. Il devait craindre que ça dérape…

Le remords s'empara d'elle alors qu'elle désignait son cou. Jamais elle n'aurait dû fuir. Mais comment s'en empêcher ? C'était l'instinct de survie qui lui avait dicté de prendre ses jambes à son… cou. Ce qu'elle avait fait.

— Est-ce qu'il a… cherché après moi ? demanda-t-elle d'une voix faible.

Everett, à son tour, haussa les épaules.

— Aucune idée. On a filé presque tout de suite.

— Il doit s'en vouloir à mort…

Merdasse ! L'ascenseur. Reyna se souvint à cet instant qu'elle l'avait traité de monstre. Qu'est-ce qui lui avait pris ? Beck n'avait rien d'un monstre ! Corriger le tir. Et vite. Elle se releva malgré des appuis incertains. Un peu remise de son malaise grâce à un sommeil réparateur, elle était déterminée à retourner immédiatement voir Beckham.

— Il y a de quoi, estima Everett.

— Non ! C'est ma faute, je lui ai dit que j'avais confiance dans sa capacité à s'arrêter à temps, mais j'ai eu tort. Il m'avait pourtant prévenue que mon sang sentait trop bon. C'est aussi ce que disait le vampire renégat, celui qui nous a agressés.

— Ah bon ? s'étonna Everett, les sourcils froncés. C'est la première fois que j'entends un truc pareil…

— Et pourtant, c'est ça qui a dû l'empêcher d'arrêter.

— Et toi, tu comptes y retourner ? Après qu'il a failli te tuer ?

La voix du jeune homme était faible et peinée. Cette conversation lui déplaisait, c'était criant. Incapable de la regarder, il gardait les yeux rivés sur son téléphone. Par quel biais lui faire comprendre ?

— Beckham ne l'a pas fait exprès, insista-t-elle. Il a perdu les pédales. Ce n'était pas pour me faire mal. Mon instinct de conservation a pris le dessus ; j'ai détalé sans réfléchir. Il m'a suivie jusqu'à l'ascenseur et s'est excusé. Maintenant que j'ai les idées claires, je sais qu'il disait vrai, mais sur le coup… j'ai été horrible.

L'image lui revint et la fit grimacer. Un monstre. Seigneur…

— Tu devrais rester un peu plus longtemps, Reyna.

Il avait enfin relevé la tête et paraissait accablé.

— Je ne t'oblige en rien, reprit-il, mais tu viens de subir un gros traumatisme. Accorde-toi un peu de temps pour reprendre des forces et réfléchir à tout ça.

Réfléchir ? Pas du luxe, en effet : tellement effrayée de voir Beckham perdre les pédales, elle aussi avait pété les plombs. Mais il avait parlé d'accident et elle l'estimait sincère. Même si, toute à sa trouille, elle n'avait rien voulu savoir sur l'instant. Reyna s'en voulait d'avoir accepté de venir chez Everett. Quelques minutes au jardin public auraient suffi à ce qu'elle reprenne ses esprits. Au lieu de quoi, sitôt arrivée ici, elle avait tourné de l'œil.

— Ça ira, conclut-elle.

Elle avança vers la porte et gagna en assurance pas après pas.

— Possible, concéda-t-il. Physiquement, en tout cas. Au plan psychologique, je suis moins sûr… Je me rappelle ma morsure. J'ai vite repris du poil de la bête, mais, dans ma tête, c'était un foutu merdier, dit-il en portant l'index à sa tempe.

— Ça ira, répéta-t-elle. Je t'assure. Beckham ne me fera aucun mal. Il faut qu'il sache que j'ai toujours confiance en lui.

— Il m'en coûte de te le dire, Reyna, mais as-tu envisagé la possibilité d'être victime du syndrome de Stockholm ?

Reyna sentit sa mâchoire s'affaisser. Everett songeait qu'elle tenait à Beckham parce qu'elle était sa prisonnière ?

— Je ne suis pas folle !

— Réfléchis un peu, ça se tient, non ? Il te sort de la misère, t'offre tout ce dont tu puisses rêver, mais te prive de ta liberté. Et là-dessus, la première fois qu'il s'en prend à toi, tu songes à retourner dans ta cage dorée en espérant qu'il va te pardonner de l'avoir laissé en plan sans penser à *son* bien-être ?

— Non ! Ce n'est pas ça du tout.

C'était ridicule, grotesque. Elle avait fui. Quitté son appartement, sa vie. Tenté de retourner vivre avec ses frères. Sans y parvenir. Elle n'avait pas le sentiment d'être sa prisonnière. Et ce, depuis longtemps.

— Il t'a agressée, il a failli te tuer, et tu envisages d'y retourner sans prendre le temps d'y réfléchir ?

Reyna plissa les yeux.

— Beckham n'est pas un sale type. Il se trouve juste qu'il a perdu les pédales. Une seule fois.

— Qu'arrivera-t-il si ça se reproduit ? relança Everett en la regardant dans les yeux. Tu finiras morte, pas seulement shootée ?

— Beckham, me tuer ? Jamais !

Reyna croisa les bras. Elle en avait assez entendu. Tout ce qu'elle souhaitait, c'était retourner auprès de Beck. Les propos d'Everett étaient teintés de jalousie, de préjugés ou de dieu sait quoi. Mais il ne connaissait pas Beckham. Qui n'était pas comme les autres vampires qu'elle avait croisés. Un mauvais geste ne faisait pas de lui un monstre.

— J'espère que tu as raison, dit Everett en posant une main fraternelle sur son épaule. Je ne veux pas qu'on s'engueule. Tout ce qui m'importe, c'est ton bien-être. Mais je ne suis pas sûr que Beckham soit le protecteur idéal.

— Tu dis ça parce que tu ne le connais pas.

La jeune femme se dégagea et fila vers la porte d'entrée. Ça suffisait. La panique qu'elle lisait dans les yeux d'Everett ne les menait nulle part. Elle s'en irait rejoindre Beckham que ça lui plaise ou non.

Seul hic : ce même Everett lui bloqua le passage.

— Reyna…

— Ramène-moi auprès de Beckham ou laisse-moi passer.

— Tu ne peux pas partir comme ça.

— Et comment, que je peux ! dit-elle en le fusillant du regard.

Elle tenta le passage en force, mais Everett la saisit par les poignets et l'obligea à reculer. Elle trébucha sur quelques pas, sentit que ses pieds menaçaient de quitter le sol, mais se redressa à temps. Pas croyable, il venait de la bousculer !

— Reyna, je suis désolé. Prends d'abord le temps d'y réfléchir.

— Ta sollicitude me touche. Sincèrement. Mais il n'est pas question que je laisse Beckham s'imaginer que je lui en veux alors qu'il n'en est rien. Tu n'as pas le droit de m'empêcher d'y aller.

— Je comprends, dit-il, les épaules tombantes, comme résigné. Mais l'heure du couvre-feu approche…

— Tu joues la montre, là ?

— La montre ?

— Si ce n'est pas le cas, laisse-moi y aller, d'accord ?

À cet instant précis, la porte s'ouvrit avec fracas. Reyna hurla en voyant plusieurs types en noir débouler dans l'appartement. Everett était tombé dans le mouvement. Les intrus n'eurent pas un regard pour lui. Deux d'entre eux se ruèrent sur la jeune femme qui hurla de plus belle et tenta de leur échapper, mais, dans son état de faiblesse consécutif à la morsure, elle manquait de vitesse et de coordination. Elle sut qu'elle n'avait aucune chance.

— Everett ! piailla-t-elle, paniquée, les larmes aux yeux.

— C'est bien elle ? lança l'un des affreux à Everett.

Celui-ci se releva sans précipitation, lissa son tee-shirt noir et adressa un signe de tête au gorille.

— Oui, c'est elle.

— Everett ? cria Reyna, abasourdie.

C'était quoi, ce délire ? Qui étaient ces types qui paraissaient en cheville avec lui ?

— Reyna, je suis désolé, dit Everett à voix basse.

On lui passa les mains dans le dos et on les lui noua solidement à l'aide d'une corde noire.

— Everett, je t'en supplie !

Le visage strié de larmes, elle ne comprenait rien à ce qui lui arrivait.

— Pourquoi tu as fait ça ? C'est qui ces types ? Qu'est-ce qu'ils vont me faire ?

Everett se planta devant elle et la regarda dans les yeux.

— Navré que tu sois embringuée là-dedans, Reyna. Mais c'est pour le bien commun.

— Hein ? Non, par pitié, non ! Vous n'avez pas le droit ! Lâchez-moi !

— Allez, les gars, emmenez-la, ordonna Everett.

Reyna poussa un cri à glacer le sang, interrompu par l'un des sbires qui lui asséna un coup rapide à l'arrière du crâne. Sa vision s'obscurcit.

— Beckham, murmura-t-elle avant de sombrer.

Chapitre 35

Ploc. Ploc. Ploc.

Quel était ce petit bruit ?

Bip. Bip. Bip.

Reyna, frémissante, prit une profonde inspiration qui suscita un élancement à la tête. Son crâne lui faisait atrocement mal. Tout son corps, en fait.

Sa tête reposait sur un oreiller. Lentement, elle ouvrit les yeux. Combien de temps était-elle restée dans le coaltar ? Quelques secondes ? L'endroit qu'elle découvrit, quel qu'il puisse être, lui était inconnu.

Une pièce uniformément blanche. Qui lui rappela vaguement l'hôpital de Visage Incorporated, quand ce cauchemar avait commencé. Son pouls s'accéléra ; le bip-bip, tout près d'elle, fit de même.

Oui. C'était bien une chambre d'hosto.

Le bip-bip, c'était son rythme cardiaque.

Quant au ploc-ploc…

Coup d'œil à gauche : une perfusion reliée à la saignée du bras. Qu'on lui avait posée pendant qu'elle était dans les vapes, Dieu merci ! Elle eut un haut-le-cœur et se détourna. Sa phobie des aiguilles n'avait en rien diminué. Même après avoir été mordue.

Reyna s'obligea à réexaminer la perfusion qu'elle essaya d'arracher. Victime d'un nouveau haut-le-cœur, elle renonça. C'était trop.

Où était-elle, bordel ? Qui l'avait enlevée ? Dans quel but ? Quand reverrait-elle Beckham ? Beaucoup de questions, aucune réponse.

Un grincement de poignée de porte l'arracha à ses pensées déprimantes. L'individu qui entra alors la laissa sidérée. Jamais elle ne se serait doutée…

— M. Harrington ?

Fallait-il se sentir soulagée ? Elle se remémora l'éclat mauvais qu'elle avait vu briller dans les yeux du vieillard. La soif de pouvoir. De tout régenter. Un type qu'il était très mal avisé de sous-estimer. Qu'avait-elle fait pour attirer son attention ?

— Bonjour, très chère.

— Qu… qu'est-ce que je fais ici ? L… laissez-moi partir, bégaya-t-elle.

— Ah, ah, ah ! Tu as quelque chose qui m'appartient, mon enfant.

Elle le dévisagea, interdite.

— Je… je n'ai rien…

— Allons, allons, nous savons l'un et l'autre de quoi il retourne, n'est-ce pas ?

Le frêle vieillard traversa la chambre avec précaution puis prit place dans le siège à côté de son lit d'hôpital.

— J'ignore de quoi vous parlez, se défendit-elle, sincère.

Harrington se fendit d'un sourire mauvais.

— Nous avons procédé à quelques analyses, après qu'Everett nous eut signalé les circonstances étranges qui t'ont valu de t'évanouir chez lui. Un élément remarquable, ce garçon. Il a trouvé étrange que M. Anderson n'ait jamais bu ton sang en dépit de votre compatibilité, et plus étrange encore qu'il n'ait pas pu s'arrêter. Surtout quand on sait à quel point Beckham est passé maître dans l'art de se dominer.

Reyna tremblait comme une feuille, désormais. Où voulait en venir Harrington ? Toute cette histoire était bizarre, certes, mais de là à ce qu'elle soit d'une importance cruciale…

— Tout s'éclaire, à présent. C'est à cause de ton groupe sanguin. L'hôpital a commis une très légère erreur.

— Quoi ? demanda-t-elle, perplexe.

— Ton sang n'est pas O négatif. Il est infiniment plus rare et précieux, ma chère et douce Reyna. Le type Rh_{null}. C'est avec *moi* que tu es compatible.

Remerciements

Compagne de sang est LE récit que j'ai écrit sans concession. Depuis le premier jour, j'ai su exactement qui étaient Reyna et Beckham, et comment j'allais les rendre vivants au fil des pages. Cette bataille-là s'est déroulée sur plus de trois ans. J'y ai mis tout mon amour et, enfin, les voilà !

Cette somme de travail n'aurait jamais abouti sans le concours de nombreuses personnes que je tiens à remercier. Mon agent, pour commencer. Kimberly est tombée amoureuse de l'histoire entre Beckham et Reyna. J'étais certaine que tu allais réussir à la vendre. Un immense merci à toi, qui as défendu le projet bec et ongles depuis ses tout débuts. Viennent ensuite les gens merveilleux de Loveswept qui ont fait si bon accueil à cette romance paranormale, à commencer par mon éditrice, Junessa. J'ai adoré la passion que tu as su insuffler. Cette fougue m'a permis de surmonter les jours difficiles ! Merci à ma formidable responsable publicitaire, Danielle, pour avoir connu mille morts quand, enfin, je t'ai présenté l'ouvrage imprimé. Tu es la meilleure ! Je n'y serais jamais arrivée sans toi.

Coup de chapeau à mes premières lectrices, qui ont souffert de devoir attendre chapitre après chapitre, sans jamais renoncer. Anjee, Katie, Sharon, Rebecca, Lori, Christy et Amy, je vous aime !

Mille mercis, bien sûr, à toutes les consœurs qui m'ont aidée d'un bout à l'autre du projet : Kristin Cast, Rebecca Yarros, Diana Peterfreund, Mari Mancusi,

Wendy Higgins, Staci Hart et Corinne Michaels. Ainsi qu'aux autrices qui ont lu, commenté, aidé à positionner et défendu *Blood Type* : Meghan March, Rachel Van Dyken, Jessica Prince, Erin Noelle, Carrie Ann Ryan, Rachel Brookes et S.C. Stephens.

Merci à ma famille épatante pour son enthousiasme. Et aussi pour avoir supporté l'amour excessif que je porte à *Buffy*, *Supernatural*, *Vampire Academy*, *Shadowhunters* et le paranormal sous toutes ses formes.

Merci à mon mari adoré, lumière de ma vie, complice dans le crime. Grâce à toi, cette vie dingue de romancière vaut la peine d'être vécue et est tellement plus facile. Surtout avec nos deux bébés à fourrure, Riker, et Lucy, et leurs petits travers. Je t'aime !

Merci à TOI, enfin ! Oui, toi ! Lecteur-lectrice admirable ! Merci d'avoir donné leur chance à Reyna et à Beckham. D'aimer mon ténébreux vampire alpha et sa tête de mule de petite amie. Rendez-vous très vite pour le tome 2 de la saga, *Sang pour sang* !